中国专业作家作品典藏文库

中国专业作家作品典藏文库
屈兴岐卷

白骏马

屈兴岐
◎著

Bai Junma

中国文史出版社

目　　录

第一辑

第二辑

第 一 辑

伐木者的儿子

一

"哎哟，我的好大娘，老爷都下山了，你老还一个人忙啥呢？这么些园子，你老还能干得过来？等大兄弟下了班，让他干吧！"

说话的是一个三十来岁的家庭妇女，她是工人新村有名的会说话的人，她有这么一种本事，没茶没饭，也让你乐乐呵呵地、心满意足地替她做点儿事。

在山脚下的一大片种满土豆、豆角、玉米的园子里，迎着射过层林的落日余晖，一个头发半白、高身材的老大娘，用手遮着太阳光，看清了站在路上说话的人是东来媳妇之后，才笑着说："别提你大兄弟了，这几天也说不上是吃了什么迷魂药了，下班就往屋里一蹲，钻头不顾腚，写呀画呀，你就是在他耳朵旁打七七四十九个沉雷，也轰不动他！"

"那好办，到时候不让他吃！"那妇女咯咯地笑着说，"家去吧，大娘，天狗吃不了日头呢！"

"老胳膊老腿，活动活动更好呢，动弹动弹，秋天就不用买菜了！"

"还能吃得上吗，大娘？我听说张技术员从局里开会回来了，眼下，咱这林场就要往沟里搬家了！"

这片园子的南面，就是一幢幢的家属宿舍，大娘的家离这儿最近，就是那一棵高出一切的挺拔苍劲的大红松下面的那所小房子。

那房子临园开了一扇窗，窗下设一张桌，一个肩膀宽阔、胸膛结实、浓眉大眼的二十几岁的小伙子，粗大的手指握着铅笔，在摊开的一堆图纸上，苦苦地盯着他眼前的那座陡峭的山的模型，听到了外面那女人说的"咱这林场就要往沟里搬家了"一句话，他的目光一下子就从那模型上移开，大眼睛骨碌碌转了半天，把铅笔往桌上一扔，顺着后窗子就钻了出去。

"大嫂，你听谁说要搬家了？"小伙子声音洪亮地奔过去急问。

"哟，娘儿们的声儿比五十个沉雷还好使，这话音没落，你那儿就出来了！"

小伙子生来话语不多，在山上干活儿一个顶俩，逗个笑话儿闲扯白，那是俩不顶一个，尤其是在这泼辣的女人面前，忽下子就红了脸。

"我跟你说正经的呢！"

"正'井'在辘轳把底下呢！"

小伙子知道问不出个实话来，转身就往工人新村尽西头奔去，林场就在那儿。

二

就在王树生急急奔往林场之前，工人新村消息灵通的人们，就已经三三五五地议论起搬家的事来了。读者可能莫名其妙，说林场搬不搬家与大家有什么关系？林场为什么要搬家？

原来林业生产不比一般，在党对林业生产提出"三化四自给"的方针之前，一般的林场是只管伐木头，周围的木头该伐的都伐完了，你想林场哪能不搬？林场一搬，职工就必然要去，那么家属也自然而然要跟着，这岂不事关大家？

我在这故事里讲的是虎啸林场，它在敌伪时期就被敌人恨恨地拔了下大毛，光复后又采了这么些年，能采的都采完了，虽说还有几个林班是上等的水曲柳和红松，因为山脚高，日本鬼子去探了几回，死了好几个人，那地方落个"鬼门关"不吉利的名字，因此，在大家眼里就是根本不能采的地方，有它也跟没有一样。这样，按常规，林场是到了搬家的时候了。

有些老工人在这儿住了十几二十来年，自己有地有房，吃菜、住房都不花钱，热土难离，自然不愿意搬。但有些新工人或从别的场子新转来的工人呢，住房是公家的，自己又没有秧棵地。更主要的一点，有些落后的家属和个别工人，都认为这儿林子不好，计件工资不及在新林子干挣得多，因此就希望快点儿搬。和王树生开玩笑的那个泼辣妇女，就是这后一派的代表，她火燎毛似的急着要搬。可是出于不同的原因，比大家更关心这回事的，据我知道，有三个人。这三个人就是党支书刘作林、老工人铁成刚和现在正往林场办公室疾走的青年团支部书记、电锯手王树生。

树生匆匆地赶到林场的党支部，见刘支书的那个旧军用背包，带子上扎着条白羊肚子手巾，随便地扔在桌子上。树生知道这是刘支书回来了，可是到各办公室去找，没找到。他正在着急，却听见技术组那屋里有人高声说话。

"一搬家,咱们是平地跑野马,没挡!我先告诉你们,咱们准备搬的那个地方,嘿!尽是清堂林,不像这个鬼地方,山高得像个望天猴!"

树生听出来这是张技术员的声音,他知道张技术员和刘支书是一起去局里开的会,就走进屋去。张技术员四十多岁,浑身胖得尽是肉,四方大脸,蓄着规整的短短的背头,他是"伪满"营林署的技术员,我们留用的。这时他一面大口吃着饭,一面向几个工组长说着话。

"在局里开会,决定了场子搬家的事了吗?"树生问。

"技术科的意见是搬,可是会上有了不同的意见。"张技术员擦了下厚眼皮,又继续吃饭。

"什么意见?"

"其实根本算不得什么意见,只不过是外行的疑问。"

技术员轻蔑地一笑:"问'鬼门关'那一万多立方米咋办?那不是秃子头上的虱子明摆着?鬼子死了多少人,连个树毛都没捞着,咱们还能为这么个没多少肉的刺猬硬在这儿挺着吗?"

"最后咋决定的?"

"要咱们自己决定!"

树生打听到刘支书到老铁那儿去了,他转身就出了门。老铁是个老光棍,在办公室后边的独身宿舍里住。树生推门进了屋,老铁正坐在床沿上,胳膊肘拄在腿上,手支着下巴,半白的头发,满脸细小的皱纹。他眯缝着眼,太阳穴上的大血管一跳一跳的,在思索着什么。

刘支书站在窗前,他粗壮的身体扎着白绑腿,上面还沾满了稀泥,两只闪着智慧光芒的眼睛向窗外望着。他说:"家搬不搬,固然

6

是个问题，可更重要的，'鬼门关'那儿……"

这话是对老铁说的，可树生却情不自禁地叫了起来："对呀，刘支书，一万米木头，能让它烂成大粪吗？"

屋里原来的两个人一下子都改变了原来的姿势，四只眼望着树生，因为他俩谁也没发现进来个人。

树生给看得倒觉得挺尴尬，就坐了下去，屋里又恢复了原来的气氛。

一会儿，刘支书转过身来。

"铁师傅，你说'鬼门关'到底能不能采？"

老铁眉头皱得更紧了，太阳穴上的血管跳得更高了。这个问题，是的，就是这个问题，自从解放以来，没有一时一刻不在苦苦地折磨他。尤其是"大跃进"以来，有时晚间都想得睡不着觉，那一万多立方米标标溜直的水曲柳和大红松，怂恿他提出采伐的建议，可是一想到生长木材的那座险恶陡峭的高山，他的心就会猛地一跳，有时额角都冒出几点冷冷的汗珠，一幕他经历过的悲惨的事件，这时映现在他的脑海里。就是他面前的这个结结实实、高大挺拔得像棵大红松一样的王树生，也会同时出现在他眼前。每每这时，他甚至要反对别人再提采伐那儿的建议了。现在，就要他的意见了，他还是脚踩着两只船。他是个极认真的人，决不肯说出半句不能兑现的话，这是大部分老木把的共性，靠这个，在旧社会里他们才彼此信赖，也逐渐地形成了他自己的倔强性格。

汗珠，顺着他的细皱的脸淌了下来……

三

为什么刘支书在决定这样重大问题之前，特别想听听铁师傅的意见呢？又为什么不仅是刘支书，就连心有一定之规的王树生和全场每个职工，都想听听铁师傅的意见呢？

原来，铁师傅和"鬼门关"有一种特殊的关系。

老铁在小兴安岭上干了二十多年了，林业上的活儿，没有他干不好的，搬钩子、压脚子，拿得起来放得下。他站在一个小木头上，在惊涛骇浪中仍旧安然如立平地，这在过去，是林业工人最拿手的活儿，得"大老撸"（最好的工人）才能干得了；要说采伐，比这更拿手，就是树明明贴在了山坡上，他要说是下山倒，那你伐去吧，要是迎山倒他就输给你脑袋。而这许多能耐中最绝顶的，那要算作串坡了（山脚太高，没法使马套子，工人只好用压脚子把木头一点点串下来）。他能够在人低头下望就会心跳头昏、腿肚子抽筋的高山上，把一棵八米高六十公分粗的大木头，像弄一个擀面杖一样，不费多大力气地串坡串到山下来。这个林场的山脚一般说都挺高，都是在他的指点下采完的。可是光复前，当人们一提起"鬼门关"，他就会瞪起眼睛质问道："你图个啥？想挣个小'狗碰'吧！"于是，人们谁也不敢去采。光复后，谁再提起"鬼门关"来，他就会像一个庄稼人谈论将要丰收的庄稼一样兴奋起来。

"哈，那才叫个森林，有多大一片呀，你简直就看不着边，立立正正，标标溜直，你进去不用打伞，雨浇不着，太阳晒不着，就是天塌了也压不着……"

这时，青年工人们就说："那你咋不提意见去采伐呀？"

他那双山鹰一样的不大的眼睛，顿时就放出惊异的光彩，并吃惊地问："什么？"随后，晃着头，脸色苍白了，连声说着："老虎嘴上拔毛呀！"就走开了。

老铁之所以如此，是因为这里面还有一段壮烈的故事。

敌伪时期，因冲天峰山高，敌人嫌浪费人工，就不去采它。可是鬼子要完蛋的前一年，也就是一九四四年冬天，鬼子急需一批军用材（水曲柳），附近除了冲天峰别处没有，往里铺铁路还来不及，再加上鬼子二柜想在这桩事上捞一把，就决定采。采之前，鬼子要亲自去看看山场，好向他的主子要价。他选了两个壮年有经验的木把给他带路，可巧老铁和另一个姓王的就被选上了。

这姓王的，就是王树生的父亲，人在屋檐下，哪敢不低头？不去不行。从早晨登山，登到太阳当头，还没有爬到山半腰，越上越陡。山上有些地方怪石横生，树木琳琅，无风自吼。再往上去，峭壁直上直下地挡住去路，而要采伐的大片好木材还在上面呢。

三个人绕了挺长时间，才好不容易地绕上去。上面倒是挺平、挺广阔，森林真好，密得像泥板抹的，大得像海洋，可是山脚这么高，咋能作业呀？若作的话，就说不上得用多少木把和骨瘦如柴、大雪中还披着麻袋片的劳工的性命去垫。

他们以为二柜不会在这儿作业，可谁知道那鬼东西就像饿狼看到了肥嫩的猪肉一样，垂涎三尺，眯起眼睛，露出黄牙，拍着老王的肩膀说："这林子大大的好，我的发财，你们的功劳大大的!"

这时，老王他们头顶轰的一下子，心就像蝎子蜇了一下那样难受，他们能帮助敌人去割自己亲人的肉、要自己兄弟的命吗？

"这里山脚太高，危险，活的不能干!"他们向二柜说。

鬼东西眨眨眼说："劳工的有的是；木把嘛，有钱能使鬼推磨!"他哈哈狂笑起来。

这时，两个正直的中国伐木工人愤怒了，跟着那家伙往山下走一步，他们就觉得自己把绳子套在了那些劳工和木把兄弟的脖子上，越拉越紧。如果走到棚子，就等于……

他们没有想下去，他们合计把鬼子弄死。可巧让鬼子听见了，鬼子就像饿狼一样怒目而视。

这时，老王一跃就扑过去了。等老铁跑去帮助，他们已经滚下了百丈悬崖……

这以后，鬼子来了一回森调队，老铁夜里装狼装虎地弄死他们两个。他们因为害怕，真的掉崖一个，所以就匆匆下个"不能采"的结论逃跑了。从此以后，大家旅游都叫它"鬼门关"了……

如今，大家都想听听老铁的意见，而老铁又迟迟地说不出意见来，他的秘密就在这里：木头，他舍不得；以他的眼光看，要干，就得要伤人，这怎么能行？

这时，老铁的屋子里聚满了人，老铁抬起头来说："采倒是能采！"

这时，年轻人一下子乐得跳了起来，说："对！一万米木头绝不能扔了，这是我们自己的呀！"

树生双锁着眉头，一下子就像凌空的白鹤一样，双翅展开了。可是刘支书还像原来那么严肃，接着问："有什么安全措施呀？"

老铁为难地叹气。

这时，有个愣小伙子说："咱们什么安全帽呀、安全绳呀，都有，每天在别的场子干活儿，一天还上一次安全课呢，大家已经对安全有了认识。再说咱们是人强马壮，怕的什么？'鬼门关'也没挂杀人刀、斩人剑！"

有几个年轻人附和着他，可是他们一看见刘支书的喜悦的，但又是责备的、慈祥的，又是严肃的目光时，就又不吱声了。

刘支书说："没有百分之百的把握，它就是银叶金树，我们也宁肯不采！"接着又说，"局里给我们十天期限，要我们提出意见，大家可以考虑考虑。"

这时，宿舍已经形成了会场了，支书借机会发动了大家提安全作业的建议。

大家说话的工夫，树生始终没吱声。这个林场，除了老铁，就顶属树生熟悉"鬼门关"那地方了。十几岁时，他曾像痛恨日本鬼子一样痛恨过它，因为它夺去了他的父亲，他曾独自到那高高的山上去凭吊过父亲。以后，他正式地继承了父亲的职业，他又对那山上的木材发生了极大的感情。那是多好的林子呀，可就是没法往下运，硬干倒能行，可是党是绝对不能让的。于是，在闲暇的时候，他就想呀，想呀，想着安全的运材法，他天天下了班，就埋在图书中间，写、画……这回，到提出意见的时候了，他刚想站起来发言，就听那胖大的技术员老张（不知是什么时候，他也来了）说："支书，我有句话，可不知当说不当说？"

"说嘛，老张，你不是常引用主席的'知无不言、言无不尽'吗？"

"我看咱们就好像常说的摘果子，跷脚摘不着，跳一跳也摘不着，果子再好，也只好割爱！"

"要是到树上去摘行不行？"树生问。

大家都笑了起来。

张技术员脸微微发红，看了树生一眼说："这可不是闹笑话的时候呀！"

树生说："我这就有个上树的办法。"

大家忙问："什么办法？"

树生想了下说："空中架索。就是用木架吊起来一条油丝绳，用滑车把木头从山顶放下来！"

"这办法行！"

"好！"

"可咋个放法呢？又不是两个木架就能行的，中间的木架咋个过法呢？"群众纷纷议论。

刘支书沉思半天，眼睛一亮说："这方法你做过仔细研究没有？比如说画了张简单的图纸？"

树生说："有。"

刘支书就说："有没吃饭的快回去吃饭，吃完饭技术干部和工组长来开会，研究树生的建议。"

四

夏夜的森林，像大海一样深沉，像大海一样宁静，在朦胧的月光下显得那么神秘，浩瀚得好像一直连到深蓝的天上。空气像是洗过一样清凉，凝着野花的香味儿。

树生从支部走出来，他敞开怀，让夜风吹着他那宽阔的胸膛，大步流星地往家里走。他很兴奋，工组长的会和党支委扩大会都决定用他的方法去采伐"鬼门关"，并且成立了采伐委员会，支书亲自任主任，并且让张技术员和铁师傅负责技术方面总的工作，等他们提出设计后，就要动工。

树生正走着，后面有人喊他。树生站下来等着，原来是铁大叔。

树生问："还没去睡，大叔？明天还要上山呢！"

老铁说："睡不着呀，孩子！"

沉默了一阵，他接着说："你那建议心里有底吗？"

他是那么严肃。

树生说:"你不信任我吗?大叔!"

老铁深深地知道,树生是一个认真的人,他是说出一个字就要办到一个字的,这不但使他在团员、青年们中间成了大家仿效的榜样,就是在老年、壮年人中间也不乏强烈的羡慕和赞扬。可是老铁这时的心情就像尽管儿子已经是四十岁了,父母还认为他是孩子一样,关切地说:"这可不是闹笑话呀!弄了一六十三招,木头弄不下来不说,还要浪费多少钱呀!弄不好,要是撂倒一个两个的,可咋能对得起党啊?可别寻思党批准了,咱就没事……"

"大叔,危险的活儿我亲自去干。"

老铁也深深地知道,树生是个把国家财产看得比自己还重的小伙子。记得就是前几天,大河出河扫尾,河水猛涨,大缆已经拦不住剩下的几百米木材,眼看就要让水冲跑。那时,树生正调来搞流送,见到这种情况,他急眼了,领着工人,脱光了身子,下到彻骨凉的水里去捞木头。他浑身冻得紫红,嘴唇儿像蓝靛,一个劲儿地打哆嗦,上岸来还是说说笑笑。这时,又流下来两个大件子,他就像看见自己的兄弟被狼虎叼走一样,向河岸跑去。有人想一把抓住他,他瞪着眼睛一甩手,向惊涛骇浪奔过去,他抓着一个"木马"就向流失的木材奔去。浪花在他周围飞溅着,大家的心一下子悬了起来,手里捏了一把汗,喊着"树生!"

等他上岸来,刘支书严肃地责备他。他腼腆地打着战说:"我心里有把握。"

老铁想到这些,就说:"孩子,心有底就干吧!"

树生回到家中,见妈在灯光下纳鞋底,她鼻梁上架副老花镜,见他回来,不声不语,也不看一眼。

树生刚想再研究研究自己的建议,一看桌上图纸一张没有了,忙问："妈，我画的那些图纸呢？"

"烧了！"妈还是不看他一眼，在那儿做活儿。

他的头轰的一下子，这怎么了得？明天就要设计了！他一急，就说："咳！那咋能烧呀？"说完，急得直在地上转磨磨。

妈这才放下活儿，一面摘眼镜，一面说："烧了比让它去送人命不是强得多吗？"

"妈，你这是咋的了？又听谁的瞎话了咋的？"树生着急地问。

"你东来嫂说你提意见去采'鬼门关'了。"

"提了，这又有啥碍着她了？"

"人家东来在运材组干活儿嘛，这事跟大伙都有关系呢！你可照量着，没有三把神沙，就别去反西岐！到那时候弄不成，人家愿意搬家的人，还说不上讲些啥难听的呢！"

"就为这些，国家的一万米木头就不要了，就得舍了？你还成天地说党好、国家好呢，闹了半天……"

他看见母亲爱怜的、慈祥的目光，就没有把话说完。

母亲看他急得那样子，就说："'闹了半天'咋的？真没串了种，跟你老子一样，一条道跑到黑！"说着，开柜就把那捆子图纸拿了出来。

树生如获至宝一样地接过去。

妈说："孩子，你爸是为那个山死的呀……"说着，眼圈儿有些红了。

树生着急地说："妈，那是啥时代呀！日本鬼子恨不得中国人都死绝了。现在，就是有一点点危险，刘支书也不会同意的。"

妈深深地点了点头："要不，谁扔了我的心，我也不放你去呀！"

树生研究到深夜，第二天一早，就去给张技术员送图纸。因会议决议要张技术员提出施工计划，并负责整个空中架索的修建工程。树生敲了半天门，张技术员才睡眼惺忪地披着衣服来开门。树生把图纸递给他，他没有接，只是轻蔑地看了一眼，然后回屋慢条斯理地洗起脸，一面擦着脸，一面说："我昨夜考虑了一宿，这项工作我不能接。"

"为什么？"

"为什么？我是技术员，我不能拿人民的钱去办根本就办不到的事，我不会去拿人民的钱求个人的进步。"

树生的火忽地就冒起来，可是他为了工作，又压下去了。

"正因为你是技术员，党才要你做这项工作的。昨天工组长的会议，你不是在场吗？"

"我不是党员，可是我忠于党的事业，我不能参与这项冒险的活动！"

"咋的，冒险的活动？"

"这还要问别人吗？你为了闹个人英雄出风头，就不顾工人的生命危险，我是技术员，我可不能为你的个人光荣去卖命！有本事自己去搞好了！"

"你胡说！"像一声雷鸣，屋子里轰隆一声，桌上的茶碗好像随之跳动了一下子。

张技术员吓得后退了一步，张大了嘴巴。树生脸气得煞白，捏紧了拳头向张技术员逼近，眼睛瞪得像个顶架的牤牛，只要张技术员再敢说个"不"字，他真的会一拳把那胖脸打成肉泥。张技术员后退着，腿也有些抖了。

这时，刘支书进来了："树生，树生！"

树生没听见。

刘支书过去扳住了树生的肩头，严肃地看着他。

张技术员这时才松了口气，就马上反攻："支书，这工作我算不干了！我又不是奴隶，为什么要人家骑在我的头上？"

"老张，你说的话我们全听见了，你寻思你不参加设计我们这些大老粗就干不了吗？你错打算盘了！"这时和刘支书一起来的老铁说着，就拉走了树生，"走，头拱地咱也要把木头弄下来，不争这口馒头还争这口气呢！"

张技术员像跑了气的皮球坐在椅子上。

刘支书说："你好好地想想吧，老张，你方才说得对还是不对！"

五

一个月以后的一天，碧蓝的天空万里无云。在绿茵的山间草地里，夏虫愉快地唱着大自然的颂歌。这时，正是有名的黄花菜开花的时节，黄的、红的，远远望去，就像大块的翡翠镶上了片片点点的黄金和红宝石。

这时，东来嫂挎着小筐，从家属宿舍的那条小道走来了，她是去采黄花菜，准备冬菜的。走着走着，她呀了一声，停住了脚，原来前面堆满了溜光水滑的水曲木、大红松木，一群工人正在高兴地大声喊着号子：

　　　　干劲高过天呀，嗨呀，

　　　　冲垮了"鬼门关"呀，嗨呀，

　　　　社会主义栋梁从天降呀，嗨呀，

　　　　闷坏了技术员啊，嗨嗨呀！

16

接着，是一阵响亮的笑声。这不是王大娘的那片园子吗？怎么做了贮木场了？她正自疑惑，就听后面有人喊："东来媳妇！"她回头一看，原来是大娘，她也是去采菜的。

东来嫂忽然想起自己为要搬家去找大娘，说她儿子因为有园子才提建议采"鬼门关"的事，不由得脸就红了。

大娘问："干什么去，他嫂子？"

"采点儿菜呢，要不家也不搬，冬天吃啥呢？"

"正好搭个伴儿呢！"大娘笑眯眯地说。

"咳！要不是贮木场占了你的园子……"

"快别说了，孩子，我巴不得它占呢，别说才占一半呀，占得越多，我心越乐呀！"

大娘爽朗地笑了。

东来嫂脸红得像被巴掌打过的，也只好跟着苦笑。

这时，大娘突然侧起耳朵来，说："听！"

这时，隐隐地从金银山上（大家已给"鬼门关"改了名）传来电锯的嗡嗡声。大娘多皱纹的脸上布满了会心的微笑……

这时，树生正在山顶操纵着电锯，汗水顺着脖子流下来，电锯扬起的锯屑像雪花一样落在他的头上、脖子上、身上，可是他全不觉得难受，他像一个伟大的音乐家，沉醉在自己的乐章中一样……

这时，刘支书刚从山下贮木场走上来。

"树生，你提前半月完成采伐任务的倡议能实现吗？"支书笑呵呵地逗着自己无比心爱的部下。

树生大声说："你看！"

于是他一加劲儿，机器猛烈地吼叫起来，一棵塔一般的大红松应声而倒。于是两人哈哈大笑起来，万山丛中，正回旋着倒树的雷鸣……

这时，铁师傅正挥着红绿旗，他两目炯炯，白发丝在阳光下闪着银光，绿旗一抖，巨然大木，悠悠而下……

张技术员正在眯着眼，望着那棵从天而降的原木，这是做梦吗？他不相信自己的眼睛了……

1960 年 1 月

小　鹰

一

太阳刚冒出山嘴，汽车队刘队长就拉了一车挤满压满的红松回来了。车轮卷起的雪雾，在山道上久久不散。车嗖地擦过贮木场的门柱，敏捷地绕过一垛垛木棱。刘队长看到一群人围着 52 号车，心里一沉，这车是助手张杰林开的，莫不是又出了啥毛病？

张杰林仰面躺在车底下，脚一蹬一蹬地修理着坏了的后弓卡子。真是黄鼠狼单咬端正鸭子，任务越追屁股还越坏车。可是，能责备一个助手吗？

刘队长二话没说，转身就往办公室走。往常拿起电话，找人事科说话，刘队长那有着一半络腮胡子楂的脸，越抽越紧，最后话筒咔嚓一撂，眉头锁起个大疙瘩；这回呢，他"啊，啊，嗬，嗬"，脸舒展得连一丝皱纹也没有了，"怎么？派来个汽车司机学校毕业的'状元'？嗯。不过只这一个'状元'也不行啊，山上支援煤炭生产，矿柱超产得一天比一天多，咱们又让一些老师傅去支援了他们，

19

现在三个助手开车。什么？咳咳，现在不是'一顶俩'，而是'一顶仨'了……"

刚放下话筒，见张杰林站在面前。他油黑大手一拍小张的肩膀："来师傅了，快去接接站！"

小张一听，乐得一蹦八丈高，撒腿就跑。

队长赶出来喊："毛愣鬼，不知名姓，你可接谁呀！他叫修立杰，是司机学校的头名'状元'！"

刘队长把木头送到楞头后，几次迫不及待地向窗外张望。

司机们听说又来了一位同行，都来办公室打探。外号"飞老鼠"的王飞，把扣在前额上的油渍渍的制帽向后一推，一拍胸膛："这回呀，采伐的该挨咱们追了！"

还有的人说："人给的多少不说，质量高，是时候！"

大家正议论着，小张没精打采地进屋了。

刘队长心里一凉，忙问："咋没接来？"

"接来了！"

"在哪儿？"

"我就是！"

应声在小张身后闪出一个机灵的姑娘，她只到小张的肩头。头上用绿胶管扎了两个小角角，两只黑眼睛好奇地打量着队长、同事们和屋子里简陋的摆设。瓜子脸被风吹得红红的。一套干净的蓝色棉工作服，紧裹着健壮的身体，一枚团徽适度、艺术地挂在胸前。脚下是一双像坦克手穿的那样的短勒黑皮靴。她最后仰起脸来，挑衅似的望着高大的队长。

刘队长原来以为，这个"状元"一定是和自己一样高大结实的小伙子，可是，眼前却是个少先队员般的小姑娘。那个"飞老鼠"

吐了下舌头，把制帽往前一摩挲，溜了出去。几个司机也怅怅地悄没声儿地走了。

屋子里，一时谁也没有话说。

往常嘎嘣溜丢脆的刘队长，这会儿也吞吞吐吐起来了："你是……"

"姓修。"

"那么，是修……修……"

"修丽洁。"

"啊，修师傅。"刘队长把师傅俩字说得很轻，也很勉强。说完，就坐在椅子上，从嘴角开始，全脸又筋筋起来，在眉头上聚了个大疙瘩。

"队长同志，在人事科就听说，咱们抢运矿木，人手很缺。"

"咱们这儿没一个女同志，住的地方不大好办啊！"

"那你们住在什么地方？"

"我们几十个男同志都住在一座大棚里，炉子烧热烤得受不了，烧轻了还冷得受不了。"小张在旁边帮腔儿。

姑娘稍一沉吟，就爽朗地说："我和大家住在一块儿好了。"

刘队长听了，只好让小张领她先到贮木场去看看，说她的工作还得和支书研究研究。

二

越过一条铁路支线，来往汽车嗖嗖地从旁边过了几趟。

小张说："看，前面就是贮木场了！"

只见七八个五六米高、约有五十米长的木棱，整整齐齐的。修丽洁到得切近，登上木棱，才看见像这样的木棱简直数也数不过来呢，棱棱栉比，就像是海洋里的浪头。这真是一个木头的海呀！光是汽车运材道，就纵横几十条，像是繁华城市的街道。远处，一辆火车头，从木棱后边"哞"的一声钻了出来。几百个装车工人正在一伙伙熟练地装车，让棱堆显得庞大的车厢也变得玲珑小巧了。

　　眼前的场面使修丽洁兴奋、激动，就像是没见过海而要当水手的人第一次见到海那样。初中毕业后，她就到爸爸开车的汽车公司去当助手。可是，在溜光的马路上开小轿车真不够劲儿，学了两年，票（驾驶执照的戏称）也考上了，她还是进了汽车司机学校，幻想着有一天到边疆、到青藏高原、到小兴安岭去驾驶那种最大型的汽车。头顶上是万里晴空，车轮下是直通天边的公路。让劲风可劲儿地吹自己的头发；或者，在雪雨风霜中的崇山峻岭上，让自己的车轮扬起烟雾。她这时还想起来，为了摇大车的"摇把子"，她曾经在风中雨中、霜里雾里练哑铃和跳绳。

　　她走下棱垛，摸着比她矮不许多的塔脱拉汽车的车轮，心里直痒痒，恨不得立刻就开上这种汽车。

　　"嘀嘀"，一辆重车开过来，戴眼镜的老司机把头从驾驶室里探出来，和善地说："喂，小姑娘，站开些，碰着可不是玩儿的！"

　　修丽洁不但没站开，还歪着头看看车轮，倒退着，打着手势，正确地把车引导着绕过了空车。

　　对面又开来一辆空车，"飞老鼠"从车窗探出头来说："这么大的车，可跟绣花针不一样啊！"说完，神气地把车一阵风似的开跑了。

　　小张想："这虽是句实话，不过太叫人下不来台了。"谁知修丽洁却没往心里去，爽朗地笑着说："师傅同志，就因这个我才来向你学嘛!"

这话引得大家哄笑了起来。

不大一会儿，队长派人来把小张叫了去。过了好一阵子，小张才慢慢腾腾地回来，到修丽洁跟前，不高兴地说："队长请你呢!"

三

修丽洁兴冲冲地跑到队长办公室的门前，镇定了一下，敲敲门。里面一个温和的声音说："请进来，请进来!"

队长两手拄着桌子，十个粗大的指头交错在一起，下意识地弹动着。也不看一眼进来的修丽洁，就用头一指对面的人说："这是咱们的支书赵新同志。"

赵支书矮矮胖胖、和和气气的，眼里闪着让人感到亲切的光。他搬了张凳子让她坐下，顺手又倒了杯茶水放在她的面前。

"你能自己驾驶一台车吗?"队长不动声色地问。

赵支书补充说："还给你派一个助手。"

修丽洁心咚咚地跳着，血直往脸上涌，高兴极了，连忙说："是小张的 52 号?"

队长无可奈何地看了支书一眼，好像说："你看，这她还不知足呢!"

支书说："猜对了一半，助手就是小张。"

队长说："是那个小运输车。"他好像跟自己说话，谁也不看，"你的任务，是把运材车用的油、零件、材料等等，从二十里以外的供应站运回来。"

修丽洁心里一冷，刚才的一股子高兴劲儿全没有了。她有点儿

23

急躁地说："队长，明明运材车缺人，让我去跟师傅们运材去吧，搞运输怕是……"

她本想找个理由要求换大车，谁知队长说："不用怕，小张可以帮助你！"

队长说完，笨拙地戴上油手套，走了出去。心里话："要不是支书一再强调大胆使用、大力培养，我还让你给小张当助手呢。"

修丽洁眼光跟着走了的队长，血忽地就冲上脸来。她觉得这是对自己的轻视和侮辱："要是愿意开这小车，我还不上两年司机学校了呢！"她猛然转过身去，伸手要去拿自己的那张放在桌子上面的人事介绍信，却遇上了赵支书的和善的目光。她就势坐下了，抽回了手，低下了头。

赵支书说："你别看这个车小，它却是咱们十八台运材车的厨房，以前可是三天两头地不供嘴。"

修丽洁觉得支书看透了自己的心，这样就是安慰自己，心里虽不过意，可也还觉得委屈，就一言没发。

支书说："你才下火车，得先吃点儿饭，回头把我的办公室腾出来你住。"

四

小张领着修丽洁吃完饭，回到支书的办公室。这是一间小小的房子，墙用报纸糊裱得十分洁净。办公桌啥的早已搬出去了。在东墙上，巧妙地用汽车废坐垫搭起来一个床铺，一切都安置好了。

小张把修丽洁的行李放在床上，无意中碰了脚下的小马达一下，小张忙去看那一马力的小电滚坏了没有。

修丽洁看小张几乎摔一跤，很不过意，就说："把这小东西放到这儿做啥？挺碍事的！"

"做啥？这是支书从废品库捡来修理了两个通宵才弄上的。你别看这是个小玩意儿，在咱支书手里就能顶大用呢！"

听到这里，修丽洁心一动："莫非自己不愿开小车的事连小张也知道了吗？"刚想问个仔细，小张却搬着小电滚出去了。

修丽洁呆呆地看着行李，解开，还是不解开？支书和大伙儿这么关心自己，自己再要求回去，对得起谁呢？运材任务又这么忙。想着，想着，她终于铺开了行李。不过，包着她经常摆在床头的汽车模型、小圆镜和书的包袱，还是没打开。她躺下了，想到在城里开轿车，想到自己的理想，想到今天看到的明天将要开的小车，她又不安了，觉得这和自己的抱负、理想相距很远。一想到白天和她开玩笑的和善的老师傅和"飞老鼠"，想到支书和小张，她又觉得这些人都挺好。贮木场上的壮阔的劳动场面使她心热。她想："也许不用多久，他们就会让我去开大运材车呢！"她睡了。在梦里，她开上了一辆奇大无比的汽车，一下子就装上了拉走了贮木场中的一棱垛木材，不——木山，飞奔，飞奔……

第二天，他们开着小车去拉油，车子得在一条冰封的河上走。修丽洁不说不笑，按响喇叭，没怎么震动就起车了，这使小张对她有几分佩服。车子敏捷地来个左拐弯，进了河道，嘿，河道又平又长又宽敞，两岸上青翠的松树巍然立在茫茫的雪地里，更显得天地无比空阔了，修丽洁觉得开小车也比坐在闷人的轿车里强得多了，她脸一点儿一点儿地舒展开了。

车子换了一速，又快又稳。车轮唰唰地响，像春雨落在草原上。司机和助手心里都挺畅快。

小张说："前面来了个冰包！"

修丽洁却用嘴角笑笑，车子到跟前，她只稍稍一打舵，就灵巧地绕了过去，便又换了一速，车快得连小张都有点儿担心了。

上午，按着修丽洁的意见，比往回多装了三桶油。下午，又比上午多装了两桶。修丽洁总嫌车子慢，险些出了事儿。

修丽洁看傍黑时河道里车马行人不多，就放开了速度。在河道上拐一个陡弯的时候，虽然她按了喇叭，但是等她发现前面有一台大车已经晚一点儿了。她往里一打舵，突然又发现还有两台车，而且是紧贴着里手走的。人慌无智，修丽洁只一股劲地往里打舵。老板子们都吓坏了，眼看就要碰上，小张抢着把舵往外一打，车撕剌了大车一下，向陡峭的河岸射去。这时，修丽洁才意识到该刹车。

车停下时，冷汗从小张的脸上滚下来，他愣在那儿了。修丽洁也脸色苍白，打开车门，跳了出去。幸好，大车和汽车都没碰坏，修丽洁忙向赶车的同志道歉。赶车的同志自言自语地说："真没见过这号开车的！"

修丽洁又开车走了，眼睛定定地看着前方，几颗泪珠悄悄地从眼角滚了下来。下车后，她第一件事就是往宿舍跑。小张怕她哭，也跟在后面。谁知道她连油手套也没摘下来，就把床上那包袱解开，把那汽车模型、小镜儿和书规整地放在床头的小桌上，好像了却一件心事。摆完了，她又到党支部去了。

小张怔怔地站在旁边，想了半天，也没想通这是怎么回事儿。

五

小张有个习惯，天天鬼龇牙时出去撒尿，也由于昨天险些出了事，觉睡得不安稳，他又迷里迷糊地披了件衣服出去。听得车库里叮里咣当的，头脑里顿时清醒了："谁这么早起来做什么？"他冒着小清雪，打着牙帮骨，溜过去一看，不由得一拍大腿，急忙往宿舍跑去。穿起衣服，连鞋带也没系，提起工具箱和水桶，叮叮咣咣地一口气跑进了车库。

车库里，在一盏手提灯下，修丽洁的脸上挂着汗珠，用力地擦着车。

小张赶过去说："让我来！"这倒把修丽洁吓了一跳。

小张揭开机器盖子查看了一番，又钻在车底下看了一会儿，试了一遍电、油路，这才长喘了口气。还好，没让她给鼓捣坏了。小张去拎水，水箱满了，又去拎油，油箱也满了。只好拿抹布来擦车。心想："真窝囊，自己咋比她起来晚了呢？"他这时候，离开大运材车的气还没消，当了后勤兵，全是"借"的这女"状元"的光，赶巧又被车门拉手戳了下手，说不上是对修丽洁起得比自己早，还是对什么，竟生起闷气来了。

没吃早饭，小张就抢先把车烤好，发动着了。

出车时，小张说："车装得慢，午饭时回不来。"

修丽洁说她已经准备了饭，该走了。

这一天，他们又比前一天多拉了两桶。

可是，他们这个林业局，由于采用了冰雪滑道这种新方式，山上采伐集材的产量一天比一天多。虽然汽车队的效率也不断地提高，可还是被追得够呛。因此，上级又调来了四台运材车，运油的车又加了载。

队长也知道他们干不过来，提出截长补短地让运材车帮助拉两趟。

修丽洁却火了，脸红脖子粗地说：“我们车只管拉油，可不拉后腿。”

这小张同意，两个人起早贪黑地想办法提高效率，可是总也没有想出来。

这天收车后，大家正在宿舍里闲扯，修丽洁兴冲冲地来叫小张：“杰林，你来一下！”

小张从增车以后，还没见过修丽洁这样快活，不觉心中也一亮。刚想出去，又想到“飞老鼠”会把这变成笑料，就又坐了下去。等大家扯开别的他才溜了出去。只是到这时候，小张怎么也找不着修丽洁了。到车库一看，车也没有了。一直等到十点多钟，还没见修丽洁回来。小张有点儿稳不住神了，忙去到办公室找，正好碰到支书。

支书问：“你咋没去？”

“上哪儿去？”

支书想了一下，微笑不答。告诉他不用找修丽洁，可以睡觉去了。弄得他一宿没睡好，总像有汽车响似的。

早晨，修丽洁回来了，车上还拉了一车油桶。她两眼周围微微有圈儿黑。这是熬夜的表象，可是眼睛却闪着神秘而喜悦的光芒。

小张忙迎出来说：“修师傅，你怎么一个人去打夜班拉油呢？”

“哪是打什么夜班？我是在油库住了一宿，帮他们搞了一种新的装车工具，这回咱们就可以每天拉三四趟了。”

吃饭时，小张一定要修师傅休一班，修丽洁不同意。刘队长这时赶来也让她休班，她眼珠一转，答应了。

车发动着之后，小张开车走了。他心里惦着车库的新工具，车开得像一支箭，转眼就到了。一进油库，就看见了一个高高的像大

28

门框一样的架子，就像"金不落"似的。装车工友们也有两眼红丝的，也有因没睡觉脸色微黄的，可个个都兴冲冲的。大家打着手势。小张把车开到架子下，一下车，哈，修丽洁，原来她偷坐在车厢里了。

看库的老工人走过来，又疼又怪地说："丫头，你咋又来了！"

小张把她偷乘的事一说，大家笑个不止。

老人指着修丽洁对小张说："你这个姑娘师傅，真有个机灵劲儿。你看，这点子出得多高呀！"

修丽洁忽地脸红了，急忙分辩道："大爷，我只是按着你说的意思拉来木头，和大伙儿一块儿这么试试，咋说是我的点子呢！"

这回装车可真省劲，很快就装完了。

小张坐在司机的座位上，修丽洁看到那恳求内疚的目光，微笑着点点头。小张把车子开得很稳，有意让修丽洁瞌睡一下，可是她仍然像自己开车一样，全神贯注，盯着迎面扑来的白练一般的河道。

从这以后，戴眼镜的老师傅背地里谈论起修丽洁来，也郑重地叫"修师傅"；"飞老鼠"在哪里遇到她时，也把卡在额头上的帽子正一正，认真地打招呼："吃了吗？修师傅！"

变化最大的，要算是刘队长了。看到这些事情也觉得惊异、高兴，见到修丽洁竟有些自愧和不好意思起来。他觉得，自己在困难面前不愿勇敢地斗争，还不如这个女孩子，随后，他又想到党支书常说的话："机器是个死东西，给它力量的是人。"不过，更使他信服这话的，是修丽洁最近一次出车。

六

这天下半晌，运输车拉回第二趟油来，小张吃了点儿饭回宿舍去。修丽洁又来兴冲冲地找他："杰林，咱们再拉一趟木材吧！"

拉油回来拉一趟木材，已经是常事了，可为什么她今天又这么兴奋呢？准是又有点子。小张这回紧忙跟她走出来。

又一个新景使他吃惊了，小小的四轮卡上，竟挂上了两节拖车。他看看修丽洁自信的目光，身上也来劲了，说了声："走！"小汽车就顺着山路飞跑起来。

车开到半路，天上铅色的云块舒展开来，渐渐地飘起雪花。装完车，天便黑了。雪，撕棉扯絮地越下越大起来。装车的同志们说，这是最后一车，劝他们别拉那节拖车。

修丽洁说："试试看。"

小马达使劲地把黑烟喷吐在烟雪之中，运输车借着道路的微微的坡度疾驶起来。片片雪花变成了条条银线，直扑向车窗。修丽洁眼睛闪着近乎严峻的光，身子微微向前倾斜着，好像和整个汽车融合在一起了。后面拖车的每一次撞击，她都要调整速度……路旁山上的树木，急骤地向后倾倒。

前面的道路是全程最险峻的了。左面是高山，右面是千丈绝壁，路，仅仅能走开两排车。汽车像在坏桥上一样爬行，可是，前面来了一个小坡。修丽洁加大油门，掌准方向舵，猛力一冲，在半坡上轮子纺了线，而且逐渐地往后退，一下子退到一个小坑上。修丽洁当即刹了车，咔嚓，弓卡断阵般停了下来。

两个人对望了一下，急忙下车。这时，雪已经半尺厚了。

看来，唯一的办法就是"抛锚"了，可是两个人谁也没有想到这里。难道这汽车在山路上带拖车的试验，就宣告失效了吗？不能。

修丽洁说："把弓子用油丝绳摞上。"

她砍了根壮实的树枝来把油丝绳兜在车后，两个人用力地绞。

修丽洁两脚都蹬在大梁上，身子悬空着。双臂一用力，咔嚓一声，树枝断了，把她摔在雪地里。小张忙去扶她，可她一声没响，起来又去擦车。擦好车，汗一消，两人都不禁打起寒战来。修丽洁借着车灯光检查道路，发现有个坑，车轮挨不到地，所以爬不上去。她毫不犹豫地把棉袄脱下来垫上。

汽车慢慢地爬上岗来。

家里。刘队长听说这事，心里一沉："那么个小车贪黑拉原木，天又下雪，真任性。"

又听说是挂了拖车去的，就更急得坐不稳、站不妥。于是，去找赵支书商量。

赵支书沉思地慢声慢语地说："是这样啊？他们不光是在试验一种新方法，还是去掐电话线，去掐咱们通人事科的电话线！"说完，就让大家出一辆台车去接。

这时候，他们的车已平安地开进了贮木场。一个两吨半的小车竟比平时的卡轮卡多拉了一米半。这消息轰动了整个汽车队、林业局，连管理局的调度室也知道了。

小张乏极了，倒头便睡。照例鬼龇牙时又起来了。他猜想修丽洁一定累得"丢盔卸甲"，自己先把车修上再说。谁知修丽洁早把车修好了，身上的衣着仍旧是干干净净的，头上的绿胶管，今天还换成了红绫子，脚下的短靿黑皮靴好像更黑更高了，步子还那么轻盈，动作还那么灵敏，浑身都是力气。

刘队长心悦诚服地把52号车，那修丽洁抚摸过、羡慕过的塔脱拉，交给了修丽洁，这是修丽洁盼望多久的事呀！还没等那车回来，她就站在道上张望，一看见那车影，竟喜欢、激动得流出泪来。

七

　　修丽洁开着挂有十三节拖车的 52 号车，驶上了他们曾经打过累赘的山岗。在这儿，透过车窗，可以看到贮木场上无边的棱梁、伸向天边的铁路。这一切，是多么开阔，又多么令人鼓舞呀！

　　小张打开了车窗，尽情呼吸那清新如洗的空气。修丽洁长长地鸣了一声喇叭，汽车像长龙一样，摇头摆尾向山下驶去。

　　路左，峻峭的高高的山峰上，一只羽毛刚刚丰满的雄鹰，纵身冲向深邃、瓦蓝的天空……

1963 年

新 车 落 户

上篇　新车

一瘸一颠，刘校长登上黑板前的讲台。

一张软纸，在他手上微微颤抖。一百多位教职员工等他开口。他刚说句"同志们"，就声音发颤，眼圈儿发红，说不下去啦。

有人掉脸去看窗外操场上奔跑嬉戏的孩子们，有人低下头，做出不曾留心他这么激动的样子。

刘校长这才把手中的纸举起来给大家看："咱们北关中学就要有一台'大解放'了，这是合同。今年秋菜大伙儿报个足数，不用像往年那样勒着卡着，担心没法往回运了。"

我敢拍胸脯保证，如果会场里的各位都像我这样的年龄、性子，立刻就会"欢呼雀跃"。老夫子们到底文雅些，不过那掌声虽说不上是"暴风雨"般的，却也相当热烈。

掌声我听到过无数次，都是这耳朵听那耳朵冒。这一次的，却一辈子也忘不了。就冲这掌声，我也得把这台车开好。要不，还对得起老校长那一番苦心吗?

我相信，在我们这个小镇里，不会有第二台车比这台来得更不容易了。

这么大个学校，师生员工一千好几百号人，连兔子驾辕的车都没有一辆。小城镇不像大城市，北方不像南方。一个秋菜，一个烧柴，全凭老师们自个儿想办法。运秋菜的季节，往往秋雨连绵。盼到三五个晴天，各单位总动员，八仙过海，各显其能，哪里是运，分明是抢，这里也真把这叫"抢秋菜"。每年到这个时候，老师们奔走、求告、生气、窝火，编了个顺口溜："有能耐的挑着割，有车单位可劲拉，看来最数老教苦，白菜帮子哭不到家。"

说"哭"，倒是有点儿夸张，反正汗出少了不行。

真得感谢祖先们创造了车。用手推车总比挑、扛、拎、抱省劲。不过一趟就是十几、二十里，远道没轻载。累还不要紧，谁让你长一张嘴要吃呢？让人受不了的是给机动车躲道，突突突，手扶拖拉机要躲；嘀嘀嘀，大白菜装得像小山一样的卡车要躲；大单位买菜负责人的吉普车也要躲。

"喂，老张！"从白菜的奥林匹斯山上，这句话飞向凡尘。这位神仙肚大脖粗的人，乃某大单位管理员是也，常与教体育的张老师开个玩笑，"怎么当上没尾巴驴啦？"马达声远去，夹杂着哈哈大笑，还有银铃般的女青年的笑。这是他几年前教过的女学生，高中毕业就当打字员去了，虽然那里两台打字机已经有四个打字员。

一连溜五六辆手推车，"驾辕""拉套"的十多位老师，一时都目瞪口呆。相互看看，有的惊讶，有的愠怒，有的羞赧，却谁也没有话，随后又低头去拉车。他们终非圣贤，虽顾及为人师表应讲文明礼貌，到底忍不住了："经济实力是基础啊！"

"上头重视教师，这些人谁管你？赤道还是赤道，北极还是北极。"

"两点之间，直线最近。直接往上找，解决不了一台车吗？"

教语文的老师慢慢腾腾、有板有眼念了半首古诗："'南山有鸟，自名啄木，饥则啄木，暮则巢宿。'争那些个？伤气、伤神。有那工夫多教一点儿知识，也算咱们对得起后代子孙了。"

一提起学生，老师们渐渐开朗了。多数孩子是懂事的，几百学生要帮助老师来拉菜呢。老师们怎么能答应？想到这个，他们不再说了，煞下腰去继续拉车。

刘校长一言未发。他是单身汉，来帮助人口多的老师拉菜。他右肩上耸，左肩下倾，上身几乎和道路平行。在解放战争时受过伤的腿一拐一拐，拼着命往前拉。后勤校长，这个后勤可是怎么管的呀，让老师们去当"没尾巴驴"。他们半生的心血都用在祖国的未来上了，难道还看着他们把有限的精力用到这上来吗？哎，老刘啊！拿出当年不攻下碉堡誓死不退的那股劲儿，难道还弄不来一台机动车吗？

弄车，再难也要弄车！

我是三年前调到这个学校的。刘校长是我父亲的老战友，我之所以离开我所住的城市调到这个学校来，为的就是帮他搞到一台车，并且将来当司机。

刘校长决心攒钱买车。我发现我这位刘叔一旦决心下定，就义无反顾。他说："人是活的，钱是死的。有人就有钱，有钱就有车！"

从节流开始。玻璃打碎，巴掌大一块也不扔，废纸糊上照样用。外人看我们学校玻璃窗贴着那么些"膏药"有什么想法，不得而知。老师们一看见，心里可是涌来一股热劲儿。刘校长本来在学校有间宿舍，为了节省点儿取暖煤，就搬到烧水房去住。教学笔记是一面写字的，可老师们两面都用，为了节约纸张的开支。

接下来的是开源。暑假期间各学校搞基建，他跟后勤工人商量好，包了一部分活儿，去了耗费，能挣下半台汽车的钱。于是打铃的去挑砖，打更的去筛沙子，刘校长亲自去拉木料，比给自家干活儿还卖力、还热闹。

"刘校长，怎不告诉我们一声？"老师们跑来问。

"你们把精神头养得足足的，开学后把课讲得漂漂亮亮的，就等秋天用车吧。这回差不多了！"刘校长黑瘦的脸，胡桃纹都笑开了，高高伸出一个指头，那意思是说已经有一万块了。

老师们没等批准，有一半参加了义务劳动。

"千里马缺个好鞍子，宝刀缺个好鞘子。"刘校长挥舞着手中的合同，在讲台上继续说，"车快来了，还缺个车库。咱这地方滴水成冰，没车库不是跟自个儿过不去吗？出纳员的钱柜底朝上，是镚子儿皆无了……"

"老校长，"张老师抢过话头，"不用使激将法。要买车那会儿不也是镚子儿皆无吗？咱们自己干！"

老师们现在满面春风，脸上红扑扑的，醉了酒似的。

"大楼都给人家盖了，还愁个简易车库？干！"

星期天，老师全来了，手推车动员起来拉黄土，张老师领五六个年轻老师扑腾扑腾跳到坑里去拧"拉哈（草裹泥）辫子"，有人早就竖起房架子，学校院子里一片繁忙。真是车轮飞奔，斧光闪闪，笑语声声。车库眼看就要建成，一瓢凉水兜头盖顶浇下来：有可靠消息说，这回来的五台车已经分配停当，没有北关中学的份儿。

车轮不转，斧光不闪，笑声也没有了。几十号人你看我，我看你，脸上都挂一层霜。

"合同最先签的，钱最先交的，车没我们的份儿?"刘校长跳下跳板，抓起一把草擦着泥手，走向来送信的人。

这是位学生家长，在物资供应处工作。刘校长这么大吵大嚷，他吃一惊，连忙拉着刘校长拐过一个房角："我的老爷子，你吵嚷啥？让人家知道是我透的风，我是兔子挂掌受不了啊。事是千真万确，有啥办法赶快想吧！"

刘校长还想细致问问，那个人慌慌张张走了。

"熊人还怎么个熊法？"

"见老实人不欺负不是有罪吗！"

"物资处也拣软的捏啦，还说同情咱们，得了吧！"

"有点儿管物的权，吐口唾沫就是个钉啊？走走走，大伙儿一块儿找他们去！"

"对，大伙儿一块儿去！"

刘校长挺沉着："干啥动这么大的声势？我就不信排在头一号上的没有车。有这么点儿风吹草动就动摇咱们的军心啦？来来来，接着干！"

第二天，我随着校长来到物资供应站。老校长挺风趣，见了主任就说："吴主任，我给你介绍介绍，这是我们汽车司机小李子。小李子呀，这是吴主任。以后啊，你跟吴主任办事的时候多着呢。吴主任，你同情我们这些没权没势的单位，听说车来了嘛，以后什么零件啦，工具啦，还得请你多关照。还有呢，我们今天……"

大眼珠子骨碌碌直转的吴主任，胖胖的、白白净净的，几次要插话都没插上。趁老校长喘口气儿的工夫，忙把他拉到沙发上，又倒茶又拿烟。

老校长掏出合同，往茶几上一放："行，吴主任，你们有信用，这是提前到货，办事还得跟有信用的单位办。我们是来开车的，你指派个人，领我们看看去吧！"

吴主任一脸为难神色："这个嘛，老校长，我刚想亲自去找你……的的确确……"

"怎么敢劳驾，你一个电话我就来了，不就是通知取车吗？"

"老校长，你们的车，出了点儿岔头……"

"合同没写明白？支票兑现不了？"

"不不。至于什么岔头，我也不便说起。跟你说老校长，你们这台车我的的确确劲儿是给你使圆了，看来这一批有很大困难。"

"把你的困难说说。你说出一份比我们有理、比我们急需的，我们让。认可再当一年没尾巴驴了！"

吴主任鼻子尖儿有点儿出汗了，却怎么也不肯说原因，只是说："老校长，体谅我的困难吧！"来个以软对软。

刘校长看出来，他实在有难言之隐，并且已经猜出个八九，就说道："如果是县物资局卡，我找他们说理去。"

"不不不……我过一段给你解决就是了，这回的的确确困难。你们让让怎么样？"

"让也行，眼看就要拉秋菜了，你给我们拉，怎么样？"

"这……这咋办得到？你们上百号老师……"

"那就不能让。老吴，你可别把老师、学生们惹急了，那叫一两千号人……你想想，是让小李子开车好，还是让大伙来推车呢？我也不逼你，我们明天再来。"

回去以后，刘校长立刻神不知鬼不觉进行了一次调查。他趁着天黑，找到送信儿的学生家长，一进门就说："老兄，你别担心，谁也没看到我到你家来。你说说咱们学校这台车，到底让谁给撬去了？"

学生家长对自己这谨小慎微的劲头也感到不好意思，说："怕个啥？他姚一夫好打击报复还能一手遮天……"

老校长被他这态度感动了，说："好，这就叫正气！"

姚一夫是这个镇的镇长。这回的五台车一来，找他的人好几个。镇长大女儿的男朋友在一个国营轻工小厂，早就考上了司机票。厂里答应能买来车就让他去开。这地方开车叫掌舵把子的，很吃得开。女儿一给爸爸下命令，怎能不办？他儿子所在单位，给他儿子办了好几回"事儿"，也要买车，能不照顾？而恰恰这两个单位都不是订合同的。姚一夫一个电话把吴主任叫去，让他汇报汽车分配情况。还没等汇报完，就一连提出两个问题来：这个镇还算不算一级政府？来车这样大事为什么不请示、不报告？接着就命令要全镇平衡，照顾轻工与急需单位。之后，镇长又缓和一下，脸色由严肃变得平和，随后竟然有一点儿笑意，谈起家常来。他吴主任敢不从命，脑袋上没翅纱帽还想不想戴了呢？可是，吴主任一是想照顾自己威信，二也是同情学校，的的确确给北关中学说了不少好话，所以还拖着没分，可是除了北关中学和另一个单位，其余三户都是惹不起的……

刘校长很晚回到烧水房子。跟我学说的时候并不心灰意冷，我反而有点儿奇怪了。

我说："真是欺人太甚，跟老师们说，硬去推！"

老校长立刻严肃了："我那么说是给吴主任施加点儿压力。怎么能那么做？那会有什么影响？这些话，你不要当老师们说。"

"那么车……"

"你记住，孩子，凡是好事，只要不松劲儿，早晚都能办得成。

你等着就是了。"

刘校长蹬着自行车，到地区去走后门了。临走的时候说："我打定主意这一辈子不走后门，我没儿没女，又不想升级提拔……看来这回得办件违心的事啦！"话语里颇有点儿辛酸。

第三天回来，又显得精精神神的了，跟我神秘地眨眨眼："妥了，到底老战友！多给了镇里两台，不过还得通过正常供应渠道，这回，再挤不着咱们了吧！"

不一会儿，张老师也来告诉个好消息。他通过一个学生家长，找到县里管文教的副书记。这位副书记已经给姚镇长打了电话。

"双管齐下，这回差不多！"老校长咕咚咕咚喝了几口凉茶，抹了一把胡子，精神得很。

其实，还差得很多呢。两台车拨来，吴主任也知道是老校长自己跑来的。这回他可不敢贸然从事，立即报告镇长，并提出给北关中学一台（他还没敢讲是北中自己请来的）。没想到，镇长非但不同意，还指示要认真调查："他们的钱是从什么地方来的？"

刘校长猜得出来，是文教副书记的电话帮了倒忙。他管文教，不管干部嘛！

姚镇长的话通过各种渠道传过来："刘瘸子整人！我还不尿他呢，看他给我检讨不检讨！"这类舆论经过三传五传，往往加了花点儿，但总是无风不起浪。

真正把党和人民放在心窝里的，有谁没检讨过，有谁怕检讨？检讨了心里才会轻松，才会激励未来。刘叔叔是检讨过的，战争时借了房东一把补鞋锥子，打仗走得急，随手扔掉没有还，他检讨；进城时对城里面看不惯，脾气粗暴，他检讨；三年困难时期他领着人上山挖野菜，吃得人浮肿、中毒，他检讨……那是赤子般的纯真的检讨，那样的泪是纯美的、没有污染的。去姚镇长那里检讨？没错误的向有错误的检讨，怎么可能想象？

刘叔叔一天一宿没说话，铁青着脸，在烧水房里抱着脑袋发怔。终于告诉我说："我检讨去！"

他让我去打听镇长在什么地方，然后打电话告诉他。我找了一天没找到，到机关去找，办事人员说没来，可能下街道了；到街道去，人家说根本没来，八成正在某个饭店；到了饭店，说刚陪客人走了，去向不明。

我提议跟他一块儿到镇长家去。他咬咬牙说："行！"

说来痛心，对于这类事我可不行。找门子、挖窗户、挂钩牵线要"好处钱"、请客送礼、以物易物、以物易人、空中飞人都是熟套子。刘叔叔曾批评我："共产党奶大了你，回过头来往共产党身上扎刀子，对得起你死在战场上的爹吗？"一半逼着一半良心发现，我才决心洗手不干，学了开车。没想到还得去挖门子，而且还得给刘叔叔出这个道儿！

秋天的早晨，小镇又冷又静。两家浆汁馆刚有人出来挂幌，卖豆腐的吆喝声从街那头儿传到这头，偶然一两个打浆汁的，都睡眼惺忪。不知谁家的懒公鸡刚刚睁眼，担心主人不满，扯着嗓子叫起来没完没了。

天色还早，同老校长在街里兜了两圈儿才迈向一条胡同。镇长的黑漆大门还插着呢。怎么办？

刘叔说："咱爷俩给镇长站站岗！"

红砖、灰瓦五大间正房，院里花草已渐渐枯萎。花叶后边的大玻璃窗里，猩红窗帘，绣着喜鹊登枝花样儿，还严严实实摞着。

老校长虽然穿得单薄，却挺胸背手站在那儿，眼睛望着街道。

我担心他忍耐不住寒冷与感情上的不平，会忽然离去。可是过一会儿，我明白了，此时除了给老师们弄车，别的想法他都抛到一边去了。

老校长还是那么站着，使劲儿吸烟。

喜鹊登枝窗帘拉开了，我的心咚咚地跳，老校长也改变了姿势，脸上掠过"可算等到时候了"的那种神情。

开大门的是个十五六岁的小姑娘，她迅速地、不自觉地朝我们手上扫一眼，冷冷地问："找谁？"

"在这儿等着，还能找谁？"老校长说。

小姑娘眼皮一"抹搭"，转身回去。我们想跟着进去，迎面放出来一些白鸡，镇长夫人在后边轰。我们连忙闪在一旁，做了"仪仗队"。镇长夫人就像根本没看见我们这两个大活人，宽大的走廊，左一个门，右一个门。人家不往屋里让，我们只好卖不了的秫秸戳（站）在那儿。

十八年都等了，何况十八天了，等！我只盼镇长夫人或小姑娘体贴我们一些，叫醒镇长，通禀一声。无奈人家都拉拉着脸子，借谷子还稗子一般，我们只好硬着头皮靠着墙等下去。

厨房里传来刺刺啦啦炒菜声，随着飘来炒青椒的鲜美气味儿，接着是几声叫勺。这一下可是救了我们，它吵醒了"草堂春睡足"的镇长，卧室里传来一两声咳嗽，绸子被面窸窸窣窣。依着我再等等，可是刘校长敲敲门，没等里边搭腔就进去了。

刘校长哪里是检讨，他是给镇长报了个细账。刘校长资格老，背后放出狼烟大话的姚镇长也显出一些不自在。刘校长话里软中带硬，透露出这笔钱一不是贪污，二不是盗窃，三不是挪用公款，何况有关部门已经同意节约归他们单位，可以攒钱买车。到底人家是当镇长的，让我们打出证明、写出报告来。后来还拿出爱护干部的姿态，说这样才符合原则。不能不令人感到无可争议地认为，领导上是对工作负责、对干部爱护，是为避免我们犯错误。说来说去，我们是被告，多亏领导不计较。

唉，不管咋说，"人怕见面，树怕扒皮"，见了镇长，车算有了指望。

打证明、写报告，我替老校长办了。费九牛二虎之力，把各个有关的门槛过了一遍、两遍、三遍。各级领导们总算帮忙，签上龙飞凤舞的大名，咣当咣当盖上五六个公章。办了两天，手续才算完备，可是最后还得镇长过目批字，不然供应站哪里敢给车呢？怎么办？还得找！

夜里下了一场小雨，天亮气温突然降低，遍地都冻得镜子一般光滑。老校长拖着受过伤的瘸腿，几次险些滑倒。找了四五处，才打听到镇长在"国旅"开会。这个"国旅"可不是专招待外国贵客的国际旅行社，而是本地人对镇上最大的国营旅馆的简称。这旅馆建在高处，门外水泥台阶就有十二级之多。老校长心急，台阶上得很快，刚上一半儿，脚下一滑，摔倒了。我忙过去搀扶他，却怎么也扶不起来。

老校长坐在那里，试探着去摸左腿小腿，嘴里"嘶嘘"一声，眼里掠过一线痛楚神色。

"怎么样？"

"说不定……骨折了。你哈下腰来，我搂着你的脖子。"

"我送你先上医院！"

"好容易摸准他在这儿，先办事。走，往上上！"他仰脸看看上边的那座三层楼。

怎么能拗过他呢？我要背他，他还说不用。这回，我不听他的了，背起他来就继续往上走。

姚镇长在三楼开会。刘校长怕我受累，在一楼会客室的沙发上等着，让我上楼。

我把材料递给镇长，他却往我身后看："老刘怎么不来？"

"来了，在楼下呢。"

"为什么不上来，嗯？对这么做还有什么意见咋的？"

"哪儿还有什么意见？刘校长摔伤了！"

我把方才刘校长因为急于找他而摔伤了腿的事一说，镇长一惊，低头沉思一会儿，偏过脸去，咬着嘴唇点点头。他也没翻那些材料，只在头一页上写道：

供应处：

    这回卖给他们一台车。

                 姚

        1980 年 9 月 20 日

他把材料匆匆递给我，始终没正眼看我。有愧？后悔？难过？但愿如此。

"走，我看看他去！"镇长站起身来说。

刘校长在沙发上直溜溜坐着，看镇长下来了，急问："怎么，还有什么岔头吗？手续不行吗？"

"妥了，妥了，我批了！"

刘校长"啊"了一声，倚在沙发上。

"你这腿……"镇长斜着身子坐在他旁边。

"摔了一下，没啥。你忙吧！"校长说着，就要站起来。

镇长连忙按住他："别，唉……"

"你放心，有车了，用不着去驾辕拉秋菜了，工作误不了的！"

镇长连忙要来吉普，我陪着老校长上了医院。检查结果果然是摔折了小腿骨。

唉，这些材料，我原以为要存档呢，吴主任却连看也没看，只看看那个姚字，就把它还给了我。

"这个……"

"没用了！"

"怎么？"

"取车去吧！"

我可算坐在驾驶室里了。高兴？心酸？委屈？只觉得脑袋一阵发晕。

下篇　落户

棒，真棒！转几十年方向盘的老师傅，也不一定有这样的福分，开这么好的新车。新型"大解放"，比原型绿色解放车大二十马力。通体天蓝色，深秋阳光一照，亮晶晶的，开起来轻悠悠的，就像一片流云。"咱们的车来了！""咱们的！"消息传开，比集合的钟声还好使，一千多师生从各个门里跑出来，从秋千上荡下来，从木马上跳下来，全都来看新车。伸手去摸的，摸得那么轻，还下意识在身上擦擦手。敲轮胎的敲得那么重，好像老友重逢，重重在肩上打一拳。

张老师说："小李子，开开看看！"

"对，表演表演！"

"哗！"掌声响成一片。

慢车急转弯，方向盘一把到底，不停车。急刹车，慢刹车，干净利落。操场外圈儿的快车真过瘾，只能听到春雨落在草原上的那种沙沙沙的响声。汽车过去，飘散在空气中的新漆与汽油的淡淡辛辣味儿，也让师生们感到亲切。

张老师与几个学生拿来了拔河用的大绳，对学生们说："来，咱们跟汽车比比劲儿！"学生们喊着、叫着拥过来。

一百人，不行。三百人，也不行。学生们被拖倒在操场上，有的来个前滚翻，有的在地上滚，操场上一阵阵欢笑声。我到这学校一千多天，还不记得有哪一天，全体师生这么高兴过呢。

可是谁也没料到，在"落户"上，又遇到难题了。

新车，先要空跑它千儿八百公里，这叫"磨合"，使零件间更严实，然后才能正式使用。磨合的头两天，倒挺顺利。有次遇见了张老师，他正拉着一辆空手推车，我连忙停车打招呼："张老师，手推车还没拉够？"

"可就是，有这个瘾呢！"

"干什么去？"

"拉点儿煤呀！"

"等几天吧，磨合好了我给你拉去。"

"拉煤能用新车？弄脏了我还心疼呢！"

我心里一动，暗暗嘱咐自己，可得好好给大伙儿把这舵把子。

第五天，我正在一条背街上慢慢开，远远一个戴大盖帽子的，背着手，慢条斯理往这边走来。快到近前时，他一只手仍背在后边，一只手一举，稳健而且威严。

我一看这是监理，连忙把车停在路边，比逃跑还敏捷，跳下车，满脸赔着笑："师傅，有什么事？"

"养路费收据。"

"师傅，这是新车。"

"知道。我长着眼睛呢！养路费收据。"

"师傅，正磨合……"

"它不是直升机，也没在房顶上跑吧！"

"师傅，我这就开车回去，立刻就交。"

"驾驶证。"他的手一直在我面前伸着，好像不拿到点儿什么，绝不收回。我以为他不过要看看，连忙恭恭敬敬递过去。没想到他连看也不看，往上衣口袋里一揣，又背着手慢腾腾走了。

"师傅，这是……"

"三天内到交通科交好养路费……驾驶证先放在这儿。"他说着，走了，头不回，步不停，慢慢远去了。

哪里有钱！学校领导急得转磨磨。这事让刘校长知道了，打电话叫我去一趟。他看我垂头丧气的，就说："养路费应该交的，咱没养过车，事先就该想到，这是我考虑不周。"他拿出四百块钱的存折，"我先借给学校。"

找到交通科会计一算账，我傻了。十月的该交，九月也得交。还有滞纳金、名目繁多的罚金。我知道养路费该交，那些罚金是嘴上会出气儿的，所以只好软磨硬泡。

收了我驾驶证的那位监理，正在旁边扯闲白，接过话茬儿说："没钱，闹闹着要车？"

这地方简直没法较真儿，我也不还口，心里这个气呀！我前些年不务正业的时候，跟什么公司经理、主任之类的人物，还不是见面拍肩膀、同桌碰杯？那些不光彩的事一办就通，偏偏办好事这么难，什么人的白眼也得看！我想起了老校长"好事准能办成"的话，压住心火，在走廊里转来转去琢磨主意。

老天开眼，竟然遇到一个老同学！原来他就在这交通科工作，长期外出，总没看见过。我跟他把学校难处说了一大堆，他说："我没工夫听你的豆芽子账，开车跟我到东大营子拉苹果，回来给机关分。"

"我不说了嘛，驾驶证……"

"我还不比你那驾驶证管用？"他指着自己鼻子，手指半晌也不拿开。

求着人家了，拉吧！

原来那个会计是他爱人。回来以后，他一转悠，少花钱多办事，成了！是我们不按人家的章法条文办，还是他们超出规章条文故意搞那套名堂卡人？我怎么说得清啊！

"你知道老梁（就是那位监理）为啥找你们的碴儿？"

"养路费该交的呀……"

"那些罚金呢？我跟你说，姚镇长未来的姑爷是他的徒弟。你们老校长不是又认识地区的，又找县委书记吗？人家生气了，这是给你们点儿颜色看看，县官不如现管！"

从此，我像个贼似的出去磨合，哪知道又有一只手伸到我的面前来。

"养路费收据！"一个三十五六的交通部门人员拦住我的车。验过收据，又说："到县里交不行，得到镇里去交。"

原来，县政府设在本镇，养路费两家都收，并无明确分工。听说如今谁收多了、罚多了，工作人员可以得奖，所以镇里又让交。

说一千道一万也不会解决问题，还不如来个大方的。我把驾驶证主动一交说："放心，师傅，明天交钱取证。"

学校又不开印币厂，哪来那么些大头钱？去交通科追回那笔来？简直异想天开。没办法，我又去找老同学。这一招比卤水点豆腐还好使，他放下电话说："去，帮他拉趟活儿就没事了。"

"车还没磨合好啊！"

"甭推辞，不少司机找这个须溜还找不着呢，快去快去！"

载不重，道也不远，就是太脏。这位同志家里养了十来口大猪，这次是要卖五口给肉食加工厂。送到地方，帮助过磅，看着他聚精会神数那一千多元大白边（十元币）。

他把钱揣好，忘了我的存在，转身要走。我说："师傅……"他这才想起还我的驾驶证。

崭新瓦蓝的车厢弄得比干净猪圈还脏。我直接开到小河旁边，一顿狠狠地洗涮，怕是师生们看见难受。

晚上，我去医院看老校长。我一进屋，他就说："我想起来了，还有一件大事没办，新车的落户，你落了吗？"

"哎哟，我真该死，竟然把这样天大事情忘记了。说也奇怪，连交通科也忘问这事了！"

老校长说："快去，可别误了拉菜。"

听说管这工作的是位王同志。我找到他的办公室，只听哗啷嘎嘣一声，王同志把抽屉锁上，握住锁头拽了两拽，看来已锁牢实，便慢慢站起身来。

"师傅，我办理个落户。"

老王五十多岁，酒糟鼻子，两个颧骨也发红。大眼皮浮肿、耷拉着，半睡半醒的样子。他看了我一眼，伸出胡萝卜样的右手食指，指指墙上的挂表，一言不发。可不嘛，已经到下班时候了。

"师傅，下午什么时候上班？"

"你们单位什么时候上班？作息时间全县都是统一的。"

下午，我提前十五分钟去等。没想到等三个小时零十分，还不见王同志的影儿。向别的办公室的同志打听，谁也说不清他在啥地方。我不敢离开，担心头脚一走，后脚人家就来了，岂不冤枉。真是苦心不负人啊，老王同志从大门外晃晃荡荡、趔趔趄趄地来了，这样的负责精神，也够难能可贵了，快下班还来看看。

他往椅子上一坐，如摔下去一般，椅子叫起苦来，吱吱直响。满屋子酒气，喝了酒能不口渴？我连忙反客为主，倒一杯水，恭恭敬敬递过去。他不看我，咝喽咝喽一个劲儿地喝。

"师傅，我那个事……"

"里（你）行（什）么事？"

糟透了，眼睛睁不开了，舌头硬了，事还咋办呢？但我也只好说："新车落户啊！"

"啊，那里（你）萌（明）个来吧！"

"还要什么手续吗？"

"朗（两）块钱。"

"别的呢？"

"那里（你）说还有哈（啥）？我让里（你）说！"

我哪里敢说？我只有赔笑的份儿。

第二天，他又把我忘了，谁知道是真是假呢！我变成录音带，重放一遍。他才说："带钱来了吗？"

我简直心花怒放了，眼看事情办妥了，利利索索递上一张五元大票儿。

"这个够干啥的？你问问老娘婆（助产士）去，接个孩子你还得花个十块八块的，落户那么大个汽车五块就够了？二十八块！"

"你昨天……"

"昨天？昨天咋的？"

"咋也不咋的，我这就取钱去！"

钱取回来，刚递过去，他又说："发票！"

"怎么还要发票？"

"你偷来的我也给你落户？嘁！"

"对对对。可是我们的发货票让会计钉到记账传票上去了，实在要也行，你老高抬贵手，少遛我一趟，我后给你补。"

"你问问派出所去，你去报个出生，还得老娘婆开个出生证呢，别说……"

"别说这么大一台汽车呀！"我实在忍不住，又来过去那种快嘴快舌的劲儿了。

"嘁！"

我差不多把自行车蹬散了架子，回来一进王同志办公室的门儿，又听见哗啷嘎嘣一声。我的心一沉，三步两步奔到他跟前，他正拽锁头。我往办公桌上一溜，我那二十八块钱和方才填写的那些表格，全在那儿放着，显得可怜巴巴。我装作看不见，把发货票递过去。

他摆摆胖手，把桌上的钱推过来："当面点清，分文不差。"

"这是怎么……"

"你来晚一步，领导刚刚通知，新车落户的事先冻结一段时间，暂缓办理。"

"为什么呢？"

"你问我呀！我问谁去？"

"那么得冻结多少天呢？"

"我哪知道！"

我把学校急着用车拉秋菜等等理由说了一火车皮，恳求、哀告、乞怜，就差下跪了。他浮肿的眼皮还那么耷拉着："我呀，人家让咋办就咋办，你跟我说，还不如跟你自个儿的'磕七盖'（膝盖）说呢！"

要是灰心，连车也买不来。都进了这个门了，办不成，车不能动，对得起老校长，还是对得起老师们？坚持到底就是胜利。我还是说，一个劲儿地说，直到说得他闭目养神。他想出不吱声儿这一招来了，以静待动。不管我怎么说，他就是不吱声。我还得想个招儿……

机会来了！办公室进来个十五六岁的男孩子，朝老王叫了一声："爸！"

"什么事，你妈又犯病了？"

"没有。火车站通知咱们家，说来橘子啦，让现在就去拉，去晚要冻了，人家就不管了！"

耷拉的眼皮即刻睁开，显然，此公这是搞外快。

王同志不慌不忙拿起电话，要了好几个地方，连县政府车队都要到了。真是扫兴，还是没车。百万富翁有时候也会让一块钱憋住，今天这管车的人没有车用了。他额上渐渐冒了汗，后来连手都哆嗦了。钱就是心，钱就是肉，钱就是命根子呀。这要一家伙冻了，不是连寻死上吊的心都得有啊！

我一看，别再憋他了，憋着他就等于憋我们那些老师了。再说橘子真冻了，暴殄天物，实在可惜。

我也像老校长去检讨那样，下了决心。为了将来不办违心事，这次就再办一回吧！

我把钱、发货票、原来填写的表格，轻轻往他跟前一放："我给你跑一趟！"

他出乎意料，又有点儿受宠若惊："啊……这……"

"都是摆弄舵把子的，谁还没个为难着窄的时候？不就是来回二三十里路吗？"

老王的眼里有多少感激的眼光啊！高效率立刻来了。很难相信，那胡萝卜般的手指竟然那样灵巧、敏捷。不到十分钟，全部手续已塞到我的口袋里；不到二十分钟，我们已蹬车到了学校；不到三十分钟，汽车已开上通往车站的公路；不到五十分钟，货已装完；不到六十分钟……

我比老校长强。他是我背进骨科病房的。而我呢，摔伤的只是一只小臂上的不甚紧要的地方，不住院也行。老师们一定要我住院，我打个电话给外地我的一个师兄弟，请他来代我开二十天车，给老师们拉秋菜。我就抱着进疗养院的心情，进了医院。

我和老校长住对床。老校长的脸整天严峻得如同一尊雕像，我想，这可能是腿疼的缘故。后来我发现并不完全如此，我们这一老一小对床住得真别扭，谁也不敢说个车字，就如旧社会避皇帝讳一般。这个字是一团火，谁也不敢伸手碰它，而两个人心里除了它又没有别的。

过了两天，我出去溜达，顺便在小市场上买了两斤橘子。一块一角钱一斤，我估计这是老王的货。他当时怕冻着橘子，亲自开车，滑到沟里，撞伤了我的胳膊，可是他的人、货都安全。我们的车也出奇的结实，连个斑痕都没落。

送我进医院以后，他为什么不让新橘上市呢？

我与老校长默默地吃橘子，他忽然说出个车字来："这是咱们车拉回来的吧？"

"没先吃菜，先吃橘子也行！"我笑着说。

他沉默一会儿说："将来，我还真得检讨。"

"怎么，还检讨？"

"等老姚、老王他们检讨的时候，我得检讨。唉，我不得已助长了他们的歪风……"

"这样的人还会检讨？"

"你等着吧！孩子，快了。"他信心十足，大口嚼着我们那汽车拉回来的橘子。

1983 年 6 月

绿云镇趣闻

三十年前，森林调查设计队的同志们登上北山的山林，忽然发出一片惊呼：这南山的北坡，远远看来，宛然是一个绿色的云海。后来这里会集了成千上万操着南腔北调的人，成了小镇，也便以绿云二字为名。如今这片绿云是早已飘到远方去了，小镇却变成了大镇。随着林业的发展，趣闻逸事时有流传。我这里先辑录几则，请读者玩味。

失　　主

仰头往上看，看不见大东山的山尖；俯身往下看，看不见几十丈高峭壁下边的早已冰封的大东河河面；公路上呢，连二十米远也看不出去。这咽喉要道上的护林防火检查站，如同空中的气球，在鹅毛大雪中飘浮。

这样的天气，让人气闷，令人产生孤独之感。在林区，也必定让人萌发"喝一口儿"的欲望。好在检查站的孤老头儿今天来了一位老朋友，拥炉话旧，举杯慢饮，减去不少寂寞之情，增加几许温暖气息。

老检查员端着搪瓷缸子，却在嘴边停住了。他侧耳倾听一会儿，咚地放下："来车了，我出去看看。"吱嘎一声，他推门出去了。

这位老朋友深知老检查员啃死理、凿死铆、毫不通融，很替他担心。这个林区里，有那么一些要钱不要命的主儿，为了偷运木材，什么损招儿都使得出来。这里是个一夫当关、万夫莫开的地方，路上的横杆一放，就等于立在那儿一座山，横在那儿一条河，插翅也休想飞过去。这老头儿的前任，脑瓜活，利用这道关口发了一笔小财。自然，非法放出去好材打的木桦子，或在桦子里头夹带的原木也不在少数。领导上光听辘轳把响，不知井在哪儿，只好把他撤换了事。一换上这个以站为家的老头儿，连条路上拉木桦子的车都慢慢地减少了。他只认政策不认人，软硬不吃。递酒瓶子，给你隔着道扔到河里去。那些想要在木材上捞点儿外快的，碰了几回壁，都说这老东西刀枪不入，给他起个外号叫"铁将军"。

老朋友知道这个底细，遇到这么个风雪天，岂能不替他担心？他也拎了一把大斧推门出去了。远远开来的，只是一辆"幸福"摩托，骑者是个年轻人，老朋友这才放心。

那年轻的摩托手看"铁将军"刚要抬杆放行，就连忙跳下车来说："大爷，我帮您抬，风雪这么大，还麻烦您出来一趟!"

杆儿像长长的手臂，斜举在茫茫的大雪之中，青年的摩托却坏了，只好推到检查站门前那一小块平场上去修。不一会儿，修摩托的搓着手进屋来："大爷，我暖和暖和，手都冻硬了。"

青年烤了一会儿火，一抬头，好像刚刚发现一般，看见小屋三面没窗子的墙上，几乎被各种奖状占满了。从四十年代末，到八十年代初，差不多隔一二年就一张，还有一年好几张的。发奖状单位从林业总局到林场，哪级都有。英雄、模范、先进生产者、生产标兵，各种光荣的称呼都有。

青年人眼神、态度立刻都变了，把"铁将军"看成佩满绶带的真将军，恭恭敬敬地说："大爷，您在我没出生的时候，就为我们这一代立下汗马功劳了！"

这样的话，他看见那些不三不四的浪荡青年，心里曾不止一次这么想过。没想到今天却出自一个青年之口，他实在有一点儿动心。他说："没什么能耐，也就是个认真，当时领导鼓励罢了。"

青年人站起身来，如看稀世珍宝一般轻轻抚摸那些奖状。这简直如同轻抚"铁将军"的心一般，让他感到舒坦。同时他的心也稍稍有一点儿发酸。

"大爷，您讲讲这张奖状是咋得的？"

"哪一张？"

"这个，'采伐能手'。"

"哦！那时候采伐，哪有啥油锯？全凭力气干，使的是弯把子。那一年雪下得比今年还大，林子里有兜裆深……"

青年听得全神贯注，脸上现出崇敬之情。讲完这张，他要求讲另一张。这些奖状贯穿"铁将军"的大半生啊，倾诉豪情的闸门一打开，哪里关得住呢？青年不失时机地插上一两句话。

"大爷，您是开局功臣。"

"同志，还不能这么说。"

……

"没有你们当年在泥里蹚、雪里滚，咱们林区能变成今天这个样？"

"唉！小伙子，力是没少出，汗是没少流啊。"

57

......

"我就看不惯，为啥现在对老劳模黑不提，白不念?"

"孩子，这你就不懂了。劳模可不像过去封侯授爵，谁干好了谁当。"

"咱们全林区护林防火检查站要都像您这么干，国家一年得少损失多少木材呀！大爷，我早就听说过您，凡是正经人，谁不说大爷为林子，能豁出命来?"小青年说得激动了，眼睛也有点儿发潮。

"铁将军"感到，听见人家这一句话就是最高报偿了，说："傻孩子，这你说到我心里去了。为了林子，我能豁出命来！来，喝口酒暖暖身子!"

小青年也不客气，端起缸子就喝。林区老木把都喜欢豪爽的人，见他这一喝，"铁将军"更高兴了，蹭上炕从搁板上又拿下一瓶玉泉二曲。小伙子连忙到外头摩托车的搭兜里，拿回一个大油纸包，打开一看，是烤得喷香的鲜狍肉。"铁将军"愿意吃的就是一口野味，于是老少三人开怀畅饮。尽管风雪扑到窗子上来，屋里人心里却热得很。

酒喝了两瓶多，时间过去两小时，忽然外边传来汽车马达声。小伙子说："大爷，这是我求车拉的一点儿柴子。我爹跟您一样，在林区干了一辈子。家里呢，连一块板儿也不往回带。不像人家，别说板子，电视机还有人往家送呢。我妈生病，屋里冷，我求人把我捡的柴火拉回去，你放心吧，绝对没有夹馅。"

"行啦，冲你这样儿，也不会偷木头，快赶路吧!"

两个老头儿有点儿喝多了。酒瓶子七倒八歪，狍子肉散散乱乱。他们躺下去就睡，一觉醒来，已经旭日东升，山河一色，缟素千里。"铁将军"昨天心里的舒坦劲儿还没过去呢，哼哼咧咧忙着收拾桌子，做早饭。他的老朋友却闷闷不乐，两人对面吃饭，也不敢抬眼看他。

"铁将军"问："你怎么啦?"

"我倒没怎么，可是你……"

"我怎么啦?"

"你丢了东西!"

"铁将军"哈哈大笑："我这屋子没有怕丢的，也没丢什么!"

"你心里的东西丢了，早晨我越想越不是味儿，是那个骑摩托的偷去了!"

"铁将军"饭碗咚地一放，顿时醒悟，怔了半晌，大手一拍前额："咳，我好糊涂，丢了东西还得意呢!"

老朋友踏着瑞雪走了。"铁将军"写了一封信请老朋友捎给他侄子。这个小伙子新近当了某林场的主任。老头子的信里，千叮咛万嘱咐，让这位新主任查查这个骑摩托的小伙子。

性　格

镇里有个机械修配厂，厂里有个烘炉，在这烘炉干活儿的有位老董，外号叫懂二大爷。

有一年冬天，一个小伙子，眉毛上、毛茸茸的胡子上、狗皮帽子与棉袄的后背挂满白霜，呼哧呼哧跑进作坊。

"董……叔……我起大早，"他大口喘粗气，"上大东山……拉柴火……"

"拉就拉呗，告诉我干个屁?"

"不是，我……看见了……"

"看见什么了？"

"树……"

大家都哄地笑了。

老董说："炕头上看见树是奇事，山上本来就有树。"

"不，是棵老粗老粗的大青杨，空筒子，里头有个黑小子（熊）蹲仓。"

"咋知道是仓子？"

"树窟窿上挂霜，我一敲，里头有动静。我寻思你懂……"他忽然想起老董忌说懂，连忙改口说："你明白，收拾它得了！"

大东山脚下是一片庄稼，秋天闹黑瞎子，地糟害得一塌糊涂。年轻的工人们一听这最新情报，都活跃起来，七嘴八舌一哄声说去。老董却不吱声。

老董这个人有点儿意思。什么事你要说他明白，他就满脸自得，讲一套底里原情与这件事情的来龙去脉，讲完就拉倒。你要说他不明白，他就来了劲头，定要给你干个样儿看。前几年烘炉来了一台小型汽锤。技术员知道这里的几个工人都没用过，详细讲了它的使用方法，一句"大家都不大明白，一定得学学再用"的话，惹得老董上了火："这玩意儿唬得了人？我来！"嗵嗵嗵一阵锤，让大家都佩服。高兴中他忘了动作协调，不小心锤去半截中指。此时大家都不在旁边，他来了火气，撕了条衬衣包上接着干。

青年工人们知道他这脾气，又一心想要去收拾那黑瞎子，就说："别看董师傅讲过那么多打黑瞎子的故事，怎么杀仓子，他也不大明白！"

"老林子里跑了半辈子，这事我不明白？"

"谁也不能事事明白，你也不见得……"

60

话没说完，老董"啪"地一拍工作台："去，星期天就去！"

他们四五个人，星期天一早就上了大东山。那棵大青杨果然是个仓子，可惜是个天仓，洞口在两人高的树干上。洞口很大，霜挂得很多，大家都说这黑瞎子小不了。

要是地仓子（洞口在树根上），一般都是用大斧敲击树干，里面的黑小子震得不耐烦，或是发了怒，就会钻出洞来。另一个人拿着枪或是锋快的大斧子，它一探头就是致命的一击。天仓子就麻烦，他们又没有枪。还是老董有办法，他带来了炸药、雷管和导火索。

几个人离开五六十米，由一个青年工人点着了导火索。轰然一声，一团烟云。

烟云一散，几尺粗的大青杨炸开一个大洞，一个比人矮不多少的大黑瞎子坐在那儿一动不动。

一秒、五秒、半分……它还是不动，就如同埋在那里的一根粗柱子。

一个青年说："装死！"

老董说："它像你呢，有那么多点子？"

另一个青年说："震蒙了！"

老董说："石头也震碎了，它还有工夫发蒙？"

"那就是……"

老董说："死了！"

引路的说："死了怎么还能直溜溜地坐着？"

老董说："坐着？老虎死了还站着呢。"

"肯定是装死！"

"肯定是震蒙了！"

"我说死了，就是死了！"老董来了劲，他急于证明自己的观点，

61

拎着斧子，迈开大步，“嗵嗵嗵”到了黑瞎子跟前。用斧背敲了一下黑瞎子的脑袋，黑瞎子仍然不动。

他回头对大伙儿说：“怎么样，我说死了不是？你们不明白！”说完了，他又敲了两下。

冷不防，黑瞎子“嗷”的一声大叫，老董这一跳吓得可不小，回身就跑。

等他跑到大家跟前，再一看黑瞎子，正朝相反的方向，蹶搭蹶搭没命地跑。老董悔恨交加，同时也涌上一股勇气和怒气，大喊一声：“追呀！”拎着大斧就追赶。青年们也跟上去了，仗着人多。

黑瞎子没敢回头，大家也没敢深追。

从此以后，那个懂二大爷的外号，大大时髦了一阵子。可是后来又谁也不这么叫了，那是因为老董再也不什么事情都装懂了。

良　　材

两只荷包蛋，因为下锅正是火候，一点儿没“飞”，仿佛两朵白云裹着两轮满月。一小盘蘑菇炒肉，蘑菇又鲜又嫩，是他特意起早上山采来的，盛在盘子里还如皮冻一般颤动。一碗五常大米粥，大米是他前些天托人从省城杂粮商店议价买来的，碧莹莹的半透明。他一样样细心装进手提式饭盒，刚要提起来走，又怕凉了，忙用鹅毛坐垫包严，这才拎着出了门。

路上不断遇到熟人：

“大叔，这么早哇？”

“哦哦。”

“师傅，急急忙忙做什么去？”

“啊啊。”他向上拎拎饭盒作为回答。

“老伙计，他婶这两天怎么样?”

“刚手术，老命保住啦。”

嘴里回答，脚却一步不停，他是担心饭凉了不可口。拐下大路，走一条胡同，穿过居民区，可以近一些。

一家院子里，“乒”“乓”“咣唥”地扔板子。他放慢脚步，细听听，站下了。侧耳细听那木板的撞碰声，重而且艮，他心中一动。干椴木、杨木分板相碰，软而轻。干红松、白松分板相碰，稍重一点儿，但声音发脆。水曲柳、山榆、黄菠萝则重而响脆。莫非是楸子吗? 如今这种木材在绿云镇可是很少见了。方圆几十里的木匠同行中，他以手艺高著称。大半辈子他最喜欢的材料就是楸子，这种木料做出来的家具，拼的缝看不出来，浑然一体，不管多少年不走样、不变颜色。油子上好了，可以当镜子使。小来小去的磕磕碰碰，不留痕迹不见伤。可以父传子，子传孙，一使几辈子。做这种木料的家具，他要把每一块料仔细看过，再成宿隔夜地思谋样式，样式要根据主人的身份、爱好与材料情况而定。做这样的活儿，跟盖房子一样认真。说来也怪，不管木头怎么硬，做工怎样难，他却一整天像喝了葡萄美酒，有一种由衷的兴奋和幸福感。做成了，他舍不得交工，一坐一个小时，欣赏自己的杰作。有几回半夜忽地起来，端着灯去作坊看一番，为成功之处而得意，为不足之处，哪怕是一刨子没有推好而恼火。你就留心吧，谁家请他做了这样的家具，他慢慢就会成为常客，借个由子也要多走几趟。去的时候与主人唠嗑，而眼睛总不离那家具。那粗糙的大手摸那家具的时候，都微微有些颤抖，轻柔慈爱，似乎在抚摸一件稀世之宝。

听着听着，他推门进了人家的院门。院子里两个小伙子，正从门斗的灰天棚上往下扔板子。一个年轻木匠满头大汗在刮一块木料。青年们这个叫大爷，那个叫师傅，他全没听见，直奔那堆木板扑过去。

果然是楸子！

他拿起一块来，吹去上面的灰尘，见毛料上的木刺已稍稍弯曲。手一摸，不软不硬，用手指敲了几下，"咚咚"地响，那声音如同娴熟的演奏家拨了几下琴弦。一看便知，这板子已经放了十年以上，生性早已过去，可是仍未过性。不过保存得不够得法，有几块稍稍扭曲，有几块有点儿翘棱。他可惜得直嘬牙花子，直摇头，还向主人投去两次不满的目光。

"要做啥？"

"写字台。"

他过去看看青年木匠选的台面料，大为不满："这块哪能做面？没看这儿有一块夹皮！这块也不行，跟别的料色不一样，是早些年我伐下来的。那块过长，可做三块箱板，做面用瞎了。再说，做面怎么不看花纹？挑不好七拧八歪，不顺理，谁看了谁不骂木匠没长眼睛！"

老头儿说着说着来了劲，把青年木匠选好的木料扔在一旁，自己动手选了七块，放在案子上左相右看，翻过来掉过去，弄了足有半小时，这才让小木匠"刮毛儿"。

小木匠不得法，净塞刨子。

老头儿说："这东西跟别的料不同，纹理不顺，又硬又艮。要先把灰尘弄得净净的，毛刨子要磨得锋快。快快的刃，薄薄的片儿，要不的就会戗了茬子，糟践材料。毛刮完了，换上好刨子，要加压刃，才能刮得光，不起毛。"

64

他要过刨子，退下刨刃，嚓嚓嚓细磨一番，要个短围裙扎上，又开腿，亮开架势。不紧不慢，一刨子是一刨子，不一会儿，毛刮完了。又换了一把刨子，唰——一条飞薄的刨花。那声音清脆悦耳，一刨子是一个乐句。他推着推着，成了一支优美的乐曲。节奏匀称清晰，调子明快，就像晴朗的月夜，在森林中听小溪在远处流淌一般。

几个青年看呆了，在他推刨子声中几乎陶醉。他停下来，大家才如梦方醒。

"大爷，您反正退休了，又没什么活儿，他家做家具是要办喜事，您来给当个场外指导吧！"帮着干活儿的青年说。

"什么叫'场外指导'？"

"光动嘴，不用动手。"

"那行，行，大侄子结婚，帮忙应该！"

小木匠也久闻他是一方名匠，便说："老师傅，我早就听说您最看不上那些钉子木匠、大眼子木匠、混酒喝的木匠，我们不少年轻的同行，真都多多少少有这个毛病。我们要办个讲习班，您老来给我们当师傅吧！哪个青年木匠不希望有个好手艺名声，哪家的家具不希望漂亮如意呢，您老……"

这话说到老头儿心里去了。让家家用上如意的家具，看着这家具就添乐趣，给好日子锦上添花，这不就是他几十年没有意识到却努力去做的事情吗？

他说："你们不嫌我倔？"

"不嫌！"

"不嫌我管得紧？"

"不嫌！"

"中，就这么的!"

几个青年高兴了，手忙脚乱地倒水敬烟，谁不小心咣唧踢了饭盒子。

"哎哟，糟糕糟糕，我忘了给你大娘送饭了，她还饿着呢!"他围裙也忘了解，拎起饭盒子就走。走到大门口，回头嘱咐："等我回来再拼缝!"

1984 年 6 月

森 林 气 息

失群的鹤

她仔仔细细地擦拭着猎枪，一遍，一遍……

这支双筒猎枪，跟她一块儿穿森林、蹚小溪，在篝火旁露营，在满是晨露的灌木丛中潜行。算起来已有十二年之久，但挂在墙上不用，竟也有三年多了。

每隔三五天，她就要擦拭它一番。没有锈，没有灰尘。枪筒上的烤蓝闪着乌鸦翎一般的光泽；枪托呢，也差不多可以照出她娟秀犹存的面孔。可是她还要擦。不然，她的心就安静不下来，总觉得不落实，总觉得有一件应该办的事没有办。

每每擦完枪，她都要慢慢端起来。枪托靠在右肩上，牢牢实实的；脸颊贴在枪托上，凉丝丝的。这时候，莽莽森林中的风雪，与明净的小溪清凉的气息，山背后艳丽的晚霞和森林之夜独有的清澈、深邃的星斗，都会一块儿扑向心头。那许许多多的往事使她激动不已，似乎又回到了森林里。

这时候，该瞄准了，左眼缓缓闭上。透过准星，她看到另一个世界。雉雉被击中以后，翻转一下身体，摔落在雪地里。那些被枪弹击落的羽毛，五颜六色，上边有阳光照耀，下边有雪地辉映，飘摇着，旋转着，简直让人心醉。飞快奔逃的狍子，四蹄扬起雪雾。你只要高喊一声，声音越高越短就越好，它会蓦然收住脚步，回首张望。那长长的弯曲得十分漂亮的脖子、高高竖起的耳朵、微微向天空扬起的头、张大的鼻孔，甚至是全身站立的姿势，都能看出它是多么惊异和紧张。可是一眨眼间，它倒下去了，只有那美的造型、美的神态留在她的心头，也许是永远、永远。

透过准星看到的，也可能是一只凶猛、残暴的野兽。比如说，可能是一只野猪。这里常说"一猪、二熊、三老虎"，特别是孤猪，那是极其骇人的。它遇到危险，鬃毛竖起来，血盆大口张开来，小眼睛闪着凶光，獠牙翘上了天。碰上没有退路时，它会向猎人直扑过来，这时的准星中会出现一个青面獠牙的家伙。等枪声响了，这野兽倒下了，猎人心里的惊悸和紧张才会消逝。随后慢慢升起的是紧张后的松弛，浑身上下各个关节、各条肌肉都放松了，令人感到一种懒洋洋的舒适。

有时候，行猎回来，坐在山坡森林旁休息，望着远山上悠闲的白云，她忽然想要无缘无故地开一枪。什么也不为，就为听听枪声在森林与群山中是怎样回荡的。在行猎的时候，她腾不出心思去细听枪是怎样响的，只能嗅到火药的气味。这清脆的一声刚发出，各个山头就会传来啪啪的回响，回响混成一片，像一波荡漾开去的音乐浪潮，涌向森林，涌向岩石。声音渐渐小了，渐渐远去，最后，与每片树叶、每茎小草，与她心灵的低唱，发生共振，融合在一起了。

她是那么强烈地爱打猎。然而，几年前她放弃了打猎，养起了蜜蜂。虽然狩猎证她不忍交出去，但她毕竟不再去打猎了。

她擦着枪。一遍，又一遍……

她忽然心血来潮，极其渴望去放枪、去打猎，就好像蜜蜂闻到空气中的花香，一定要朝着花儿扑过去。

哪怕是空放一枪，或是打下一只麻雀……

她端起枪，朝大玻璃窗外庭院中一棵老山榆瞄准，用以抑制鼓荡汹涌的心情。但是，她突然一惊，准星上出现了一张红扑扑的小圆脸、两只水汪汪天真纯洁的眼睛。她连忙把枪口移向天棚。

"妈妈，快出来，出来呀！"

是她的儿子把脸压在窗上叫她。儿子喘着粗气，看样子是刚刚从什么地方跑回来，脸上淌着汗。

她把孩子叫进了屋，忙着揽在怀里给他擦汗，问道："什么事，跑得这样急？"

"妈，快，拿上枪……"

"拿枪？"

"对。到小河边上去，那儿不是有几棵柳树吗？"

"拿枪去打柳树，乖儿子？"

"不，树下落了一只怪鸟，又高又……"

她连思索都来不及，便带上霰弹，拎上猎枪，随着儿子出去了。

这是一个小小的森林经营所的所在地。几十户人家，在一个山脚下，偏远得不能再偏远了。所以，母子俩在街上走过，也没碰上什么人。

她领着儿子，利用一片又矮又密的小白桦林做掩护，向小河边的柳树靠近。

她到底是出了名的女猎手，连针掉地上的一点儿响声也没有发出来，便接近了目标。

她慢慢地端起枪，让枪托靠在右肩上，牢牢实实，右脸颊贴在枪托上，凉丝丝的。

她向猎物瞄准。准星里出现的是……一朵轻柔的白云，还是一捧洁白的雪？她瞄着，瞄着。屏住气，食指慢慢收拢。

这位附近林区里唯一的女猎手，这位曾是体校射击队高才生的中年女人，在记忆中很难找出扣动扳机后猎物不应声倒地的情形。

"妈，搂火呀！"孩子轻声催促。

然而，她没有扣扳机，还把枪托从肩上移开。

"妈，你怎么……"

"哦，没什么，眼睛有点儿花了。"

其实，她想起了一只鹿，一只体态强健、漂亮的马鹿。

几年前，那只鹿在枪响后便应声而倒。她走过去，拔出猎刀。没提防那鹿猛地跳起，拼死朝她撞来。她被撞倒了，身上接连挨了几下，但一记比一记软弱、无力，最后，扑通一声，马鹿倒在她的身旁。

她把那只鹿埋了。从此，宁肯受苦、受穷，她也不再打猎。为什么这样做，她也说不清。

"妈，我给你擦擦眼睛？"

"不用。"说着，她又举枪瞄准。

在准星里出现的是……一团彩霞，还是一星跳跃的火焰？哦，什么都不是，而是儿子红扑扑的可爱的脸，还有那两只水汪汪的大眼睛。她连忙放下了枪，无力地擦去额上的汗。

"妈妈……"

"咱们不能打。"

"为什么?"

"这是一只仙鹤,丹顶鹤。"

"哦。要是别的……就好了。"

"别的,妈也不再打了。"

"那是为什么?"

"我怕是……"

"怕什么?"

"怕你的孩子像你这么大的时候,再也见不到它们了。"

孩子似乎懂了,又似乎没懂。

母子俩走出小树林。孩子轻轻投一块小石子,想要把那可爱的鸟轰走。可是它并不飞去。

从它低头、曲颈、缩肩的情形看,她断定这只丹顶鹤是因为病了,才离群落在这儿。

她让孩子找来男人,弄些消炎解热的药,放在小鱼、小虾的肚子里,送给仙鹤吃。

而且,夜里她就守在附近,她担心狐狸或是偶然出现的山猫。

一天、两天、三天……

仙鹤好起来,这一天它精神大振,它飞起了,在她头上盘旋了一圈儿,留恋地鸣叫。然后,才向西飞去。是飞向森林保护区,寻觅它的亲人和伙伴吧?

她望着它。像一朵云,像一团雪,它慢慢消融在蓝天之中。

甜　　睡

这场雪出奇的大。

71

来鹿妈在这大山里住了四十年，还是头一遭遇上这么大的雪。

前天，雪刚开始下的时候，还看不出像下大雪的样子。雪花儿稀稀的，朵儿出奇的大，漫不经心、悄无声息地落在已经开始春融的土地上，随后就化了。随后就凶起来了，漫天铅色的云似乎一时之间全都变成了雪花儿，向人间倾泻。横倒木上的积雪，渐渐上涨，不到一天，成了一米来高的雪墙。山脚下离群的小白桦树，落上雪就化，化了又冻结成冰，冰雪的重量压得梢头一直弓到地上去。

唉，天老爷的脾气变得古怪极了。冬天暖和春天冷，冬天干巴巴地刮得黄叶乱飞，春天呢，雪却下起来没完没了。来鹿妈诅咒天气，实际上是心疼儿子。来鹿得上夜班，雪这么大，怎么走？

她下了狠心，才叫醒来鹿。

房门被雪封住，费了很大劲儿才推开。

"要不，今晚上就别去了吧？"

"妈，你安心领着孙子睡吧！"

来鹿拿把锹，开出一条窄窄的路。来鹿妈开始还能看见儿子宽宽的肩膀和结实的后背，后来，只能看见他向两边扬起的雪与正在落着的雪混在一起，最后，便是一片白茫茫的了。

她叹息了一声说："唉，这有一里来路呢。"她微微感到不安。这种不安是早就在心底里的，只不过儿子不在身边，显得更为明显了。

她严严实实关了房门，挡好棉门帘。又在灶里添上几根枝丫。灶火映得她头发更白，皱纹却显得浅了一些。

孙子闹着找爸爸。她用手指做成小动物的样子，让灯光把影像投在纸糊的墙上。一会儿是只猫，一会儿是只兔子，还能变出黑瞎子和老虎。孩子开心地笑了。

带着笑容，孩子睡了。她摸摸孩子褥下的炕，太热了一些，她拉着褥子，把孩子挪到炕梢。这张小脸儿睡时比醒时还要好看。每一次孩子睡了，她都要好好地看上一会儿，又总是看不够。每一次看着孩子甜睡的脸，都让她想起许多往事。因为，孩子的嘴角、眉毛、下颏儿，都像爸爸，而爸爸呢，又像爷爷。

她感到不好意思，都六十多岁的人了。那已经是十几年前的事了，想他干什么？可是她又控制不住自己。老头子死的时候，很不平静，这大约也是让来鹿妈常常想起他的一个理由……

"来鹿妈！"

"来鹿爹，我在这儿。"

"这是什么声，什么声，像牛叫，山摇……地动……"

那正是夏天，太阳明晃晃的，连猪都躲到阴影里去了，静悄悄的，山村里连一点儿声息都没有。她知道，这不过是病人说胡话，可是她总感到有一点儿不安。

"啊——"病人惊恐万状，大叫一声，一下子竟然坐起来了，"快跑，快领着孩子跑……"

"怎么啦，来鹿爹……"

"怎么啦，怎么啦，不是发大水了吗？你没看着，白亮亮的水头，那不……"病人指的是窗外的阳光。

她安抚他，扶他躺下。他平静下来不久，就又哭又喊："人家说，早晚要发大水，都……都怪我呀！"

她知道他说的什么。

她跟着他到这儿安家落户的时候，四周的山上，全是红松、白松，塔头甸子旁边还有落叶松，山坡上有白桦树。白桦树更好看一些，亭亭玉立的，安静得近乎羞怯。那时候，她常到林子里去。春

73

天的野菜，一采就是一筐，蕨菜、猫爪子、白屈菜、水韭菜、山葱、刺老芽，要什么有什么。

花儿呢，也是很多很多的。雪还没融化，东山石砬子上就渐渐有了红的、粉的颜色，只要夜里有一场暖风，第二天早晨你看吧，那里成了一片云雾，那是最早开放的达紫香。听说从前满族人采这种花做成香，逢年过节，都要燃香。再过些天，南山坡上就是一片白了。那儿有许多山梨树。平时显不出来，一到开花时节，才看得真切。再过一些时候，各色野花，便在山谷中的草地上开放。红的太艳，耀人的眼；白的太白，就像一朵大雪花；还有紫的、黄的……

只要在庭院里一站，四面八方的风，都能把花香送来。

现在呢，可比不上那时候了。风里面干巴巴的，没有香味了。山上的树没了，土给雨水冲走了。偶尔在石缝中还能看到几株野花，也是可怜巴巴的。

还有，那些山上的飞禽走兽也没有几个了。原先，谁要是在屯子边上种点儿玉米或是萝卜，狍子呀、鹿呀，会给你啃光的。它们还大模大样进屯子。生儿子那天，屯子里就来过几只漂亮的梅花鹿，孩子爹才给孩子起名叫来鹿的。

老头子没病的时候，就常常为这个事郁郁不乐。因为他们一个有学问的人讲，树一砍光，不单土没了，花儿没了，还要发大水。而老头子呢，这一辈子干的正是这个职业。当初，他还觉得荣耀，他是伐木能手，连她也跟着光荣。可是后来……

老头子去了，带着不安和负疚。

三间草房，大雪天的夜里，只祖孙两人住着，她还感到心里有一点儿发空。墙上的挂钟嘀嗒嘀嗒地，走得不紧不慢、不慌不忙。

炕已经热上来了，以至于玻璃窗上厚厚的霜花都有一点儿融化了。小孙子睡得很熟，可是小嘴儿仍噙着橡皮奶头，睡梦中还不时吸吮着。她轻轻取下橡皮奶头，去看孙子稚嫩的脸儿。她心中慢慢地平静了。她有一点儿困，想要睡了。

然而，不知道什么时候，外边起了很大的风。风夹着雪，扑打着窗户。墙外边的枯枝大约被吹折了，那响声很是吓人。挂在窗旁边墙上的两只水桶被刮落，撞在小杆儿夹成的障子上轰轰隆隆地响。晾衣服的一条八号铁线，被风雪折磨得尖声尖气地叫，大一声小一声，哀哀切切。小狗四眼儿一直挺安静，现在也发出几声哀嚎，连它也感到害怕了。

她明明知道这是一场狂风暴雪，但是心总是往大雨上想，总感到这屋是漂荡在大水之上的一叶小舟。她明知冬天的风是吹不走房上的草的，房顶上还有厚厚的雪覆盖着，但是她仍然担心。她明明知道窗框都是上好红松木料做成的（那时候红松有的是），结实着呢，风雪再大也吹不进来，可是她还是担心。她忙把孙子抱起来，紧紧地搂着。

风，暂时歇了一口气，接着，又从远山上发出牛一样的吼声。这声音更让来鹿妈恐惧，这很像是山洪暴发的声音。她怎么能不怕？去年夏天，儿媳就是被山洪卷走的……

风总算渐渐停了。来鹿妈舒了一口长气，放下孙子。孙子睡得甜甜的，均匀的呼吸使来鹿妈心里安静了许多。

她闭了灯，向外面谛听。屋里屋外一样安静了。她凑到窗前，用手指焐化了窗上的厚霜，向南山下的苗圃瞭望。

开始她看不清。后来，看见了。她看见苗圃的两扇窗子里有灯光。儿子早已开着雪路到了那里。儿子正在为红松种子催萌。别看雪这样大，很快就会融化的。那时候，这批珍贵的种子就会撒入黑黑的土地。唉，红松树已经不多了，让这些种子快快发芽、长大吧。那时候，这儿又是一片红松林。

她长久地向那灯光凝望。然后，躺在孙子旁边，渐渐入睡了。

1985 年 12 月

笑

　　谁不喜欢笑呢？开怀大笑，满面春风般的微笑，莞尔一笑，都会为心灵增加欢乐的光彩。可是有人对它很厌恶，甚至很憎恨，对它怀着戒心。

　　你看，张嫂从小镇马路一拐进住宅区，脸就拉长了。这个人高马大的女人，下巴微微翘起，挺着胸，目不旁视。

　　另一边来了李嫂，单薄瘦小，薄嘴唇紧闭，单眼皮不抬，鼻子显得更尖。两人视而不见，或把对方看成影子，在要碰上的一刹那，各自拐进院门。随着咚咚两声摔门声，各人脸上的肌肉才放松。

　　这种把笑意驱逐得丝毫不留的脸部肌肉运动，每天至少三四次。因为各自上班的单位离家远近差不多，作息时间又一样，免不了常碰面。

　　西院里，李嫂家有条小狗，很会逗乐。能够直立起来走路，蹒蹒跚跚的。李嫂的孩子忽然给它戴上顶帽子，它便点头哈腰，引得李嫂咯咯咯地在院子里笑。

　　"咯咯什么？把你浪的！"接着传来鸡飞鸭叫声。张嫂指鸡骂李嫂。

东院，张嫂送女客走在院子里，客人说："回去吧，他大娘。"客人怀中的孩子学妈妈的话，也说："回七吧，他大羊。"引得主客哈哈大笑。

"嘻嘻哈哈，卖什么俏！"李嫂正等待这个时机呢。指着自己的男人，骂了张嫂。张嫂刚想接茬儿，李嫂又说："胡子拉碴的，还当自个儿十八呀！"把张嫂的嘴堵住了。

从此，两家都没有笑声。

不远的地方是小学校。常常有稚气天真的笑声传来，撩得人更加烦恼。

盐是怎么咸的，醋是怎么酸的呢？就是因为一扫帚雪，不多不少，就一扫帚，收起不够一土篮，化了不够半水桶。

林区小镇，住家的格局，多是红砖灰瓦平房。一栋住六家。房前有庭院，临街是各家板棚子或是泥棚子，棚子中间是大门。这样，街上的界线也就十分分明。

有一天夜里，小北风尖溜溜的，后来停下，悄悄下一场大雪。李嫂起得早，第一件事是扫棚子门前的雪。如今"过时"这个词挺流行，不是这个过时就是那个过时。可是"各扫门前雪"这句话，说了千年百年了，在张嫂、李嫂这条街上却仍然不过时。自扫总比不扫强，可是李嫂却有一扫帚扫到张家那边去了。自己这边干干净净，那一扫帚雪就与张家门前的积雪格格不入待在一块儿。

张嫂拿着扫帚出来一看，就想："要是精粉白面，这一扫帚你准不会扫到我这边来。你当谁是好欺的？"于是便回敬过去，多多少少又搭了一点儿。

第二次下雪，有一半被推来扫去。

怎么能想象，五月的原野没有鲜花，十二月的森林没有晶莹白雪呢？林区人爱雪，每落一次都感到胸中坦荡，眼界开阔。可是张、李两家每下一次雪，就要吵一次嘴。

后来可不光是雪了。先是相互倒垃圾，继而相互倒脏水。

发展到夏天，这种摩擦达到一个新阶段：相互指责临街的棚子过了界。

李家男人是司机，弄些板皮柱子不困难。所以决定重新起棚子，夺取空中优势。

叮叮咣咣钉棚子声音直敲张嫂的心。李嫂得意的脸，让她忍受不了。偏偏李家把棚子高过张家一尺，檐子探到张家棚子上空一尺，白铁水溜子出口朝着张家院子。

规模空前的争吵开始了。

先是"女子单打"。当然都是女君子，动口不动手。接着是"男子单打"。最后，孩子们也都参战，是"团体赛"。经邻居百般劝说，这才暂时收兵。

收兵并不等于罢战。张家也积极准备材料，决心把空中优势夺回来。邻居们都担心，不管鹿死谁手，街坊还不是跟着受苦。

年猪吱哇杀过。孩子们按捺不住，零零星星放着鞭炮。李嫂去买新鲜白菜。她知道张嫂在"一门"卖菜，离家近，她不去。她去"二门"。

"同志，麻烦您啦，买二十斤白菜。"她对哈腰在柜台下收拾白菜的售货员说。

"好喽，我给您拣几棵大些的。"

李嫂满脸笑容等着。

售货员笑呵呵一直腰，天啊，竟然是张嫂。她刚调到"二门"，还当了组长。李嫂哪里知道？

两个人笑着，"向"住了。

张嫂脸子好想撂下来，又想到跟前儿有年轻售货员，现在提倡"五讲四美"，影响不好。

李嫂跟前也有两个同志，不好在她们面前显得没水平。

脸上的表情"开关"似乎都操纵在对方手中。两张脸相互影响，几欲拉长，但终究没让笑容躲起来。

张嫂热情周到，帮助李嫂把白菜装到皮工具袋里。李嫂也谦让："您忙着，我自己来。"

分手后，虽然两颊发酸，可是心里都觉得敞亮。

春节前，满天梨花瓣一般又降了一场瑞雪。李嫂特意早早起来，赶紧打扫，赶快回屋。

张嫂拿着扫帚出来一看，雪怎么都堆在李家门前？眼圈儿一酸，忙转身进屋。

夜里，她跟孩子们悄悄地把李嫂门前那堆雪拉出去。

第二天中午，赶巧啦。两人同时拿镐来刨"边界"上的脏冰，都怕对方干得多，不一会儿，便满头腾腾汗气。偶然之间，眼光碰眼光，两位都笑，笑脸上也都有些不好意思。

大年夜，爆竹响过，两院相互拜年。半条街洒满愉快响亮的声声笑语。

1982 年 4 月 15 日

路 灯 亮 了

深秋时节，C城照例十八点开路灯。陆续地，各家窗子也亮了……

梳　　子

"哎，怎么没了？"

"工资袋吗？我拿来了！"

他把化妆盒翻个底朝上。刮脸刀、檀香皂、凡士林油盒、各种颜色的化妆油盒，弄得稀里哗啦。

"什么工资袋？梳子，我的梳子！"

正在做饭的妻子连忙说："别这么火上房似的，'尤霍夫①同志'，在家里还能没了？"说着，跑进十一平方米的寝室去。

他不修边幅，一件旧蓝中山服，不是丢了纽扣，就是皱皱巴巴。

————————

① 伊凡·伊凡诺维奇·尤霍夫，苏联早期的合唱指挥家，"第一国家合唱团"领导人。出身于热爱合唱的工人家庭，把毕生献给了人民的合唱事业。

有一天，竟然把纽扣结串了位置，衣襟一高一低，在 C 城市场逛了一圈。回家后还是女儿发觉的："哎呀，爸爸，你怎么……你真是……"他也不在意，一笑了之。

事情都有特殊与例外，这便是在演出的时候。西装革履，风度潇洒。或肃穆或庄严，或高昂或热情，随着合唱的内容变化，与整个合唱的调子，与他所唱的男低音部，不但在节奏、旋律、音量、音色上，就是在风度上，也极其协调、和谐，跟平时判若两人。

平时不注意装束，演出前的盥洗却很认真。住家离舞台近，常在家里这间一米多宽、两米来长的小厨房里刮脸、洗脸、初步梳理头发。他须眉重，汗毛发达。脸刮得很细，印堂中间、鼻翅两旁，连一根汗毛也不放过。怕的是一旦拍电视，特别是难得的近镜头（特写他总未轮到过），影响整个画面。身子、脸也洗得很细。为了节省，先打一次肥皂，然后再打一次檀香皂（演出前盥洗专用）。他想在气味上也与大家保持一致，起码是不让自己低劣的肥皂味刺激同伴们的生理、心理，影响演出效果。四十五岁，头发仍然又粗又硬，不大听话。因为是双头旋，头顶有一缕老是不屈服，捋下去还立起来。化妆师忙那些独唱演员、主要角色，哪有空儿给他吹风或涂发蜡？他演出时总带一把梳子，白牛角的，可以像小刀一样折叠。通体晶莹，款式漂亮。是他年轻时第一次登台前，他的声乐教师送给他的："旧意大利派声学家曼契尼说：'一个演员在舞台上的举止风度必须是优美大方的。'你的那缕头发……"他接过老师的礼物，感到分量很重。这哪里只是一把牛角梳子呢？此后，不论到什么地方演出，总是随身带着。常了，形成条件反射，一说演出，他就先想到梳子，好像他厚实的音带就装在那把梳子里。

"喂，我说，你快自己来找找！"

他三步两步跑进屋。一拉抽匣，桌身直晃悠的两屉桌子里没有，几件上衣的口袋里没有，地上没有，床上没有，散乱堆放在书架上的《音乐词典》《唱歌艺术》《卓越的俄罗斯合唱团及其领导者》等书的中间也没有。

十八点已过，去团里化妆的时间就要到了。

"真见鬼了！"他清秀的鼻子上沁出汗珠，大而明亮的眼里全是焦急。

"啪！"桌子上落下一把电木木梳，是女儿从她自己的角落里扔过来的。他看看女儿，女儿背着脸，勾着头，编织着一件桃花色绒衣。

"要不，先带这把？"妻子试探地问。

他颓然坐在床上，床压得"吱扭扭"地响。

"唉，你知道，身上没它，总不安心，影响艺术效果……"

"看看高知楼的，人家并没有带梳子！"女儿没停手上的活儿，头也不抬。

"'人家'是人家，我是我！"

"啪"，一本杂志飞落在桌子上。那位高知楼的"人家"正在杂志的封面上歪着脖儿用兰花指揽着长长的披肩发，顾盼流情。项链、戒指俱全，珠光宝气。

"啪！"他使劲把杂志翻过去。封底却是广告，彩色鲜艳，印着一袋袋包装精美的化肥。

"当然！"女儿把绒衣傲慢地扔在她自己的床上，扬着小小的头，翘着尖尖的下巴，半闭着眼皮："她不过是个独唱演员，虽然全国闻名，也算不了什么。可爱的爸爸呢，却是C城合唱团的'基石'，用您的话说，您唱不准，上面的几个音部就得'晃起来'！可是您不会忘记，评工资规定的业务骨干，只有独唱演员、作曲、首席……独独没有'基石'；搞分散演出，'人家'出去一天四场，每场八十元。'基石'们呢？不是望洋兴叹，就是一筹莫展……"

"你，你疯啦，小……"

"噢，妈妈，可怜的妈妈。"女儿迈着造作的步伐，走出去了。

"你……"他气得腾地站起来。

"'向人间滴过一滴露水，也总完成它滋润一棵小草的心愿'，这时候您该说的，仍然是这一句吧，爸爸?"女儿回过头来。

"对，孩子，我要说的正是这一句，我还要说!"

回答他的，是楼道里高跟鞋的笃笃声。

他怔了一秒钟。夫妻相对一望，同时说："唉，惯的!"

沉默，他来回在屋子里走，又只能走一步半，胖胖的妻子往后斜着身子给他让路。他是生气了。怎么能不生气？"基石""露水"是他的信条。在他们年轻时，工厂合唱队的姑娘们排练《黄河大合唱》，请了这年轻的合唱演员去辅导（他们就是这样相爱的），他就真诚地说过。而且结婚二十年，他也常常说的。

她心里怨恨女儿，这个当了服务员瞧不起服务员的女儿，当着同伴吹自己的父亲是艺术家，吹"合唱即是艺术"。遇上独唱演员的孩子，就故意傲慢无比，满脸轻蔑，大谈"露水""基石"，还有她父亲挂在嘴上的尤霍夫为人民的合唱事业献出一生的可贵精神。父亲为了这句话，得了这样一个外号："尤霍夫同志。"她明知这外号语带讥讽，却硬说尤霍夫就是值得敬重，有这样外号恰恰是个光荣。平时在家里只是郁郁寡欢，而这一次却暴露了心灵深处的沉淀物。

妻替他难过，他虽不及尤霍夫，却也为合唱献出大半生，还决心献出一生。他的日课是练声，没有一天不坚持。在树林里、草地上，或人少的地方，始终按着小加尔西亚起音方法来练习：站得笔直平稳，重量在两脚上，两臂后伸，下颌由它本身重量而下落……条件不方便，又不想妨碍家人与别人，他在小厨房，站在矮凳上，开开气窗，在这七层楼上面对蓝天，放开声音练嗓。

"不要自苦了，你练了多少年了……"她心疼地劝他。

"德国作曲家瓦格纳手下一个人，唱了一辈子'1'，这个人还要练呢！"

"不就是个低音部吗！"

"哎呀，你还常吹你是内行，你看过叠椅子的杂技吗？低音部就是最底下的那张椅子，最底下的人。他出了点儿偏差……你敢想吗？"

"你不能改唱独唱？低音独唱家咱们国家是不多的。"

"为什么？《黄河大合唱》中国人谁不愿听？谁不受它鼓舞？"

哎，拿他有什么办法！

"当"，老挂钟敲了半点。

"哎哟，后台化妆了！"他站起来，手足无措。

"要不就……"她瞄一眼桌子上的梳子。

"再找找看。"

她忽然想起来，下午在桌子上似乎见过他的梳子，过后又打扫卫生，清理一些废纸垃圾，会不会裹出去了？

夫妻俩一前一后"咚咚咚"跑下楼去，赶到垃圾箱前。

"哎哟，这不是'老尤'吗？在这翻……"一位同台合唱演员走过来，语含轻蔑。

他的外号"尤霍夫同志"就是这位起的，其实他不姓尤。他对这位同伴多次演唱音量不谐调都提出了批评，太伤人家的面子。

从高知楼那边，又走来一个人。人未到，香气先飘过来，两口子都知道这是那位"人家"。

"是老……啊，你们两位哟，我当谁？怎么，今晚不是有《在希望的田野上》吗？"言下之意是："这个节目不是你极力主张上的吗？怎么还在垃圾堆里找营生？"

"人家"走了，很有一点儿"三道弯"古典舞蹈功夫。不，"三道弯"是身子前后弯曲，古朴典雅，她的呢，都是左右打弯、扭动。

他失望了，没有找到，怎么办呢？

"爸爸，爸爸！"儿子像长跑运动员似的，满头大汗跑回来了。他是个中学生。

"爸爸，我回来晚了吧？我原想会早回来，谁知道节目演得太晚，我们的大合唱又是最后一个。给，你的木梳。"

她说："你这孩子！"

他说："好儿子！"

他一下把儿子抱过来，吻了一下。男孩子不大好意思，喃喃地说："我也是双头旋……"

"观众反映怎么样？"

"成功，他们跟着唱：'我们的未来，在希望的田野上……'爸爸，我知道你为什么爱合唱了。几百人像一个人……"

他狂吻儿子，说："好儿子，好儿子，两个头旋的好儿子！将来，这把梳子就给你……"

梳子装入上衣口袋，魂儿飞回来了。

脚步声，伴着远处时隐时现的市声。这条街很静。

她望着他的背影。

我们的未来，

在希望的田野上……

歌声、脚步声渐渐远去了。

她微笑着摇摇头，轻声自语："唉，地地道道的'尤霍夫同志'。"

撞

"咔嚓！""嗵！""哎哟！""妈的！"紧接着就是两声"咕咚"，然后复归宁静。

怎么回事？两辆飞快的自行车撞了架。准确些说，两位骑自行车的小伙子相撞，在一条很静的胡同出口处的街道上，这是一条背街。

两个人都摔倒在地，相距约三米，谁也不动，谁也不说话。因为十八点未到，路灯未亮，辨不清模样，我们只好称呼他们为甲、为乙。甲四仰八叉，乙半趴半侧。甲的自行车毫无动静，乙的自行车后轮仍在嗡嗡地转。

不过，请好心的读者不必担心，因为本篇并非侦探小说。

乙一动不动，不，准确点儿说，身上还有两处动，一是心脏，一是眼睛。在暮霭中，两只大眼紧着眨巴，观察对手的动静。甲呢，却只有心脏跳动了，用一句术语，一瞬间他摔"休克"啦。

乙：倒霉！要耽误啦！死乞白赖，献尽殷勤，词典上的好话说尽了，那漂亮"公主"才答应这次约会的。

这个浑蛋！为什么骑那么快？家里失火了，死人了，抢孝帽子去，还是从哪儿弄了"大白边"，到"北国第一酒家"喝金奖白兰地、吃红烧海参？（他悄悄地咽下口水。）

……关键的关键在于不先动，谁先动谁没理，打官司也抢不上原告。这个姿势保持起来真难受。他小子倒舒服，像躺在"席梦思"上一般。唉，这个鬼街道，这会儿连一个行人也没有！有了人，可以把他叫起来。我呢，一半时他谁也叫不起来，总要比他拖得时间长些。

他怎么跟死了一般？糟糕，真死了，这个事可就摊上了，那个"公主"还不飞了？幸好，还没行人，他妈的，三十六计走为上。哦，好了，好了，他哼了声，动弹了……

甲：是星星吗？它们怎么晃来晃去？哦，不晃了，是星星。天空那么深邃，真惬意。后脑右侧的骨头为什么痛？哦，是让胡同里骑车子的撞了。手提兜呢，哪儿去了？那可是丢不得的！恍惚间，撞我的人也摔了，会不会摔到石头路牙子上？（他急忙挣扎着起来了。）

甲连忙去摇乙的肩头："同志，同志，你醒醒，醒醒！"

乙任其摇晃，不声不响。

甲连忙伸手试他的鼻头，他屏住气息。按脉搏，脉搏当然跳动。喊他几声，他仍然不动。

这时候，驶过一台挎斗摩托，是位民警。甲连忙追了几步，高喊："民警同志，民警同志！"

乙看对手离开，以为要跑。又想到车子还在，就仍然未动。一听他喊民警，这才着了急，一跃站起来："喂，你穷嚷什么？"

摩托车太快、太响，民警没有听到。他们又在黑洞洞的胡同口，民警没有看见。

甲连忙说："哎哟，同志，不要紧吧？"

"先不用管要紧不要紧，你长没长眼睛？"

"同志，话不能这么说……"

"唱着说？"

"你从胡同出来，骑得又快……"

"为什么过胡同口不给铃？嗯！"

"你给了吗？"

"给了。"

"没给。"

"给了你没听见。"

"我确实没听见。"

"那是你的问题。"

"不管怎么说，是你撞了我！"

"我可是叫你撞出这么远，那么半天爬不起来。"

"不实事求是，吵到半夜也分不清里表，我看你也是有事的，先看看摔坏哪儿没有。"

乙哼了一声，撸起袖子。

甲忙用钢笔电筒去照，肘部抢去一块皮，出了不少血。他掏出一条干净手帕，可能还觉得不干净，又变魔术似的掏出一沓软手纸，这是消过毒的，包好了，说："不管谁撞谁，今后骑车都注意就是了。好在没大事，我们各走各的吧！"

"走？没那么容易！"

"实话跟你说，同志。我有急事，跟你纠缠不起。你还要怎么办？"

"你有急事吗？也好，与人方便自己方便嘛。那么，拿钱来，我自己上医院。"（多几块，今晚在馆子可以和女朋友多要一个硬菜了。）

甲有些忍耐不住，他自己也觉得血往上冲，那脸上一定是竖眉立目。他心怦怦地跳，拳头攥得嘎嘎响，他恨的就是这种人，偏偏又遇上。

这时候，路灯唰地亮了。他有一点儿发怔了：对面这个人浓眉大眼高鼻梁白净面皮，一脸秀气，高个儿宽肩，身强体健。令他奇怪的是，跟他自己长得竟有许多相像的地方，连个头儿都一边高，衣着样式颜色都差不多。让人冷眼一看，简直分不清真假。人相像，可是心为什么不相像？他有点儿可怜他。二话没说，忙跑到车子跟前，从车把上摘下手提兜，"唰"地拉开。里边有个咬了一口的馒头，有一沓写了字的稿纸（这教案就是他怕丢的东西）。他在兜底上划拉一把，抓出几张元票还有角票、分票。

"拿着!"

乙挑着眉毛，奔拉着眼皮，往下抻着嘴角，大大咧咧接过去。

甲忙去扶车子、挂链子，忽又想起什么："同志，我明天有时间，可以去看你，请留个地址。"

乙一惊："没这个必要。"

甲苦笑了，分开围观的人（不知什么时候聚来的），推车走了。

"喂，血，小伙子，你脖子上有血。"一位老头儿喊。

"不要紧，破了点儿皮。"

甲的车圈瓢了，"咔嚓咔嚓"响，他又想骑得快，便使劲蹬。

"有理不讲，他咋这么急？"

"不急？一百个孩子等着他给补习呢!"那老头儿说。

没提防，乙手里捏着的钞票，"唰"的一声被人夺去。大家定睛一看，是个窈窈窕窕挺傲气的姑娘。

乙一怔，脸唰地白了。

"啊，是你？"

"对，是我！"姑娘说完，冷冷看他一眼，往圈外就挤，要上自行车。

"喂，你……我，这是我，我不是他……"

"他也不是你。我认得你了。"姑娘说着，上了自行车，连忙追赶前边的人。她想的是前边的人为了一百个孩子，一百双眼睛，一百朵待灌的鲜花，才……

"喂，你等等，我陪你去！"

"不劳你大驾！"

乙想了想，也狼狈地追上去。

三辆车子——三支箭。

唉，小伙子们，姑娘，要骑好啊，千万别再撞车。

味　道

"大车响，萝卜长。"这是老话。如今轮子包一圈铁的"大铁车"，早不见了。不过，地处我国最寒冷省份的 C 城，在大车该响的时候储藏萝卜，这习惯尚未改变。它差不多是半冬的菜蔬，其重要性仅次于大白菜，家家知道是忽视不得的。

C 城的惯例是"抢秋菜"，机关、单位各显其能。

总务科的人知道门市头不大，实力不足，抢不过人家，也就不去凑热闹。好在一汽车也就够分，边边旮旯，哪儿还弄不来？所以等拉回来的时候，大家早已急得七窍生烟。一说"各科室分萝卜"，"呼啦"下子都来了。

为了好算账，总务科擎囫囵不擎破，以科室为单位分堆，由各科室分到职工名下。

机关后边的小庭院里，拉了一盏两千瓦的电灯。萝卜堆上下都是人。可是听不到几个人说话，大家都在手上做功夫。

就财务科落后。因为只有会计来了，别的科都已归了堆，会计还在那儿拣。别看他账本弄得头头是道，一打算盘"噼里啪啦"来了精神，分东西却顶不上去。他这个人又不会挑拣，不会抢尖。看见街里卖水果的小摊子，很多顾客都挑，心里觉得不是滋味。他想，前边的顾客，不是要占后边的"相应"吗？遇到小贩子大喊大叫"贱卖贱卖，管拣管挑，来晚可就没了"，他心里也老大不高兴。"反正你不吃亏，这是唆使先来的占后来的便宜，是叫人沾尖取巧！"所以他始终不让他儿子去市场买东西，免得孩子纯洁的心灵被浸上一两点污垢。在机关里分东西，他就更不挑，怎么忍心呢，坏的你拣出去，就得给他，都是同志哟。不过，也有挑的时候，分到最后，只剩两个人的份儿，他总是挑点儿好的给别人，也有一点儿表彰那个人不挑不拣不占小便宜的意思在里头。

"哎哟哟，会计，咱们这堆怎么没人家的个儿大，准是你又没挑，是不是？我跟你说，不挑白不挑，谁领你的情，谁说你的好呢？"

"都差不多，差不多！"

快要分完堆的时候，女记账员来了。埋怨教训他一顿之后，就指挥他说："你快去占磅秤，要不咱们得分到什么时候去？我在这按咱们报的数，大估摸分上堆，一约就得了。"

会计排了号,把磅秤推回来,记账员也分完了堆。科里其他四个人还没有来,其中,有两个人是公出的。会计看有两堆很好,个儿大、光滑、色气正、根上没有蛆。他以为这是预备分给公出同志的,谁知记账员说:"这堆是我的,那堆是你的!"

"给没来的吧!"

"你不说了,都差不多吗?快约得了!"

他这个人毛病就是不想得罪人。他知道这个瘦小机灵、猴子一般的女人,什么时候排队买东西都能钻到前边,所买的东西都是又好又便宜,是个善挑家,他不愿给她过秤,也"滞滞扭扭"给她过了。

记账员的小儿子在旁说:"妈,这堆好的,给别人吧……"

"去你的,好能好到哪儿去?"

这时候,她在另外一堆发现了一个二碗大的,根细顶小。趁会计不注意,手疾眼快,扔到自己的堆上,又拣两个小而带蛆的扔到那堆上去。

记账员挺满足,回家以后,又觉得会计是装腔作势。她不相信,会计会不要她挑出那些好的,而送给别人。她要去看看,好在离得不远,抬腿就到,借口却是问会计爱人怎么储藏大萝卜最稳妥。会计爱人给她介绍,先把萝卜埋在外头,等上大冻再拿到屋里,那时萝卜表面会润出一层水,要擦干了再培干土,不然容易烂……

她哼哈答应着,眼睛却往萝卜堆上瞄。这个老本本,真是最不好的!谁让你不要好的?活该!

会计的儿子正在切萝卜吃,那萝卜是个没长开的,一定是又艮又辣。

她问道:"小子,好吃吗?"

"真好吃，又甜又脆，您尝尝！"

女记账员觉着有点儿不安，有点儿心虚，连忙回家。恰好，儿子也在切萝卜吃。

"儿子，好吃吗？"

"不好吃，不是味儿！"

"萝卜不是味儿，还是你嘴不是味儿？"

"心里不是味儿！"

"坏种，这么大的萝卜还堵不住你嘴！"

她哐地关上厨房门，自己站在过道里出神。大约是琢磨自己心里的味道吧！

自 然 金

C城人民广播电台十八点零五分广播：本城某青年工人，在山区试验采掘机性能，拾到一块自然金。其重量是历史上罕见的。他已经把它献给了国家……

/

"哎哟，姑娘！还有闲心织毛衣？广播没听着吗？"东院大娘气喘吁吁地跑进门，没头没脑就是这么一句。

姑娘麻利地卷好毛衣，放在衣柜里，文静地问："大娘，看您急的，广播里怎么了？"

"咳咳，献了！"

"献什么啦？"

"金子，浑小子的那块金子！"

"献了不好吗？大娘。"

"傻瓜，傻瓜。弄了半天这是个傻小子！跟你说，姑娘，你们这个红媒，当得我肠子都悔青了！"

胖老太太"吱嘎"坐在椅子上，拍着大腿，长吁短叹。

姑娘一低头，悄然笑了。姑娘的爹——一位退休老钳工说："嫂子，这二十来天，你一天少说来三趟，催着孩子到人家去串门，把个小伙子说得天上难找地上难寻……"

"咳，他大叔，我不是寻思春起的时候你托过我嘛……不怪姑娘压根不去，有眼力。这小子我早就看出来是个胳膊肘往外拐、有恩不报的东西……"

原来，老太太是青年工人叔伯大姨的小姑子的表姐的姑舅妹妹的"填房"嫂子。论起来也不大明白，反正青年工人叫她姑。青年工人念书那会儿，在她家住了半年多，交钱交粮搭伙。有一回她让孩子去买粮，拿去五块，找回来七块三。卖粮的当十元票了，当时孩子又没看。孩子说："大姑，多找的快给人送回去吧！"她急忙揣在怀里："别他妈吃里爬外！"半个月后，孩子拿着五块钱，送给卖粮的阿姨，他是捡废铁一点点积攒的。当时钳工的老伴还活着，见人就夸这孩子仁义厚道。可是大姑却气极了，罚孩子星期天捡破烂，贴补伙食费，还见人就说他胳膊肘往外拐……

屋子里一时沉默了。老太太忽然又上来火气。

"常言说，男人是搂钱的笆子，他这笆子尽往外搂，姑娘真嫁他，得一辈子遭大罪。损十年阳寿我也认了，红媒我不当了！"

东院大娘走了，像她突然闯来时那么一阵风似的，走了。

姑娘又连忙拿出那件还有几针就织完的毛衣。

听着听着，那青年工人却把收音机关上了。

妈妈又打开："为啥关上？"

"记者不实事求是。"

"哦！"

"金子没埋在外国，我又没付出劳动，怎么叫'献给了国家'？"

慈爱、幸福、自豪，这些情感同时从心头升华到脸上。这位母亲在想什么？是为了这个目标几十年的含辛茹苦，还是充满希望的未来？

情切切、意绵绵的一封信，"唰"地撕成两半，扔进纸篓。

染成金发的这位姑娘，二十天来（她听到他捡了金子的小道消息后，一天也没耽误），给那位幸运的青年工人连着发出四封这样的信了，又封封被退了回来。

也不怪她这样急切，那叫拳头大一块金子！

他们一块儿下乡，他曾同情她的处境，把招生指标让给了她，她一时冲动，表示了爱。然而他太实，实就是无能，学校里高干子弟好几个，于是她跟他"白白"。后来资本家子弟腰缠万贯，于是又"白白"。"白"来"白"去，白闹得满城风雨，一个未成。又于是，这匹"好马"也要吃回头草了。

也不怪她撕信，旧情未被理睬不说，拳头大一块金子白白飞了。

可是，她又把信捡起来了。唉，可惜呀！开端处的名字勾了，换了另一个，白白浪费心血，她不甘心。

1

敲门。

进来的正是那位织毛衣的姑娘，衣着朴素，梳着两条黑油油的辫子。

如果有一种测试幸福感的水银柱，在青年工人身上一测，这水银柱会蓦然上升，就要达到顶点了。

"快二十天了，你怎么一面不露？"

姑娘坐在床沿上，勾着头，抚摸着辫梢。为了克制微笑，轻轻咬着红润的嘴唇，一双水汪汪的眼睛抬起来，似乎在问："你说呢？"

"打电话、写信、到你家去，你都……"

姑娘把那件毛衣展开，侧着脸递过去。

米色、凤尾花、大卷领，真漂亮。小伙子如获至宝，拿在胸前比来比去，又紧紧抱起来，好像怕谁抢走似的。

"没露面，织这件毛衣了？"

"那么快？我要上班，又不是七仙女。快织三个月了，这二十天根本就没动，就是方才……"

"那么，你是躲着我了？"

"怎么是躲你？"

"躲谁？"

"那块金子。人家会说……"

"奇闻。金子可是闪光的。"

"'闪光的不全是金子'。"

"是呀！也有别的……就像那些时髦的假项链。"

"不，还有……"

97

"什么?"

"心灵。"

哦,十八点啊,在这扇窗子后面,是一个多么美好的时光……

1984 年 2 月

圆　圈　儿

八月的阳光，似乎是从比房顶高不了许多的低空，向这个小城泼下来。街道旁大叶杨的叶子透了明；住家户的房子前后窗一开，也透了明；连行人中那些穿尼龙衫的，穿蝉翼纱连衣裙的，还有那些"赤臂大仙"，也仿佛都透了明。阳光晃得人眼睛几乎睁不开。

然而，一进这间小小的中西医联合诊所，便如同从白天一步迈进黑夜。它是一座很大的厢房，走廊开在中间，北大山的入口处又有一个日晒雨淋多年、木板已发霉变黑的门斗，就像磨坊里的马给戴上了罩眼，阳光被拒之门外了。一进屋，像下了井，凉森森的，连毛孔都赶忙闭上，这的确是个不怎么讨人喜欢的所在。但这联合诊所有几位半生不得志却医道高明的好大夫，又加上药品紧缺的那几年他们有办法进些好药，便自然有了一批"忠实患者"。

我的妻便是其中之一。前几天，她发烧头痛，恶心呕吐。平时体质弱些，青霉素又过敏，便来求教中医。老大夫开了两张药方，告诉说："第一方连服三剂，必然见效。第三天头上见汗烧退，便可服第二方。不可小看这第二方，要服得及时，譬如锄草，第二方便是斩草除根。切记，切记。"第一方果然见效，我怎能不谨遵锦囊妙

99

计来抓这第二方呢？黑呀，凉呀，不讨人喜欢啊，哪还顾得了这许多呢！

恰好，赶上个下班前，几乎没有几个患者。我摸到中药局前，投药窗口关着。里面隐隐约约、断断续续传出女孩子的笑声。一个声音很尖很脆，一个声音很响很亮，另一个呢，则有一些钝，似乎笑得挺尴尬。上次取药妻病得重，倒没有留心，一个小小中药局竟然有这么多人。

"笃，笃，笃。"我敲着付药口的小窗，轻轻地。

仍然在笑。

"笃笃！笃笃！"重了些。

唰的一声，胶合板抽开，一束光亮，从圆圆的付药口透过来，可以看清口下边放药用的窗台，没有刷油，早已变成棕黄颜色，被袖头磨得光亮亮的。光立即又被堵住，圆圈后面出现了一上一下两只很大很亮的眼睛，其间是横过来的透气的鼻子。

"怎么才来？抓不完，下午！"当然看不见嘴，那是挡在板墙后面的。话声一停，眼睛、鼻子随即离开窗口，哗哗啦啦，马上就要关那遮住圆圈儿的胶合板。

"别关别关，很对不起。我家住在桥北，来回一趟要两个小时……"

鼻子、眼睛又露出来："那不正好吗？一上班你排头一号。"说着，咯咯笑了，笑声又尖又脆。话虽让人生气，是笑着说，气也生不起来。何况，眼睛、鼻子马上离开窗口，喊了声："小张，你替我抓了吧！"

话音同高跟皮鞋声一块儿离去了。

转瞬间，悄无声息地伸出一双手来，这手又瘦削又苍白，手指长而且细。然而又不是那种"油瓶子倒了不扶"养得白白嫩嫩的手，指根上有黄洋洋的茧子，手纹里有着细微的黑灰色的痕迹。

我连忙把药方放在这手上。

药方子拿进去，展开，抚平，两只手按着两边，不动了，我想这是在仔细地看方子吧。方子拿过来就抓药，容易出错，必须仔细看看。一要看有没有"反味"的药，那样服了要出事；二要看剂量，抓的时候记得牢实；三是调剂中也要从中学习，这是我后来才打听到的。当时却只顾着那双手了，每个骨节都清清楚楚，苍白中透着淡黄，指根、缝间却白得透明，没有血色。

"您等一等，"两只手没了，出现了一张光洁苍白的脸，让人想起春天地窖里马铃薯的嫩芽，"我马上就回来。"

"哦，有事去办吧，我等着。"

她很快回回头，看了看她的同伴，更加轻声细语地说："不，匣子里缺一味药，我得快些去出库，若不，管库的一走，您就抓不成了。"

一双眼睛水汪汪的，两眼之间隔得很宽，左边的一只似乎有一点儿斜，看人时脸稍稍偏向右边一些，睫毛很长，显得毛茸茸的。但那眼神里好像隐约着一点儿小心惊惧的神色。

她悄无声息地离开。

我伏下身来，眼睛凑在圆窗口前，禁不住心里一颤：她原来是个有残疾的姑娘，鸡胸而且驼背。她摆动着细长的胳膊，摆动着长长的辫子，走出门去，消失在院子里。

在这位姑娘看方子、跟我说话这时间，她身后的说笑，好像没有停过。

这一次我看清了，说笑的是三位姑娘。一位，穿着一件水粉色的人造丝连衣裙，眼睛不离墙上的镜子，左转一下看看侧身，使着劲右转一下，想要看看后面的线条，无奈太胖了，腰肢扭不过去。她抬起丰腴圆润的胳膊，轻轻抚一抚刚刚梳理过的烫发，脸上红润润的，有些娇羞。在镜子里看着同伴，有点儿尴尬地一笑，问道："嗯？"

两个同伴站在她的身后，一位年纪稍大些，高大粗壮，黑得有些发亮，浓眉大眼厚嘴唇，胸脯高耸，又着腰。另一位高挑窈窕，臂细腿长，脖子也是修长的，两条辫子盘在头顶，显得更为袅娜，她一只胳膊搭在黑姑娘肩上，另一只搭着白大褂。阳光从窗外折射过来，柔和许多，为每个姑娘都勾勒出一个清晰的轮廓。

高个子姑娘听"连衣裙"发问，同黑姑娘相视一笑，转对"连衣裙"说："这一打扮嘛，我见了心都一个劲儿忽悠。噢，对了，我看了一本小说，那上面叫'心旌摇荡'。何况那位看谁都一脸……"

她不说了，捂着嘴勾着脖咯咯地笑，笑声又尖又脆。

"连衣裙"半扭过脸来，问："一脸什么？你说！"娇嗔地咬着下唇。

"一脸……"

这时候，三个人一块儿把目光转向房门口，却都保持着原来的姿势，谁也不动。

去出库的长辫子姑娘回来了。她肩扛着纸箱，一手又腰，一手把着纸箱，只好用脚勾开房门。她满脸红涨，喘着粗气走进来。走过黑姑娘与"高个子"前边的时候，"高个子"像闻到了什么气味，一筋鼻子一皱眉，连忙把搭在黑姑娘肩上的手腾下来，用小手帕在鼻子前扇来扇去。

长辫子姑娘吃力地从她们中间走过去，却谁也没有觉得有她存在。她蹲下去，一个人把箱子放在台子上，抹了一把汗，急急忙忙去拿戥子。

"说呀，一脸什么?"

"非得说不可?"

"你说，你说!"

"一脸……馋相! 何况他看了……"

"看我不撕你的嘴。""连衣裙"说着，来追打"高个子"。

"高个子"咯咯笑着，躲来躲去，那笑声又尖又脆。

黑姑娘拍了下巴掌，哈哈大笑，笑声响亮。

长辫子姑娘认真称着各味药。戥子低了，捡上一些去；高了，捏下一些来。似乎称的不是草药，而是黄金，一定要做到秤平斗满，买卖公平。倒在纸上，还要倒得很净。

那边几位还在调笑。"高个子"跑到黑姑娘身后，左躲右躲，央求黑姑娘帮她说说话："保护保护弱小民族。"

黑姑娘说："谁叫你欠嘴，自作自受。"

"高个子"在她身后胳肢她，于是笑闹成一团了。

这时候，只剩一味药没有抓完了，看来是放在极上边的匣子里。她搬了一个凳子，够不到，她向那几个望了一眼。那几位已经笑闹得累了，哎哟哎哟地坐在案边休息。她只好下来，自己去搬那合梯。她钻在合梯里，缩着脖，耸着肩，低着头，一步一步挪过来，不小心挂了"连衣裙"一下。"连衣裙"连忙弹了弹灰，一看并没弄脏，便又去"哎哟"了。

长辫子姑娘攀上合梯，拿下一些很大的块根来。我想起那药单子上有一味药叫升麻，或许这就是的吧!

姑娘拿根铁棒来，用力敲打，她虽然用力而且极尽努力，那力气也还是没有多大，打上去，像弹个"脑崩"似的。打了十几下，脑门上、鼻翅旁，就沁出了小汗珠。

那三位已经"哎哟"完了，开始说悄悄话。一个铁一般结实；一个胖得好像满身的劲儿，把肉皮子鼓得都紧绷绷的，那劲儿若不用用，就会憋炸了；另一个呢，像个健美的运动员。

长辫子姑娘敲不开，便用案子上的铡刀去铡。一按，没铡开，两按、三按，都没有铡开，铡刀太钝了。她把铡刀搬到地上，用脚去踩刀把，踩也切不开，就站到刀把上去，用全身力气去切。

我看到这姑娘一个背影，汗渐渐湿了她的白罩衫。是呀，又累又热嘛。

那三位也热，一个劲儿擦汗。"高个子"忙跑到电扇前边，把电扇朝着她们三个的位置固定住，长辫子姑娘却借不上光儿了。

"少一味，就少一味吧，姑娘！"我说。

"那怎么行？这是味主药，马上就好。站累了吧，走廊里有凳子。"

我干着急，又帮不上那姑娘的忙。眼不见心不烦，索性靠着墙闭着眼休息吧。

不知道为什么，我想起去年我家的爱犬生的那一窝儿小崽来。一共五只，多是虎头虎脑，独独有一只，又瘦又弱。大狗一喂奶，那四只便又挤、又撞、又蹬，用尽全身蛮力，把最瘦、最弱的排斥在外。如不是妻照顾它，让它单独吃大狗的奶，是注定活不成的。我还想到，森林中高大树木下，常有些永远长不起来的小老树，树龄却也与那些高大的相差无几。也想到那些被击败的拳击运动员。还想到……

这时候，我感到前边热烘烘的，原来是又来了一个胖子。一只大手拿着方子伸进去，并且在板子上咚咚咚敲了几下。

几乎就在他敲的同时，三双高跟鞋声一起奔过来，把刚刚要伸手接方子的长辫子姑娘挤到旁边去了。我猜想，她们都认识那只胖手，或熟悉"咚咚咚"这种招呼方法。

"您屋里坐吧，何必等在外边。"黑姑娘说。

"这儿凉快。"

"前几服都是南药，还给您留着一些呢，听李姨说见效了？""连衣裙"说。

"嗯，一个星期减肥一公斤，不错。"

"您坐会儿，就好了！""高个子"抢着说。

"好好，不急。"

里边的话，火力集中，有的时候一块儿顺着这圆圈儿往外挤。我很担心，这块旋着这圆圈儿窗口的薄板，能不能经得住这样的考验。外边的话，打单发，虽然沉重有力，倒也不必怎样担心了。

胖子拎着药走了。

高跟鞋声散开了。

长辫子姑娘用了最后一击，终于切开了。

然后，她又用小刀去切薄片，看来小刀很锋利。

我说："就那么样吧，姑娘。"

她说："那样效力差。"

"他家的老二，真漂亮！那一次我在文化宫看见过。爹有权，家有钱，本人漂亮，真是三全齐美。"这是黑姑娘（不，这句话一说，我猜想她是结了婚的人了）的话。

"连衣裙"脸上闪过一丝不快，马上拿眼睛去瞄"高个子"。"高个子"歪着脖，正在收拾棕色手提兜。

"连衣裙"对黑媳妇说："李姐，你行行好，给咱们这位，"她用下巴指指"高个子"，"介绍介绍呗！"

"说一脸馋相，你来报复啦？""高个子"假装生气。

"说真的，你当是笑话？"

"可不是笑话？哪像你适销对路，紧俏货。没'出台'就风抢。咱们，猪八戒看着都吓个倒仰，得急惊疯。唉，臭在家里了。"

"呸，不害臊！你能吓坏猪八戒，我们就不用活了。"黑媳妇在"高个子"脑瓜门上点了一指头。

我看长辫子姑娘一怔，头深深埋下去，切药的手有一点儿发抖。

我真想告诉她："不要在意，姑娘，不要在意。她们是无心的，我敢担保，百分之百是无心的。"不过，怎么能说呢？即便这话说给她了，那原因，我也不便说明。在她们感觉里，她这长辫子姑娘并不存在。她在屋里离她们这么近，但又像是在梦幻中一样，像影子一样。好像，她并不是一个活生生有血有肉的人。

长辫子姑娘把药包好，递出来，用苍白的手递出来，指着大包上附着的小包说："别忘了，这小包用纱布单包好，和这大包的药一起煎服，每剂服三淋，记住！"

我拿了药，她那双善良的眼睛还在窗口后等待我的答复。我想要说几句感谢的话，也许刚才想到要告诉她的话也就会顺口说出来。

没料到那胶合板啪地关上了。

那个圆圈儿窗口不见了。

我慢慢走出门来，阳光又是那般灿烂。不过，我还想着"那个圆圈儿"窗口。是的，它关上了，不见了。

不见了，并非等于没有啊。

如今事情已经过去几年，妻的病早已好了，而且去了"根"，再用不着去看那圆圈儿窗口了。

然而，不去看，也不等于没有啊。不过圆圈儿后面的生活，也许会发生一些变化吧……

1985 年 7 月

麻　袋

车站派出所的办公室很静。

桌子上，放着一条摊开来的空麻袋。十来个人的眼光都盯在麻袋上写着"孔"字的布条上，有五六分钟，谁也不说话。

一个青年工人眼睛一亮，冲口说："对了！"

大家都把眼光转向这说话的青年工人，他却脸一红，不说了。

过了一会儿，这个青年瞄了一眼路警张树林，顾虑重重地说："我看这麻袋好像是赵立新的。"

大伙儿这才想起来，这张树林是检车工人赵立新的姐夫。

三十多岁、大个子、有点儿水蛇腰的张树林，从把这个物证拿进办公室，始终没发一言。这条麻袋多么眼熟啊，那白地绿暗格的布条，虽然已经褪了色，却还可以看得出来，他觉得好像爱人有一件这样的衣服。对了，爱人有这样布的衣服，他的回忆由漫漶虚幻到真确明白。那是很久以前的事了，他头脑中浮现出爱人利用布条给内弟钉麻袋时的情形。她从胸前衣襟上拔下带白线的大针，习惯地在头发上划了两下……

现在，大家目光都集中在张树林身上了。唉，今天不巧是他值

108

夜班，所长还去铁路公安局开会，两三天回来，其他同志又没在。人家说好大夫治不了自己亲人的病，这情形很有相似之处。

按照正常情况，应该再进一步调查了解，再采取措施，但他没有这样做，他担心别人会往包庇亲戚上想。也不怪人家这样想，一人得道、鸡犬升天的事本来不少嘛。但有没有人会想这是自己和内弟共谋搞的？不然，为什么偏偏赶所长、大家不在的时候出这样的事呢？过去人们不是往往好这么分析问题的吗？这个念头支配他要把今晚这事办得格外严一点、快一点儿，让你只能说过分，不能说不够劲儿。

他说："跟我来两位同志，咱们把他弄来。"

赵立新被弄来了，而且搜查了他的家，凡不是自家能出产的有疑问的东西，都登记。

赵立新不安地坐在一张条凳上，他穿着油迹斑斑的单工作服，里头套一件旧翻领紫色棉球衣，手里揉搓着沾满油污的夹帽。这是个漂亮的小伙子，二十五六岁，细条条的高个子。鬈发，白白的脸，大眼睛，长睫毛。他两眼茫然，有些惊慌地望着每个人。

大家都不开口。

他懊丧地把那好看的头低下去，不安地呼呼喘着粗气，等待命运又一次对他挥动拳头。

窗外又一列货车驶进车站，玻璃被震动得轻轻抖动，探照灯照亮了站里，屋子也一下亮起来。赵立新低了低头，躲着强光。

工人们都出去检车，张树林有意留下两位党员工人，等大家都回来，他才开始讯问。张树林打量一眼内弟，注意到了他眼睛里游移、恐慌、怀疑的神情，他从中没有找到鲁劣、狡诈、准备抵赖的因素。平时，内弟眼神里也是没有这种表情的呀！唉！

"你上什么班?"

"白班。"

"几点下班?"

"十八点。不过,下班后我又回来一趟。"

"为什么?"

"回来取一条麻袋。"

"你拿麻袋到班上干什么?"

"我想抽空去买一趟鸡饲料。说实在的,好容易托门子批来的。"

"没买到还是怎的?"

"实在抽不开身,没有去呀!回家时袋子落下了。"

"一条麻袋还值得回来取吗?明天不行吗?"

"这个……我怕人多手杂,抓丢了。"

回答有一点儿吞吞吐吐。他不单纯怕麻袋抓丢了,更担心别人拿他的麻袋搞什么名堂,然后嫁祸于他。这些话,他不好说出口来,说出来人家也会以为他这种想法是胡编的,至少是荒诞的。

"什么时间拿麻袋回家的?"

"大概是二十点多,你看我走时列检屋子里的挂钟敲了八下嘛。"

"你从哪条道回家?"

"要朝货站那儿走是抄不少近道,我不从那儿走,那容易摊嫌疑,说实在的,犯不上。我总是绕道,顺铁路朝东去。"

张树林想,我的亲祖宗,这个点儿、这条道儿,正碰上列车甩完车厢嘛,你还不如直接说你偷了人家得了。痛痛快快,也可以批判两回,处罚轻点儿嘛。

等内弟啰唆完,他连忙收回思想,继续问:"顺哪道线走的?"

这个脸色逐渐苍白的年轻人,眯起迷茫的眼睛,用油污已经浸

110

进皮肤里的大手抓抓头发，想尽力回答得准一点儿。

"好像是二、三线之间。"

"碰见什么东西没有？"

张树林提高了声音，硬邦邦地问。这几个字好像把几块石头投在冻地上。

赵立新像被蜇了一下，腾地站起来，求救似的望着大家。

"坐下，回答！"

张树林严厉地命令内弟。他心里骂道："真是鬼迷你这浑蛋的心窍了，十有八九是你这家伙干的。不想你自己的前途，你还得想想我跟你姐姐呢，你叫我们怎么在这块儿干下去呀！"

"我，我没大理会呀！"

"听见有人喊你没有？为什么你要跑？"

"我跑了？没有，我没跑呀！我怎么，唉！我没偷东西呀！姐夫、师傅们，我怎么能干这种事呀？我躲事躲了多少年了，躲还躲不过来呢。我是有老婆、孩子的人了，我……唉……"

赵立新头上的青筋一蹦多高，汗也流下来。他平伸着两手，好像把那颗痛苦的心捧到手上，向大家剖白，让大家鉴别，他眼里含着泪。

张树林痛骂了一句："浑蛋逻辑，越抹越黑，不打自招！这等于明明白白说明你知道大家问的是盗窃案，也等于明明白白告诉大家，这东西就是你偷的。"

"没看见东西，没听到谁喊，也没跑？"

"没有，指定没有，说实在的……"

"见鬼了！那个时间，除了你，没别人在那个地方。"

张树林嚓的一声，拉开抽屉，把那条倒霉的麻袋拿出来，往桌上一扔。

"这是不是你跑的时候丢下的？你还有什么狡辩的？"

赵立新一看麻袋，立刻目瞪口呆，他早已忘记自己是把那条麻袋吓丢在哪里了。他用大手抹了几把汗，喘了半天粗气，嗓音发颤，说道："我承认，我看见了二、三线之间货车下，有一袋子东西。我摸摸，梆硬的，谁知道是啥呀！也听到了喊声，说实在的，听到了。"

"跑了没有？"

"我，跑了。"他软软地把头歪在右肩上，有气无力地说。

张树林鼻尖也出汗了，拳头捏得嘎嘎响，狠声问道："为什么要跑？"

"我……害怕……我怕摊嫌疑。寻思让人看见我在那包东西跟前，抖落不清。说实在的，要不是有人喊那一嗓子，我就去派出所报告了。"

"那么，你看见有人从车上往下扒货吗？"

"没有，实在没看见，说实在的呀！"

这时候，有几个解放军军人进来，把张树林招呼出去。

这几位军人是货主，这节车原来是军用物资。部队同志告诉他，初步清点，只少那袋白粮，别的并不短缺什么。

张树林为内弟，也为自己松了一口气。但这口气还没等松到底，他马上想："糟了！这是军用物资呀，现在是紧张的战备时期呀！哎呀，这案情可是说大就大，说小说小。让这浑蛋赶快承认是小偷小摸，比什么都好了。"

张树林在走廊里站一会儿，让凉风吹吹，定了定神，拿出手帕擦擦额上的汗，整整衣领的风纪钩，这才庄重地进屋。他在那里坐

112

一会儿，单刀直入地问："那袋子东西，是不是你偷的？因为没来得及拿走，才作案未遂吧？"

说完这话，他小心观察大家对"作案未遂"这几个字有什么反应，他担心大家在这几个字上嗅出包庇的气味来。大家似乎没有什么反感，他心里踏实了一些。

"不是我偷的，我不是偷东西，我是路过呀！"

赵立新反反复复是这几句话，就不承认是偷盗行为。张树林认为，能够认定个偷盗未遂，就求之不得。谁知内弟竟死不认账。

他下了个狠心，要严一些，说道："坦白从宽，抗拒从严。你不说，人证、物证俱在，也一样拘留你！"

"我没……"

"你没偷，有人问声谁，为什么跑，你能说清楚吗？"

对这个问题，赵立新只能喃喃地回答一个"怕"字。

张树林明确告诉他："你坦白，放你回去；不承认，你就准备蹲拘留。"

说完，他约几个工人一起到车站值班领导那里去汇报，留下两个青年工人看着赵立新。

赵立新两肘挂在桌子上，两手狠狠抓住头发，像木雕泥塑一般傻在那里。是呀，自己为什么跑，可为的什么要不顾命地跑呀。

他回想当时的情形，力图寻出个答案来。

他拿了麻袋，把它夹在腋下，两手插在裤兜里，离开列检工人休息室，他感到凉津津的。车站上探照灯的光，照得白天开化晚上又结冰的冰碴，明明灭灭，闪闪烁烁。穿着大头鞋的脚踏下去，唰啦唰啦地响，清脆悦耳。白日里被春风吹拂的那种舒畅感觉，顿时又回到心头，他感到心头也像被春风吹拂的柳线那样自得。他怀着无名的愉快感，小声哼着《洪湖水》，顺车道朝家里走。走着走着，他发现黑乎乎的地上，有一件白煞煞的东西，他过去一摸，硬邦邦的。是什么东西呢，怎么掉在这儿了？应该去报告一声，还是应该快些离开呢？

思想上正这么斗争，那边就有人问了。他一激灵，突然意识到让人看到他在这儿，是个跳到黄河也洗不清的事。他害怕了，撒腿就跑，一跑不就了事了？就想得这么幼稚，谁知道是什么鬼迷了心窍呢？

"我为什么要跑，为什么害怕呀！"赵立新无意识地说出声来了。

那两个看着他的青年工人同情地看他一眼，他们深知这个同伴最怕事，怎么可能干出这个事来？但他们也无力开脱他。

其中一个叹了口气，说："嘿！小赵，我看这都是你过分小心的结果呀。"

是过分小心，还是小心得不够才摊上这个事儿呢？他自问，但也没有最后弄清。可有一点他自己清楚，他小赵，铁路工人的儿子，过去不是这个样子，不是呀。他十二三岁的时候，简直像个牛犊子。冬天从高山顶上滑雪飞下来，春天上高高石砬子去掏鹰巢。夏天呢，就像泥鳅一样在铁路旁那条河里游泳。那时多么美好，他尽情享受阳光、空气、水，享受大自然的恩赐，想唱就唱，想跳就跳，想说什么就说什么。

可是后来呢？后来，他渐渐变了。那双总是闪着热情火花、闪着生命的欢乐之光的大眼睛，逐渐变得呆滞了。还是那样长长的睫毛，还是那样水灵灵的大眼睛，还是那么油黑黑的瞳仁。可是那活泼灵动的劲头到哪里去了？那里面好像空荡荡的了，好像弥漫着轻轻的一团雾，经常是若有所失，恍恍惚惚。但它也随着环境变化出现了一些新的东西：警惕的眼光，担心、吃惊的眼光，或得到短暂安宁而感到满足的眼光。二十几岁的人，有点儿驼背了，而且脸是那样苍白。性情上也变得多疑、神经质。很像是一只受过伤的小鹿，随时准备逃避危险，狂奔到森林深处去。他写过字的纸，随便划拉过的字纸，他从不忘记收拾起来，拿到家里烧掉，免得一旦被人利用，就会去请功或达到其他什么目的。晚上在街里走，一般他要邀一两个知心朋友，一旦在走过的地方发生什么说不清的事，需要追查线索，查到那天上街的人，也好有人证明……

这些，慢慢地在他身上成了自然而然的东西，并且滋蔓到他的一切生活领域里去了。他像是一条河里的水，顺着河床流地，河床坦荡平阔，那水流就平明如镜、潋滟动人，在窄陡、坎坷的地方，它就奔腾咆哮、喷水溅玉。

他的经历就像一条河床，使他改变了。

赵立新费尽心血，苦思苦想，在听到喊声之后，为什么立即跑开？唉！那一瞬间的思想，可算让他想出来了，那在头脑中像闪电般一亮的。然而，他又有点儿否认，好像还掺杂着许多别的东西，这是什么东西呢？就是使他性情改变的全部事物。

张树林，他的姐夫，站上执勤的民警，带着研究的结果回来了。他问道："你想好了没有？"

"想好了，我就是怕担嫌疑，说实在的。"

"承不承认你是作案未遂？"

"我连想也没想，我怎么能？说实在的，我是有老婆、孩子的人。"

张树林当即宣布，向在场的工人宣布，拘留审查赵立新。

赵立新被带到一间专门拘留犯人的小屋子里，一股腥臭气味儿扑鼻而来。门咔嚓一声锁上了，赵立新的心一沉，就像在海洋上扔一块石头那样，一直往下沉。一个念头浮上脑际："怎么见人？我这一辈子完了，还许连累孩子呢……"

月牙儿丝毫没有留意赵立新的遭遇，照样按照它的轨道升到中天，天空中还有几丝黄云。月牙微光从上着铁栅栏的玻璃窗照进来，加重了赵立新的寒意。没有别的犯人，赵立新缩在角落里，瑟瑟发抖。他等着姐夫送一点儿行李，但他没有等到。

夜深人静的时候，姐夫终于悄悄来了。他轻手轻脚开了门，闪进来。他俯在他耳边上，用刚能听见的声音说："你知道那是什么车厢？军用！现在战备这么紧张，说你要把那白糖换上炸药，炸军用仓库，硬追查你的嫌疑，你浑身上下都是嘴，也说不清。你承认个小偷小摸未遂，能算个什么事呀？你一承认，就放你出去了。唉！偏赶上我值班。你好好想想吧！"

像进来时一样，他悄手悄脚地走了。

"军用""炸药"，要"炸军用仓库"……

赵立新先是害怕，渐渐地，他也感到自己好像曾经真的要那么做似的。

宁静的夜，在涣散着达紫香的馨香的车站里，传来伤心的啜泣声。

第三天，赵立新承认了小偷小摸，作案未遂。

所长回来了，他很怀疑这个案子能否成立。但他不愿担嫌疑，没有直接提出来，他想要找个适当的机会再说。

三天来，赵立新憔悴了。

他蹒蹒跚跚往家走，见到认识人就喃喃地说："我这辈子算完了！"

到了家，他爱人正在喂一岁的儿子牛奶，孩子哭闹。一见他进来，她慌忙放下孩子，奔过来。

"喂，喂吧！他为啥哭闹？"

他爱人说："牛奶里没有糖了。"

"为什么不去买呢？"

"我不敢。听他们说，人家怀疑你偷了糖。我买了要再来搜……"

赵立新一惊，眼里涌出痛心的泪水，喃喃地说："唉！我这辈子算……"

1980 年秋

闲　谈

日头爷不懂得节省能源，从早四点到晚八点，把灼人的光流，一个劲儿往这盆底坑里灌。尤其晌午，只觉得头顶上白亮亮一团，像炉中翻腾的钢水，烤得人有个地缝也想钻进去。加上环绕小城的山挡住了风，一到下午，几条质量不好的柏油路现了原形，化个稀溜溜，它们伙同屋瓦、墙壁，向汗流浃背的人们喷射热气，尤为难耐。

可算是到了傍晚。周围山上森林中的凉意，悄悄流到街里来，街树的叶子沙沙地响了。听到这声音，人们心中顿时升起一股凉爽气息。这时候，到街心公园纳纳凉，跟街坊们扯扯各人班上的新闻趣事，的的确确是件惬意的事情。

街心公园中带高靠背的浅蓝色长椅，此时还挺热，我走近法国梧桐树下的一只两脚插入地中的白茬条凳，刚想要坐，就听到那板子里面发出用手指捻玻璃的声响。低头看去，地上落了一小堆木头粉末。这是生了俗称叫"蛀虫"的一种虫子，凭你是干榆、湿柳，再硬的木头，它也能给你蛀酥了。我不愿坐上去，又懒怠挪步，便就近坐在一张长靠背椅上。

哗哗哗，一连气扇了三四十团扇，汗消了，心里透气了。可是忽然感到脊梁上一阵热乎乎的，好像有人把火炉搬到我身后来。随即，闻到了一股油腻腻的酒气。我回头一看，一阵哈哈大笑，兜头盖脑朝我砸下来。

我连忙站起，笑着说："是尤科长，来，快坐，快坐！"

读者大约从我站起来的速度上，已经能够猜到来者不是凡人了。正是如此，此人是市里某局专管材料、物资的实权人物。而我呢，在一个中学里当事务，事务事务，学校一有事我就有任务。工作上常常有求于尤科长，便抖擞精神，打点起十分热情，跟他打招呼。

尤科长很有一点儿实权人物的"派"，黑黑胖胖，油光光的脸很是丰满。他剃的一个光头，脑袋跟脖子一般粗。穿一件肥大、半袖、无领的尼龙丝白背心。两个乳房和肚子凸起，形成一个不大对称的鼎足之势。乳头的两圈儿黑和胸口上的毛都隐约可见。一条短裤，裤带不得不结在髋骨上。

尤科长落了座。椅子是不胜其重，还是对能为这不凡人物服务感到光荣呢，它吱吱扭扭响了几声，不知是叫苦，还是歌唱。他几乎挥动整个右臂，扇起比我这个大一倍的团扇，打了很响一个饱嗝，亲切地问我："怎么样？"

声音细而尖。

"还不错，还不错。"

我以为他是问我身体，刚想告诉他，我这胃病大有好转，他却把话头接过去了。

"是嘛！这也叫给四化出力。再说，你们是清水衙门，弄个质量差些的，找人修都困难，是不是？哈哈哈。"

尤科长打算扭一下头，企图把脸朝我。但那太费力，便只做了一个扭头的表示："别看货旧，瓢子可地道，正经'解放'牌，真格的玩意儿，拿那些杂牌子来，新的也不跟他换。"

他是在说最近经他手批给我们学校那辆半旧卡车。唉唉，我这个人脑筋太不灵活，一见面我就应该立即提起此事来呀，人家是帮了很大忙的了。

我说道："的确不错，挺有劲儿。开回去那天，老师学生围着看，就像小家小业买回来一匹高头大马。今年运秋菜、拉取暖煤，不用再求山神拜土地了，这可得感谢尤科长啊……"

他本来头靠在靠背上，眼望着天。听我说"感谢"二字，把头抬起一点儿，似乎在等着下文。可是我偏偏找不出客气词儿来，只好停下。

"哎哎，别那么说，谁还用不着谁呀，都是灶坑打井，房顶开门啊，哈哈哈！"

"还是我们麻烦尤科长的地方多呀！"

"都是那什么，尺……啊，尺有所短，寸有所长嘛！你们学校不错，我去过。紧挨着公园，你看那片松树，啊！漂亮、雅静、空气好，是不是？也很宽绰。"

"可不，这个地址选得好，有眼光，真适合念书。你傍早晨五六点钟到校园里瞧瞧吧，那用功的场面都叫你感动，尤其高考之前，连外校学生都去我们那儿复习……"

"环境是不错，学习挺适宜，住人也……"

我们面前的街道上，鸣着警报器，开过三辆红色消防车，打断了他的话。他脊梁离开靠背，眼睛不安地盯着疾驶而去的消防车。看它们一直朝大前边开去，才重新安闲地靠好。

他没有说话，看出来好像在等着我说。但我偏偏又没想起该说的话，于是，沉默。

西下的阳光，把树干的影子照得很长。树叶的影子斑斑驳驳，投在尤科长身上、脸上。街上，下班人流早已过去，自行车也不多了，车铃偶尔响个三五声，辐条闪着光。

"老张，"还是他先开口，"我记得，你好像有三个孩子吧，都大了，是不是？"

"可不嘛，都在青年点呢，大的下去七年，在那儿结了婚。小的也下去三年了。二的呢，看人家都返城，也回来找我走门子。我没那个'雾气儿'！再说也不愿意去办，城里的可以返回来，农村青年往哪儿返呢？让我劝回去了。"

尤科长脸上掠过一丝不易察觉的轻蔑神情。我为了表示关心，也问到他的孩子。这一下，可算对了路数，他的谈兴马上提高一倍到一倍半。

"咳咳，行，你的记性不赖，不赖。也是仨，两头男，中间女。两个大的，都出去了，大小子在铁路。他小时咱们住邻居那咱，你看淘得都没边儿了，我寻思没什么出息。如今你还别提，还真能整明白，有点儿'雾气儿'。从货运站长到过磅员、扛脚行的，都能来上。要发个什么东西遇到难题儿，你找他去。"

他打了个饱嗝，继续说："老张，我这好像夸孩子了，哪是？咱们这茬子人不行喽！要从北京烤鸭店买只烤鸭，现在说一声，明天车票就来，连味儿都不带走一点儿的。我盖的四间房，你知道吧？材料上我操了点儿心，别的一手指头没动，不到一个星期，起来了。那都是他一个招呼办妥的。"

对于尤科长大儿子，沾尤科长管物资的光，上上下下整得明白，神通仅次于其父，我早有耳闻，已经不大感兴趣。倒是他提起那四间房子，使我挺关心。明年学校要盖家属住宅，想学点儿乖，便说道："四大间，两砖的墙，你那房子，在个人房子中，可以说数一数二！"

他的脸上立刻掠过一丝得意神情，这使我耳根子有点儿发热了。其实，我这话不是故意捧臭脚，那房子我去过，总面积有一百多平方米，红粉到顶，机器砖，带上亮子的大玻璃窗，举架很高瞻远瞩。屋子里头也是精工细做，有一个房间还镶着人字纹硬木打蜡地板呢。加上占地很大，独门独院，还栽着果树、花草，实在够个格局。

我接着问："造价，恐怕不低吧？"

"哈哈哈，老兄，高了咱们干吗？"他眼睛里闪着光，黑胖的脸更加油亮，反问我道："你猜猜！"他顿了一声，"总的得怎么个数？"

说了几个，他都神秘地摇头。我只好反问回去。

他不答，却伸出胡萝卜般五根齐墩墩的手指。这五根手指和掌心一起，朝我的脸推过来，在距我鼻尖五寸五分五厘的地方停住不动。

"五千？"

"五百！"

听到上海手表减价到一元一只，十四寸电视机减价到五元一台，我也不会这样吃惊。莫非物价也专势利眼，到他面前一下子就矬下一大截子去？币值为什么在他那五根胡萝卜似的手中竟然顿时提得这样高？诀窍何在？我实在很想知道知道。

"那怎么下得来？"

"哈哈哈，你看看！"他用下巴向一个地方指了指。

顺着他指的方向，我的眼光越过马路，在斜对面的一个胡同里，果然看见了他那房屋的石棉瓦顶。这时，太阳已经西沉，有一束晚霞，斜抹在山墙与屋顶上。这房子比别的平房足足高出一头。

"你看看，那也不是纸糊的！"

我想，用好牛皮纸糊，五百块你也未见得糊下来。

"哎呀，世界上还有这么便宜的事？"

"告诉你说，还得连屋内大部分家具的材料费在内。"

说过这一句，他只是孤芳自赏地微笑，不再吱声。

尤科长抠抠搜搜从短裤的口袋里掏出一支葡萄牌烟来。

我忽然想起一个传说，说是尤科长专把接来的罐头礼品，成百只送到信托商店去出售。传说未免失真，但看这个抠搜劲儿，也不无可能。这时，我突然醒悟，我又失礼了。兜里本来还有白天办事预备给人家敬烟用的嘴儿"凤凰"，便手忙脚乱地掏出："抽这个，抽这个！"

他把自己的夹到耳丫子上，嗞嗞地狠吸了两三大口"凤凰"，长长喷了一口烟，这才解释道："砖，不用花钱。"

"哎呀？"

"从砖厂捡的砖头。"

他看我现出怀疑的目光，便不大在意地说："那自然不是谁都可以捡。他们的制砖机，不是我给弄的吗？"

我明白一些了，又问："瓦呢？"

"废瓦。"他看我仍有怀疑，便说，"我又求厂子修了一修。"

"那么木头，木头总没有废的吧？"

"嘿！有烧火柴呀。我从附近林场买了五十块钱的，一加工，四间房使不了。你看到我那立柜了吧！捷克式，三开的，烫花、立体块；连沙发、高低柜一包在内，都是用的这个材料不说，还用边角废料搭个仓房呢！"

"还有水泥、白灰、玻璃……"

"水泥，是装包时散落的尾子，折了价。白灰呢，房产维修队从维修材料中给了一些。玻璃最窝囊，那是花了足价的。我那工夫稳不住神了，太着急。要么，稍想想办法，也能买到处理的、折价的。这一抿子就弄进去三十多元！"他十分懊悔，十二分激愤。他把三个指头朝我戳过来，似乎这三十多元是被抢，至少是被偷了一般。

我的惊讶，大约从眼睛流露出去。他更激动了。

"老兄你那么看着我干啥？你放心，我这房子用料，连一粒沙子都来路分明。要来龙，有来龙；要去脉，有去脉。有合法手续，有证明人，有收据。"

不知是由于激动，还是由于酒劲儿上来，尽管暑气已经很有收敛，看样子尤科长却比方才更热了。路边上有位白帽、白围裙的老太太卖冰棍，我过去买了四根。

尤科长是个实在人，不会那套假客气、假斯文。他抓过冰棍去，就像饿得发昏的人见到一块肥肉，一口咬去半根，挤得舌头都靠边站了。乳白的汁液，顺嘴丫子流。我很奇怪，这人吃冰棍也嚼。一嚼，两只胖胖的耳朵就随着动。我这儿一根没吃完，他那里三根已经进了。末了，还下意识贪馋地向我这半根瞄了一眼。

他长长打了一个饱嗝，说："我就是胃口'顶对'，总想吃，还总觉得吃不饱。"

我想，天神爷，你何止胃口"顶对"呢！

天渐渐黑下来，也更凉爽一些，街心公园的人渐渐多了。穿着入时的男女青年，成双结对偎依私语。说不上是谁，打开了收音机，传来一个男广播员稍稍显得激动的声音。那是在广播一篇评论文章，题目挺有意思，叫作"二百比一"。说是黑龙江省大贪污犯，拉拢腐蚀了二百个干部，只有一个人没拉拢腐蚀得了……

路灯亮了。

有一只葱心绿的小青蛙，大约突然见到光亮，从草丛中跳了出来，正好落到尤科长脚边。他不假思索，以与他肥胖身体不相符合的敏捷，一脚踏去。我的心为之一抖。那可怜的小家伙，已经成了一个血肉模糊的饼儿，两只后腿却还在痉挛。这不但引起我生理上的不舒服，也引起我心里一阵反感。

我想要快些结束这闲谈，便说："凉快多了，怕有九点了吧？"

他好像谈兴未尽，但也跟着我站起来。

尤科长往前走了两步，哎哟一声，说是脚脖子崴了。说着话，他扑向前边那张白茬条凳。他往上重重一坐，只听咔嚓一声，凳面一断两截。扑通，尤科长闹了个腚蹲。

我急忙把他扶起。他不顾脚脖子，却先火起来："他妈的，园林处尽糊弄人，那些好木材一定让那些头头'抵盗'家里去，变成大头沉了……"

我这时才想起刚来时听到的虫啮声，把那板子翻过来一看，折断的原因是那些横七竖八的圆洞洞，都是筷子头儿粗细。那个作案的家伙，白翻翻、胖乎乎，在草地上翻来覆去挣扎呢。我刚要用板头戳死那条"蛴虫"，尤科长却拦住了我。

他哈下腰去，仔细看了半晌，然后指着板头儿问我："这是什么木头？"

我敲了敲，摸了摸那茬口，说道："桦木。"

"桦木去皮，赛如铁梨。这么硬的木头都能拱动，这家伙真有两下子！"

我们慢慢往回走。街上已经很静了，只那么三五个行人。不知道什么原因，我对方才那段闲聊，感到很不舒服。

快要分手的时候，尤科长手搭着我的肩膀（我感到那手软软的、热乎乎的）说："你们学校地方挺宽绰。如今市里房场挺紧，那片荒地你们闲着也没有用，我要在那儿盖那么两三间房子，你回去跟你们头头儿商量商量。至于想要的那台电机，好说……"

"你不是……"

"啊，孩子们都大了，那是给他们盖的，我们老两口子，也得有个窝儿呀！"

他那尖细的声音，热情、平静、亲切。

哎，我这实心眼儿的人才明白，街心公园里这两个来小时，哪里是闲谈啊！

1983 年 5 月

魔　方

　　说是一条小街，实际上近乎乡村。那风习也与乡下差不多。比方说端午节，太阳没出之前，家家门前都或多或少插上杨枝柳条，带着露水。柳叶杨枝上用彩线挂着纸叠的方印、葫芦，飘拂着长长的穗子。孩子们也起得早，寻着对手去碰煮熟的鸡蛋。

　　小街归绿云镇管。真正镇里的人，管这几十户人家叫"坎下的"。这样的称谓他们不愿意听，虽说地势低些，这是真的，可是那字面下边，却隐约着几许轻蔑与打诨。他们自称"老八栋"。这林场一成立就盖下这八栋砖房，那时，坡上坡下还是一片原始红松林。这样，管你是镇中的老街还是什么通山街，都变成晚生后辈了。

　　大凡偏僻地方，人们邻里乡党观念就浓厚一些，家家都实行睦邻友好政策。上镇上山的嫂子、妹子，从不锁门。只对邻家喊一声："我走啦，大芦花'固轳'（谷草编成的鸡下蛋的窝）里，下了蛋拿出来，别让四眼儿给吃了。"

　　邻家姐妹会报以一声甜甜的"哎"，"快去吧，有啰唆工夫到地方了"，还会嗔怪一句。

　　年轻的媳妇若忙了，会把孩子塞给街坊的大娘、大婶。老太太

127

如同接过来自己的孙子、孙女，在孩子胖屁股上亲一口。

开"解放"的曹师傅要去镇里。这位细高挑儿、水蛇腰、脸有点儿惨白的老哥，先按声喇叭，站在街口，尖细着嗓子喊道："有事的，走喽！"

各家的门咣当咣当响。喊兄唤弟的、要求等一会儿的、说没什么事的，各种喊声从各家门窗传出来。上学的背书包往车上爬，抱孩子去卫生所的，坐在舵楼里。

曹师傅的近邻刘嫂，站在自家一米多高的小板门前喊道："他叔，捎包味素，要红梅的！"

"给大哥炒羊角葱？刚上市，辣气足，劲头儿大……"

"看我不撕碎你的臭嘴！"

"别价别价可别价。撕碎了有人可没处亲喽，饶得了你？"

曹师傅的爱人在自家门前扑哧笑了，"呸"地吐一口，一手点画着男人，扭过脸来向刘嫂撇嘴："哪有个正经的？"

老八栋下边，是一片塔头甸子，常积些锈水，蚊虫滋生。七八月的黄昏，便毒雾一般涌进小街。准有人割来青草、艾蒿沤蚊子。火堆选在全街的上风头儿，全街荡漾着芳香，大伙都借光儿。

后来，这和谐气氛却悄悄地退出这条小街，就如同艾香被夜风吹散一样。代替它的，却常常是皮笑肉不笑的脸和有了隔膜的心。

细细追寻那头绪，大约是从曹师傅那一车煤灰渣子开始的。准确点儿说，是从曹嫂的枕头风开始的。

小街上四幢房子共有两排，相对开门。街道上是邻里们相聚的场所，下起雨，家家户户都在街上忙。忙什么呢？挑沟顺水。水往低处流，有小半个镇子的雨水都从这儿顺到塔头甸子里。为使院内的水也能排出去，便在街中间挑一条小沟。山上的树快要伐光了，雨稍大一些，水就夹带着沙土一拥而下，甚至响声大作，家家门前都有人"护堤"。红、蓝、绿、白，各色塑料雨衣，黑、黄、花杂的各色雨伞，一时都出现在雨中。邻人们彼此呼喊说笑，相互帮助，同甘共苦，一顿饭工夫水就流完了，邻居间更显得亲密，排水沟两边又成了挺好的道儿。

日久年深，塔头甸子淤塞，小街上的水就排不利落，往往雨过数天，街上还有泥泞。

这一天，曹师傅回来得晚，沾着一脚泥就进屋。他刚刚脱下泥胶鞋，曹嫂就拎着从房门扔到院子里去。

曹师傅愣了："哎，这……"

"这个屁，一股臭泥味儿，熏死个人！"

曹师傅原以为她听到了什么传言，在泼醋，比方说关于镇上饭店里那个辣女人。一听为了这个，一颗心才放下，"唉"了一声说："都怪你命相不好，嫁到老八栋来喽！"

曹嫂不声不响，端来一盘炒榆黄蘑、一壶烫得热乎乎的白酒，说："嫁到老八栋没错，嫁给你，错了！"酒杯往桌上不轻不重地一放，挖了男人一眼。

这好菜热酒加上这一眼，弄得曹师傅心里热乎乎、麻酥酥，如同有无数欢乐的小虫子往外爬，端起杯来搁一口，乜斜着眼："你可是正话反说？"

"什么反说？懒骨头！"

这可屈说人了。老曹给公家买西瓜去，也趁空儿多拉一趟脚，平时偷着出去给人拉沙子、拉桦子，钱不都交柜了吗？

"懒？缺吃的，少烧的，没有穿的？"曹师傅拍拍曹嫂俊俏的脸蛋儿，"还是没擦的？"

曹嫂甩开他的手："门前洼得像个王八坑，亏你还掌着舵把子。"

"别人咋办？"

"个人过个人的日子，操那份儿心呢……"

一车煤灰渣子拉回来了。曹师傅贪了一个黑，不鸣喇叭，不轰大油门，悄没声儿拉回来，卸到自家门前。第二天特意起早平整，没想到对门的孙大叔正站在门口等着他。

孙大叔在镇上一个单位当了几十年会计，是个读过子曰诗云的人，戴着大圈儿套小圈儿的近视镜，长脸大下巴，脖子细长，近几年背更驼些，站在那儿活脱是勺字去了一点儿。见曹师傅拿着锹出来，脸上不大好意思地问："本雄啊！"本雄是曹师傅的大号，"拉这么多灰渣？"

"啊，想垫垫，太泞。"

"垫怕不是办法吧？"

"兵来将挡，水来土掩嘛！"

"古时候洪水泛滥，鲧就是偷来天帝的息壤屯截，终未奏效，落得个……"

"不屯，不垫，咋整呢？"曹师傅一面说着，一面平着灰渣。

"疏通，往下顺啊！这几年塔头甸子过于淤塞，挖它一挖，咱这小街也就不会太泞了。"

"就咱这人马刀枪，挖得通？"

老曹大板锹一挥，唰唰唰，顿时扬起一片灰尘。孙老爷子脸腾地一热，跺跺脚上的煤灰，关门回屋。

近邻老刘也出来了。他们是一对谐友，管什么事，都先笑闹一阵，然后，正经事在笑闹中就办了。比方说，现在老曹在院子里扫鸡架，老刘就站在自己的院里琢磨词儿了。

130

老刘是个矮胖子，眉粗胡子重，头发稀稀拉拉，还谢了顶。只要一摩挲秃顶，词就出来："老弟弯腰撅腚，费劲拔力地，纳香呢？"

老曹也不示弱："我哪有你那么多工夫到鸡架纳香去？鸡蛋都捡不过来，来，快帮帮忙！"

"没空啊！老弟，我这还一挑子等着往土产送呢。"

提起土产公司，老曹想起去年老刘曾给他买过减价处理的人参。便想这不是要人情吗？他想借个什么由子溜之乎也，便抬头看看天气，好岔开话头。

没想到老刘紧追不放："兄弟，嘴张大点儿，要不馅饼掉不进去！"

老曹不想让过："天晴了，想晾晾大虾仁儿，吃不过来都捂了。"

玩笑一开，心也开了，友谊大增，互相便什么事都好办了。老刘指着老曹早已平完的煤灰，说："兄弟，太高，垫得太高了。"

"高还不好？"

"高了挡风，别捂了你的大虾仁儿呀！"

两个人相对一笑。

老刘说："兄弟，'一挂二手'，给我也拉一车来。"

给他拉了，邻居们不给谁拉呢？

老曹正为难，曹嫂在院里说："大哥张嘴，那还有不行的？"

老曹一怔，昨天不是合计好了，谁也不给拉吗？反正当家的说了，拉就拉。于是，他笑着说："拉完喝酒？"

"那还用说？"

"还喝上回那样的？"

"不就是竹叶青吗？行！"

于是开油门儿、挂挡、起车、加油、加速，装车、卸车、平整好。于是老刘门前也高出一尺出头，于是开喝。

嚯，果然还是竹叶青，行，老朋友够意思："这酒，到底不一个味儿！"

老刘："可不，喝完六十度再喝五十度。"

老曹："嗯？"

老刘："你寻思原装？有那个好事？"

两个人开心大笑。

老曹回家问曹嫂怎么又破例，曹嫂说："老刘在教育界有朋友，孩子要转到好中学不得求他吗？"

老曹恍然大悟，连夸妻子："头发长见识也长。"

老八栋小街失去平衡喽，心理上的和实际上的。

走过灰渣铺垫之处，干净平整，连沙沙的声音也不一样。到自家门前却不得不把干净鞋往泥里踩，心里不是滋味。不就仗个舵把子吗？求人！秦桧也有三个好朋友呢。大不了搭上一顿酒，不就一顿吗？真竹叶青又能咋的？

有孩子在刘、曹两家门前玩儿，必然被大呼小叫喊回去。有狗在那儿趴着，必定叫回去踢一脚，骂道："发什么洋贱！"

曹、刘两家一垫起，街上的水沟立刻滚了道，向对面推过去一尺大多。面对河曲平原，孙老爷子只好以退当进，高筑其"墙"了。

还有一个变化，他们这一垫，时常憋住水，久久不干，这场雨连到下场雨，道变得更是地基松软了，路面全是泥水。一些人破罐子破摔，水沟里常扔些死鸡崽子、烂耗子、破鞋底子、碗碴、碎砖残瓦、废玻璃瓶子，等等。孙老爷子只好当义务疏通员，常用二齿子和一个破筐，将废弃物抠出，装起运走，这时，小街上便弥漫一片奇臭。

自从有河曲平原，一来急雨，对岸就常决口，水往院子里倒灌。首当其冲的是孙家，接着便是他的邻居。

邻居有一天淘完院子里的水，对孙老爷子说："大叔，人家垫上了，咱们也只好垫了。"

孙老爷子连忙摇头说："这可垫不得，垫不得。"

"怎么还垫不得？"

"大家都起而效仿，咱们这儿就变成一道坝，把坡上淌来的水挡住，使水位更高，水流更急，咱们不睛等着挨灌吗？"

邻居不说了。可是第二天就找来一帮子小青年，手推车穿梭往来，一下午也垫成了。

孙老爷子下班回来，生米已成熟饭，只好摇头叹息。

别的邻居一看，快动手吧，别人不怕把水堵住，我怕个什么？孙老爷子往来拦挡、劝说，哪里劝得住？在学校工作的找来学生，如同蚂蚁搬家。在农场的找来胶皮轱辘车，两马车足顶一汽车。四轮子、手扶、东风、解放、黄河、长江一齐上，几天工夫，家家门前都垫起来，只是孙老爷子家门前，开了一个"天窗"。

孙老爷子像被四堵高墙围起来的囚犯，脸整天阴沉着，见人也不大说话，一低头就过去。一遇大雨，他这疏导派只好往自己院子里疏导了。他儿女在外地，老两口整天被阴天下雨所困扰。有一天老爷子回来得晚，忘了道高院子低，扑通摔到那儿，腿也瘸了几天。

老伴说："要不，咱也垫垫？"

孙老爷子说："这哪里是垫院子？纯粹是埋房子。不垫！"

老刘一看，心里挺不是滋味儿，有点儿吃不住劲，中国人习惯"宁落一村，不落一邻"。

老刘说："大叔，你找找单位，来几个小伙子就垫上了。"

孙老爷子说："我一向不愿麻烦人的，等等再说吧！"

此后雨水光明正大地往孙家流，老两口只好也做堵截派，在房门口堆叠起围堰来。这一挡，水就"分洪"了，兵分两路，折到两邻家院子里去。所以在某一月朗风清之夜，邻家又请来那帮热血青年。疏导派孙老爷子家门前也不疏导了，垫得比别人还高出一寸呢。

第二天早晨，阳光格外灿烂，站在街口一看，小街颜色十分绚丽，每家门前都有自己的本色，一家一个颜色。灰、黑、白、黄、褐，五彩缤纷，成了百衲衣。

百衲衣？不如说魔方更合适。虽然只能看见变化的一面，可是那五面不变化，这一面又怎么能变呢？所以那五面是可想而知的了。

按下葫芦瓢起来。道现在比院子高出许多了，其弊病非止一端，街上走人，院里的一点儿事情全看见了，晾的褂子、袜子、女人裤衩，本不宜那么明晃晃的，现在等于开展览会。

这里人们夏天傍晚常爱在院子里纳凉闲谈。这一天，老曹正同几个朋友一边纳凉，一边喝茶，忽有一摊黏液啪地落在桌子上，仔细看，又不是鸟粪，这才想到可能是行人顺手一甩鼻涕，误落于尊桌之上。最要害仍然是水的问题，迄今为止，还没有专门设备，使水进化到自己往高处流的高层次。院子里的水流不到沟里去。细雨如丝，也还渗得进去。一旦大雨如注，便要往屋里灌了。上班的人一看要下大雨，请假便往家里飞跑。赶得上的算幸运，来迟一步，水比人快，兴许就捷足先登，做了你家不受欢迎的客人。

需求是发明的双亲，需求有的时候使人变得聪明。小街的住户，家家都在院门一侧挖一直径半米左右的深坑。将院内积水引到坑里，再淘到街中间的水沟里。

各色雨衣，各种淘水工具，然而再没有过去那么和谐了。大家不说话，不打招呼，人人干自己的活儿，脸全跟天空一样阴沉沉的。大家心里总觉得憋屈，总觉得邻居存心跟自己过不去。

这一年又过端午节。孙家老夫妻起得晚些，一出房门，便看到自家大门被柳枝杨条和新艾蒿装饰得绿葱葱的。露珠晶莹清澈，那枝条上面除了彩纸叠的印、花篮，还有一把麻扎的小笤帚，丝线缠得五颜六色，人们不但祝福二老健康，还希望把天扫得晴晴的，免得受淘水之苦。老夫妻看着笑着，心头一热，眼里湿润润的。

对门的老曹，已不开车，所以起得也晚。可是门上连个树叶儿也没有，一开门，地上却有一大片碎鸡蛋皮。曹家嫂子看着看着，也来了眼泪，咣当一声，关门进屋，一天没在小街上露面。

一不做，二不休，老曹一咬牙：垫院子。

他不开车，关系网就缩小一半。加上工程浩大，眼见得不是用砂石，好像用两口子肉来垫院子似的，工程一完，人瘦下一圈儿去。可是，再下雨，他不用出去淘水了，就连晴天，他也早出晚归，他感觉到了人们那冷冷的目光。孩子转学的事儿，终未敢向老刘提及。

曹家院子一高，水就流到刘家。老刘的笑声与笑脸，都如受惊的小鸟，一下子不知飞到什么地方去了。一狠心，垫！不过这一次他没求老曹帮工，他隐约觉得这不断溜儿的麻烦，全是这位芳邻带来的。见了面，笑容不得不摆出来，也是僵僵的，假花似的。

多米诺骨牌效应，各家计划外项目立即上马。比起垫道时候，阵容不知强大了多少。除了飞机、轮船、火车，差不多的运输工具都启用了。小街的宁静，被人喊马嘶、机械轰鸣所取代。白日犹可，有几家还挑灯夜战，挖防空洞那年月也没像现在这么紧张。三个月不到，小街的孩儿老小一个个脸色发黄，脖子显得长了一块，胖的苗条了，瘦的看见骨头了，不用擦"领导世界新潮流"的眼影，眼圈儿也都发了黑，眼睛是显得大了，只是不水灵，茶呆呆的。

神奇的魔方由街道扩展到各家院子，总算可以给人们点儿安慰与短暂的安全感。

这一次又是孙老爷子落在后边，天一打雷，老人家心就发抖，好像身陷十面埋伏的败军之将。他再不提疏导二字，心里巴不得天帝发点儿慈悲，把塞到指甲缝里那点儿"息壤"赐给他。雨一下，他照旧得淘水。戴一顶大草帽，披一块蓝塑料布，站在大门旁的蓄水坑前，不慌不忙，看样子是听天由命打持久战，一小桶一小桶不紧不慢地淘。街上只孤零零他一个，卷起肥裤脚，小腿只见骨头不见肉，还沾着泥污。雨过天晴，东边天际有彩虹出现，小街上出奇的静。除了几声鸡鸣狗吠，再就是孙老爷子倒水的声音，一会儿哗一声，一会儿哗一声。对于他们的邻居们来说，真是"声声入耳"啊。

鼠牛虎兔，龙蛇马羊，猴鸡狗猪，年复一年这么轮番垫下去，新问题又来了：道（沟）比院子高，院子比屋地高，窗台几乎同地面在同一平线上。鸡鸭猪狗常在玻璃窗外窥探主人们聚餐情景，有一家的母猪不仅吧嗒嘴，还把窗玻璃撞破，登堂入室了。更烦人的，仍然是水，一不小心，高高的沟水就决堤，比起猪来可是不客气得多了。

孙老爷子的单位接到许多群众来信，要求给孙老解决困难。单位领导来看几次，当即拍板：实在应该解决。不解决要大失民心的，解决了可以大得民心，对下次连任、"对照检查"也许有好处。既然解决，就彻底一点儿，来个"根治"。果然过不多时，根治大军开赴阵地，他们把门窗提到不能再高的程度，把地板起到不能再起的程度，实行系统工程法，残砖碎土垫院子。这回后来居上，孙老爷子庭院竟比别人高出一尺多。

孙老爷子蹲在门口，望见自家院落的突变，内心涌起一阵酸楚……这样一来，又是连锁反应：大家都开始了起窗起门运动。

这一年春旱，山上新栽的树多半枯黄了。到了秋天，也无一丝云。气象台常发出某日有"小到中雨"、某日有"大到暴雨"，可是常不应验，小街人警惕水的那根神经也有些放松了。

八月末梢，暴雨骤来。人们几年间垫起的灰土，反而成了堤坝，憋高了水位又挡不住水头。一眨眼，小街的水有三四尺深了，人们呼天喊地，总算安全撤到坡上去了。只是当时老曹公出，曹嫂就便跟着男人到山外走一趟亲戚，家里唱了空城计。亏了孙老爷子和老刘帮忙，把那台日立牌彩电从水深火热之中搭救出来。

老曹赶回来时，水还没退。他站在坡上往下一看，白亮亮一片水泽，八栋屋脊，如同集体自杀的死鲸，黑黢黢的，让人觉得挺凄凉。

孙老爷子拄着根棍子来看水，潮湿的气候加上近来的哮喘使他的身子更弯了。他望着那房、那道，只是望，一句话也说不出来……

老曹想起当年的争论，不由脸一红，说道："咳！大叔，全怪我那一车煤灰渣子呀！"

孙老爷子先是点头，思量许久，却又摇头……

这时，老刘也来了，稀疏的头发更稀疏，且很乱，脸色也憔悴。他插话道："当初垫道、垫院子，谁想到越垫越洼，反倒把一个家、把小街垫到大泡子里去了……"

大水久久不撤，小街房子很旧，多半坍塌了。各户所在单位积极救灾，小街的老邻居们便分散了，相互打着招呼，道别。这时的曹家显得凄凉些。老刘从曹家门口过去，见老曹正扭头看地，两人相对一笑，就各自忙去了，那滋味已比不上"竹叶青"时代纯正了。孙老爷子送别所有人，这才想起了老曹，想说句什么，但终没说出来。老曹握住他的手，两人握着，三摇五摇，摇出许多眼泪。

以后，小街的老邻居们偶尔在街上相遇，首先心里浮现的是那一片白亮亮的大水。当然，也忘不了端午满街的杨枝柳枝，觉着又飘来了熏蚊子的艾草香。

1987 年 11 月

月 儿 圆 圆

　　月是地球近邻。月的阴晴圆缺，给地球上的人类心理带来过许许多多的变化。久而久之，甚至渗透进我们的遗传基因里了。尽管人的双脚早已实实在在踏上了月亮，知道那不过是一天一个冬夏的荒漠，却总觉得嫦娥仍客居在那诗意中间，特别是一年中月最圆的那一时刻。

　　今年的月圆时刻，是在秦皇岛度过的，客居在一位老朋友家。这位老朋友一辈子爱诗，也爱讲逸事，一板一眼，有声有色，讲时右手不时轻拍着腿，好像那故事是音乐，需要击节。

　　恰是葡萄大熟、桃子罢园、早苹果上市时节，从林区老家带去的木方桌上的水果，我记忆中从未这样丰盛。月上来时，闭了灯，窗帘全拉开。人、水果、方桌、杯中的啤酒顿时多了一层朦胧。心中充溢着温馨，大海，秦皇碣石，还有一片汪洋都不见的著名诗句……把这个夜晚升华了。

　　早隐约听到楼下有孩子们嬉戏。这时有尖细的童声惊喜呼喊："月亮圆了，月亮圆了——"还有零乱的鼓掌声。孩子的鼓掌不会清脆，肉乎乎的更令人心醉，接着是儿歌：

月亮圆圆

月饼甜甜

……

天上人间

　　许久不语，墙上石英钟独自轻轻响着脚步，不疲乏，不急躁。从悠远的洪荒就是这样的节奏吧？

　　老朋友微微低着头，月光在他白发上微微跳动。好像小睡一瞬，抬起头说："有人也怕月圆。"

　　"是因为人不圆吧？"

　　"不不，好像也是。月圆了，他往往犯病，犯就很重。"

　　我知道又有故事可听，给他倒了杯龙井。细小断续的水汩汩地响，几片茶好似于月光中旋转沉浮，终于泊住。我说："又有故事了？"

　　"不是故事，是故'实'。"

　　某省城机关，有位罗处长。其实应是罗副处长。部属当面说"副"字总觉不恭，有人按军队习惯那么叫他几回副处长，见他脸上板板的，也就都从了众。唯有科员小马，对称呼的奥妙不得其中三昧，不知这一字变化往往冥冥中会涉及一个人的命运和前程，还如实叫副处长。

　　这一年八月十五前四五天，罗处长来到科里。大家起身相迎，有一人起身时太急刮倒椅子闹个趔趄，大家也不笑。罗处长是个精瘦的小个儿，常年一套深蓝洗得发白的卡其布中山装，笔笔挺挺干

140

干净净，风纪钩扣得严严的，腰板直直的。偏分头一丝不苟，黄面皮、尖下颏、高颧骨，一口整齐的芝麻白牙。每次来绝不坐沙发而坐沙发旁一把很高的靠背椅，这次却未坐。两手平伸，掌心向下，按了几按说："大家都坐，坐。我找小马有件事，小马，你来一下。"

没想到小马回来面有喜色。小马也瘦，且细，还有点儿水蛇腰，但是白，兴奋时刀条脸也没有血色。大家不好多问，第二天小马没来上班。后来才知道，罗处长领他公出了，究竟什么公事不知道，显得有点儿神秘。

这次公出是有外调任务。那时外调是件庄严的事，非组织和领导信任者莫属，轮到谁，那差不多就是提拔前的信号。

怎么称处长的没去，一贯称副处长的让去了？原来罗副处长有自己精细的打算：五大三粗标准男子汉气宇轩昂会有不利的反衬作用；小马是团支书，领导欣赏他认真，对自己又不称处长，想必感情有阻，一同公出给他这好机会，会沟通或培养感情。

要去外调的地方，是山区小县。地图上很难找到那黑点，它隐没在一片深黄、浅黄的颜色中，如同一粒芝麻掉进一堆黄米上。下火车，换汽车，一路上，小马从未见罗副处长这么好接近、这么和蔼可亲。烟是不抽的，冰棍二分钱也不吃（小马想不在贵贱，啃冰棍可能显得不庄重），凡面包、香肠、打尖小吃，都是罗副处长花钱。小马要抢着花，罗副处长使劲把他手推回去，说："我比你拿得多。"

到过几个大地方，小马先还是介绍说这是我们罗副处长，后来不知怎么也就把那副字去掉了。

到了县城正是八月节。起伏蜿蜒石板路，明清时代青砖房，有旧小说绣像中那样的木楼店铺、布帘酒旗，小店挂着罗圈儿，牙医还画一副大牙齿，像萧红小说中的那样。短竹扁担小笤筐，麻鞋挽裤腿青布腰带，看来也觉新鲜。月饼上市，红红绿绿给冷清甚至阴森的街面上平添几许色彩。

中秋节机关向来不放假。一级级找完组织，才知被调查的证人搬到乡下。

罗处长工作抓得紧，全局都闻名。他说反正公出在外，年节哪儿还不是过？今天到村寨找到人儿，明天就返回来了，不然又误一天。早天弄明白，当事人早天不背黑锅，对不对？小马热情正高涨，当然说对，当然说那咱们马上就走。

还不能马上。他们的一部分旅费是通过银行汇到这儿来的，慎重点儿少出差错。他们到银行取了钱，到旅店小房间，严严地关了门，按罗处长意见，由小马把钱牢靠地塞进裤衩兜里。裤衩是粗白花旗布的，麻麻癞癞有些小疙瘩，倒结实，一顿绷绷响。小兜儿密密缝两道线，是小马妈妈"临行密密缝"的。淡绿色三元票两沓，六百元。

自行车是没法骑的，上山下坡，蹚水过溪咋骑？罗处长还那套板板整整干部服，比平时多了顶制帽，说11号汽车最把握。山是他们没见过的山，树是他们没见过的树。秋天不是花季，这里还有许多常年不谢的花，倍觉新鲜。那时候罗处长不到三十，小马二十出头，两人又精瘦，谁也没有扁平足，过了一山又一山，走得不慢。唯山里人烟稀少，路上人稀，口音不通，问路困难。

下午两点多钟，来到一处峭壁。青石嶙峋，突兀怪异，石缝中长着些不知名的树木。路是峭壁上凿出来的，令人想起暗度陈仓的成语。往下一望是条湍急小河，河面到路面有二十多米高低。峭壁影子覆盖了一部分河面，像要把河面掰下一半来。河水在卧牛石上激起惨白的浪花。流水回声撞在峭壁上，声如怪兽低吼。河那面是另一座陡峭的山。这里差不多是一线天了。

路上无人。两人虽有一点点发怵，想来也不会突然闯出大虫、巨蟒、山鬼、河怪。这时候，峭壁拐弯处露出一只箩筐，接着是斗笠遮了脸的挑夫。他们还记得，挑夫从脖子上扯下条白毛巾擦了擦汗，慢悠悠把担子换了肩。

在擦肩而过的时候，突然的事件发生了。挑夫慢慢把担子撂在路旁，猛然一旋风腿，小马便是一个嘴啃泥。罗处长一愣怔，还没回过神来，便觉后背挨了重重一肘，脚下挨了麻利的一绊，他便就地卧倒。无意间一扭脸，看到穿着草鞋的一双黑黄的瘦脚杆，看到小马嘴角在流血。在两人都拥抱大地母亲的时候，峭壁岩后嗖嗖跳出两个人来，落地无声又似从天而降。他们两人刚想翻身站起，便已被反剪双手，各踏上一只脚。

罗处长第一个念头，便是对手打私架认错人了。他说："老乡，老乡，我们是外地来的，很远，你们别……咱们素不相识。"

有人说话了："几刀几刀（知道）。"

"你们搞错人了！"

"补醋补醋（不错）。"

罗处长脑袋快，立刻想到阶级斗争上，是否被调查的人闻风误解来意，才来这次突然袭击，便说："我们是外出调查的，是要纠偏一件错案，纠偏就是昭雪，就是……就是不让人背黑锅呀，不是想给谁戴什么帽子。"

"那管不遭（着）啦。"

"那为啥这么……别误会。"

143

“票子啦。”

小马一扭脸，一双手又把他脸给扭过去，叫他仍然亲吻大地。小马就对大地问："票子？什么票子？"

"票几（子）就戏（是）钱啦。"突然有厉声命令："拿出来！"

罗处长说："有事让我们站起来说嘛。"的确，胸压着，加上惊吓，两人说话像从嗓子眼硬拉出来的。

又命令："拿出来！费事没你好处！"有一把杀猪刀子扔在罗处长眼前。

罗处长一哆嗦忙说："拿拿，在衬衣口袋里，衬衣。"

于是，两人外衣、衬衣口袋给迅速摸了一遍，几十块零钱搜走了。有人急促小声叽咕几句。眨眼间他们俩像被提小鸡一般转移到峭壁巨石后面，尖石戳着胸腹，还不如趴在平地上了。有人悄声命令，"莫出声，小心宰了你们。"

吱吱扭扭的声音从石那边路上慢慢流过去。大约是辆牛车。石这边五个粗重的呼吸此起彼伏，有秋虫叫，断断续续的。河水还那么响，响得揪心。一片殷红的叶子，旋转着飘落在两个趴着的人中间。

牛车声远去，几个粗重呼吸声也平静了许多。

"还有，拿！"还是那个人的声音。

小马抢着说："到这地方来，带这些足够了。"

一条毛巾勒住小马眼睛，一阵拳打脚踢。一人扯着他头发，一人左右开弓地抽嘴巴，后来刀背凉飕飕搁在他脖子上。

小马一口咬定："没带那么多钱。"

"银行里取出来的，我们看见了！"

小马说："放旅店里了！"

又是一顿暴打，眼角的血渗到白手巾外边来，也还是一个供词。

道路上传来吵吵嚷嚷的说话声，夹以笑声。

几个拦路的把突破口转移到罗处长身上，他们把罗处长蒙上眼睛连推带搡弄到另一块石后。小马只听见几声厉声喝唬、几个耳光。

不一会儿，他们都回来了。那个声音说："你来，你来！"

就有人解开小马铜卡子的牛皮腰带，扒下衬裤，哆哆嗦嗦把两沓钞票掏出去。口袋缝在贴身一面，小马感到那手挺光滑而柔软的。

有人把蒙小马眼睛的手巾解走："就这儿趴着，莫看。报官，别怕吃刀子！"

又有几片叶子飘落下来，没听到什么脚步声。他们挣脱没打死扣捆着手的软藤，揉眼四面看，连箩筐也不见踪影了。大山也不是磐石一块，它也会藏污纳垢？

后落下来的不是秋叶，而是三张三元面额的钱。两人傻愣愣对坐一会儿，小马忽把眼光移到罗处长的右手上。那手轻微一抖，忙伸进裤兜儿。

罗处长掏出手帕给小马擦血，说："小马，没打坏吧？"

小马推开他的手，哇一声哭了："大天白日的，大天白日的呀！"

回声就喊："大天白日的呀……"

罗处长咬着牙根说："山梆头水贼！"那嘟囔声让回声吞没了。

两人如此狼狈，特别是小马，眼睛和嘴唇已肿得发亮，无法继续前行去完成外调任务，便返回进了县城。小马打听公安局，他要直接上公安局报案。

罗处长拉他胳膊说："先别急，回去商量商量再说。"

小马说："那不让他们跑远了？"

罗处长说："近了谁能立刻找到他们？"

回到旅店，一反往常，罗处长打来热乎乎的洗脸水，招呼小马洗脸。

小马忽地坐起来："他咋知道，他咋知道钱在我裤衩上缝着？"

罗处长脸红了，小马这是头一次看见罗处长脸红。

罗处长说："他们既知咱们从银行取款，得不到能罢休？"

"我说在旅店里，他怎么知道我带着？"

罗处长说："看你挨打这样，担心真一刀子捅了你，我怎么交代？再说太阳一落山路上一肃静，早晚不搜了去？命重要还是钱重要？生命是革命的本钱……"

"我问他咋知道的！"小马认真劲儿来了，脖子牛一样梗着。

罗处长平静地说："我说的。说跟不说结果一样，讲点儿策略保存实力，原则还得灵活运用。不然，咱哥俩儿还能在这儿说话呀，你妈还能再看到你这儿子呀？"

小马鼻子长长出一口闷气，随着像全身也泄了气，软软仰在床上。

罗处长说："给我几元钱。"

"干啥？"

"买点儿吃的呀，今天不是八月十五嘛，咱哥俩远离家乡遭这劫难，也没过节，买一杯压压惊。"

一包五香花生米六角，一包豆腐干三角，白干一斤一元零二分，四块月饼五角六分，找零的钱又交给小马。

咚咚咚，一家倒半茶杯，哥俩开喝了。"薄嘴唇儿，说四邻儿。"罗处长不仅各种会上能说，遭抢以后也能说。南朝北国五行八作聊了一大气，月亮上来了。长条窗子很窄，挤进来的光却明亮，两人

146

也不开灯。月是故乡明，他乡也并非很暗，除了那天晴转多云。

小马不说什么，只是一口一口喝闷酒。一口喝呛了，咳了几声又打酒嗝。他望着酒杯，也不抬头，问："咋办呢？"

"你说呢？"

"报案。"

罗处长不马上说话，慢慢喝口酒，给小马夹块豆腐干，规规矩矩放下筷子，这才说道："咱们是每个星期六都学习，都传达文件，对吧？每天都听广播、看报纸，对吧？隔个月把的还听听省领导、局领导做形势报告，对吧？哪有一句一字说我们今天还有拦路抢劫的？唉，咱哥俩遇到天下奇闻了，满天无云，下了一个雨点儿浇到咱们头顶心上了。说出去不用说别人，就连街道上那些老太太，连你们家大婶都得说你瞎掰。"

小马一想，自己是生在红旗下，土匪拦路抢劫，只是万恶旧社会才有，新社会一起真也没听说过。要别人说他遇上了，把不定自己也不信。就说："信不信由他，事是出了，不说就这么闷着？"

"我也没说不说，六百块也不是小数，你一月五十六，我一月才八十嘛，咱们说遭了抢，人家不信还比信好呢。"

"为啥？"

"怎么不跟坏人搏斗？一个共产党员处长，一个共青团员团支书，阶级斗争性哪儿去了？阶级斗争性不行你给我退党好了，你给我退团好了。"

又是一声雷。

小马手心都出汗了，说："那你说咋说？"

"丢了。"

"撒谎？"

"哎呀呀，小兄弟，"罗处长苦笑着摆摆头，夹颗花生豆，举着。那花生豆儿就在两人中间，像一个绣球引逗两个疲乏的狮子："你老弟认真我佩服，那回你送上来那份总结，第二天一上班就找我更正两个字，什么来着，啊！很好改较好，其实改一个字。证明文字上你注意了。可是'丢'这个字你还没吃透，从他们那方面叫抢，从我们这角度说叫丢。丢者，曾经有过，现在没了。管它咋没的，说丢都行。有就是有，没就是丢，这怎么叫撒谎。"

只好如此，小马没什么理由再拧着了。于是大口喝酒。

罗处长及时转变话题，把年轻人怎么有发展说了一番。最后又抬头看看窗外，冰轮似的月十分皎洁。他没话找话说："月亮圆了。"

小马抢似的拿过酒瓶子，咚咚咚吹了瓶，大喘着粗气说："他妈的，月亮圆了，月亮圆了，哈哈哈，圆了!"说着，把瓶子朝月亮抛去。

玻璃碎裂。静谧的月夜，声音显得格外清脆刺耳。

回到单位以后，小马没有及时上班。他在外地大病一场，多亏罗处长照顾，才算支撑着搞完外调，回来了。

罗处长回来以后就上班，立立整整、干干净净、不苟言笑、兢兢业业。

单位里上上下下，早就知道小马丢了旅差费六百元。那时候，机关里同一级别的才可谈点儿心里话或开个玩笑问点儿小隐私。就有处长副处长说："老罗，小马怎么搞的，连累着你也跟着听小话儿。"

罗处长痛心疾首地说："他年轻，有点儿拉忽。论说吧，我也有领导责任，很大的领导责任。"

148

其实，罗处长一回来，就把这事向正处长、局长做了汇报。不能说被小偷割了兜儿，那时没那么多钱也没那么多小偷。也不能说拎兜儿放在火车车窗前的小桌上，开车前让人一把给捞了去，那时还没这先例。想来想去只好说忙着赶车，钱揣串了，车开了才发现。这也是他与小马创作好了的。他汇报的重点，在自己有领导责任。上级领导当然给了应有的安慰。

小马上班以后，也只能如此圆谎。

罗处长挺够意思。小马每月被扣去一半工资，罗处长必在很适当的机会，派人给小马家买些日用食杂东西。特别小马母亲闹病那回，还亲自去关心职工生活，这博得全局一片赞扬之声。可小马一算，连一百也不到，原说却是一家赔一半的。

小马总感到心口堵得慌，同时，称呼罗处长总感到别扭。有一天，他决定要改回来，仍旧称罗副处长。可是他改晚了一步，罗已被扶了正。

小马一听，脸唰地白了，接着腾地红了，接着一屁股坐在椅子上发呆。别人悄悄说："你看，小马怎么两眼直不愣怔的。有点儿吓人呢！"

罗处长在小马所在这科里，讲话时不过分显得神采飞扬。例行公事似的，讲完就走。也从不谈关于襟怀坦荡、忠诚老实什么的。可是在其他场合却谈得比什么都多，都认真。

有一回，小马从窗下过，正听他在另一科室里，把对党忠诚老实说得慷慨激昂。

小马两眼发直，口吐白沫，一下子就气得背过气去。

"你们俩一说起话来就什么都忘了，咋不叫兴岐吃水果？"老朋友的夫人同我老伴儿高高兴兴走进来。

老伴儿说:"怎么也不赏赏月,正圆的时候。"

可不,月亮已升得很高了,月光已从屋子的北半部收缩到南半部,很像潮水慢慢地退。桌上酒杯、水果杯的影子也小了。任重而道远的海轮沉重的汽笛声传来。想来海上的月更好吧,海上生明月,海上看月也许更圆。

老朋友说:"这就快讲完了,别干扰故'实'情节。"

其实,也真干扰了一下。老朋友好像忘了讲到什么地方,想了想说:"其实,这老罗我早就认识。"

"同事?"

"可不。那年我在一县城税务局当税务员,年轻上进到省税校学习,写了封信给局长汇报情况。有一天这老罗顺便来看我,那时他是另一个股的股长。他说:'局长在股长会上读了你的信,很信任器重你。'我随便说了几句什么也不记得,没想到天天开会总受敲打。我们那时住局大宿舍,局长住一单间,外屋是会议室。开会前大家坐好,局长招手出来。然后国际国内省内县内局内形势,然后操山东腔笼统批评,然后不点名具体批评、点名具体批评。大家深夜困了打盹,他就喊全体起立,原地踏步走,噼里啪啦下饺子,还喊一二三四。还有可笑的,副局长是东北人,也学局长山东腔,长一声短一声肯定局长的讲话。也有时喊口号,喊一声说劲足点儿,一声得比一声高。有回喊坚决完成冬征任务,忽问大家有没有信心,说有。又问,信心在哪儿呢?一时寂静,有机灵者按胸口大呼信心在这儿呢,结果笑憋得大家红头涨脸,不知谁把笑憋到下边去'噗'的一声放出来,笑倒好些人。这回我受具体批评说我攻击领导,我当然不承认,局长就点这位姓罗的揭发。原来那次我曾对罗说:'局长重视我当然得好好干，局长天天开会又长篇演说得改改。'回去他一汇报，就变成攻击领导了。后来，不知怎么这老罗却升上去了。"

这算个插曲。再说小马气得背过气去。刚一睁眼就说："我找机关支部书记。"

大家把他推到医院，打一针镇静剂睡了大半天。他呢，气也就咽到肚子里。

有一次，处里要派人到银行取笔款子。以前这事都该小马去，这回却换了人。

明显地不信任！

后来，小马听说，这是罗处长告诉科长的，说："小马同志有过这样教训，还是别让他去了吧！"

这导火索刺溜溜一下子把全部委屈、郁闷、愤懑点着了，一团TNT爆炸。

小马这回直接找支书，如实把被劫一事一说出，支部书记有点儿像听《天方夜谭》。也许怀疑小马神经有点儿不正常，不过他像二传手一般把球敏捷地传给主管领导。

主管领导想来想去，不相信有这事。

"小马同志，电报不是你拍的？"

"是呀，是我拍的。"

"又汇去的旅费不是你收的？"

"是呀，是我收的。"

"回来以后你和老罗都说你揣串丢失，是不是你也这么说的？"

"是呀，是这么说的。"

领导显然冷静下来了，说："小马同志，你虽丢了款，领导上并未追究，也照样信任你。这可涉及道德品德问题，切不可感情用事。"

小马急得不得了，说："那天月亮圆了，那天月亮圆了……我们喝酒，编好这么说，那是他编的呀，他教我这么说的呀。"

小马冲出领导屋子，找到罗处长。

罗处长正安安静静阅卷批示，见小马进来，笑盈盈地说："小马你坐。"并且倒水。

小马说："你说真话，你讲话就叫人说真话。你说那回咱俩钱是丢了还是叫三个家伙抢了？"

"抢了？什么抢了？"真的大吃一惊，很像大吃一惊，反正是大吃一惊的样子，罗处长腾地站起来反问。

"钱，六百块钱不是我丢的，是让人抢了，三个人抢的。我挨揍，你没咋挨揍。你跟人说钱在我裤衩上，就是你伸手掏给了土匪，就是你！"

门开着，走廊里早有些个人了。

罗处长坐下了，摆摆头做冷静状，说："小马同志，我们说话做事要诚实、要负责任。你丢的就是你丢了，又没说你贪污，又没追你责任，干什么这样气急败坏？"

小马说："那天八月十五月亮圆了，喝酒，你编的，编得比月亮圆啊，你叫我打电报，你叫我这么说……"

吵来吵去，小马又被送去打了一针。

罗处长找领导很诚恳地把款如何丢的又说了一遍。而且深刻检讨："对下边干部的错误太姑息了，当时严肃批评，也许不会有这个结果。"

领导对同志负责，也是对干部考核，决定派人到大黄米上黑芝麻似的县城外调一番。

某年某月某日某地，发生过一起拦路抢劫案吗？

被问者如堕五里雾中，说："连传说也没有，更无人报案。"

又到那小旅店了解，方知酒后醉了还打碎玻璃赔了款。

又了解邮局，查底子，电报实为小马所发，有本人签字为证。

你想，这证言对小马有利吗？

小马被许多人看成一个嫉妒心强、恩将仇报、反复无常，外加撒谎，外加神经不大正常的人。不被信任是自然的。

从此，小马没有什么朋友了。也找不到对象，人家说不是丢了钱硬说被抢的那个吗？谈也不想谈一次。

这样一来，孤寂、被冷落、被歧视的小马成了只孤雁，月圆之夜的孤雁在一澄如水的天空中慢慢地飞。

不过，这口气他委实咽不下，认真的、耿直的遗传基因有一天又一次耐不住了。别人轰轰烈烈贴大字报，他也跟着贴，而且是专题的，把个正正派派的罗处长说得人也不是一个了。

恰好，此事被一派利用，把罗处长拉下马来，挨了许多打，挂了不止一次牌子。

罗处长不说有也不说无，正确对待群众运动嘛。

后来的事再自然不过了。小马为虎作伥，落井下石，陷害革命干部。但念其没有什么线，免于处分，工作却调出机关。

有一回，一个小后生与他闹笑话，学着他的样子说月亮圆了。他往起一跳，随着就倒下去翻眼根子。

很负责的医生诊断说："他真得了精神病。"

从此，如同阿Q忌说亮，他家忌说月亮圆了这句话。而且一到八月十五，常哄着他打一针睡觉。

"那么，后来呢？"

"你写小说的可以编了。比如土匪中的那随从，也许就是给他们几元钱的那个，劳改教育后良心发现，巴巴地从老远赶来帮他倾泻一腔冤愤，病好了。还可以……"

"咱们谈的不是故'实'嘛，后来……"

"离开有十几年，人各一方，信息茫茫，且人人忙着糊口、忙着发财，遇有熟人，这事早忘到阴山背后，哪想起打听？"

那夜睡得晚，梦中仿佛听到形容枯槁得像个骷髅的小马直声直气地喊"月亮圆了!"

惊醒之后，已是三四时。秦皇岛天黑得晚，亮得也晚，望一眼窗外，仍是大好月光，只是淡了一些。人生苦短，又度过一个月圆之夜。

忽记起楼下孩子们的儿歌：

月亮圆圆

月饼甜甜

……

天上人间

第三句当时没听清。有许多话可以填上的，比如填个嫦娥与我或玉兔与我之类的，也无不可。

可是为什么要去填实际是去改呢？天明问问孩子们不就行了嘛。

对哟，何不去问问孩子？

1992 年 12 月

154

静 夜 思

　　林业局所属知青管理处的副主任赵琦才，把一沓表格夹在腋下，回手闩上大门，拉了一拉，感到闩得很牢。他又斜探头从矮障子向自己刚走过来的路望了半晌。那路笼罩在浓厚的夜色之中。一串昏黄的路灯，无精打采地照着路面。听了听，除了一阵阵随风飘来的虫声，没有别的动静。

　　他回过身来一望，自家屋里半明半暗。一个馒头般滚圆的身影，几乎充塞三大扇玻璃窗。很富态的老婆，正俯身在桌上。

　　赵琦才经过水泥方板铺的甬路，推开房门走进去，问道："还没睡？"

　　"哎哟！"

　　老婆把桌上的什么一捂，慌里慌张地扭过头来。见是自己的男人，才放心地转过身来，长长出了一口粗气，热流直喷到赵琦才容光焕发的脸上。

　　"这个死鬼，吓我一跳！会开得怎么样？"

　　赵琦才滴溜溜乱转的大眼珠子闪了一下得意的神色，把腋下那沓表格大咧咧往桌上一扔，便掷身在桌旁的沙发里。

155

桌上的一堆纸条，被表格扇起的风吹得吃了惊，激灵地跳起，有几张贼溜溜蹿到地板上。赵副主任的贤夫人，稍稍吃力地弯下腰去拾起，放在桌上。

那沓《申请入学登记表》，一下跳进她的眼里，坠入她的心中，扑通一声，使她的心潮奋然泛起浪花，脸笑成了十五的月亮。她一把抓过那些表格来，像欣赏一块又肥又嫩的五香蹄髈肉一般，翻来覆去看了一会儿说："我早说你不用急得抓心挠肝的，怎么样？"她得意地斜了他一眼，"你们处里那几头烂蒜，哪个敢抻出来跟咱们较量较量？他们还想夺去这份差事，哼！"后边这个"哼"字，是由上牙膛挤出的。

赵琦才看老婆那么高兴，心里甜丝丝的。同时也有一点儿苦溜溜的。他想："屁！光靠你兄弟在林业局副主任室新抢的那把椅子就行了呀？若不是我上下紧撺掇，这差事就是像下大雨那样可天往下洒，连一个点儿也淋不到你头上呢。"

但是他不说，他懂得可以依靠力量，或者叫可以借用力量的重要性。

"这是些……"赵琦才指了指桌上那堆纸条，疑问地看看老婆。

"装什么'梦怔'？就没个来回盆？"

赵琦才心里一动，喘气也粗了，心头涌起一阵钓鱼迷看见浮子在水中乱抖时的那种滋味儿。

"把窗帘挡上一点儿嘛！"

他拿眼光在老婆只穿一件尼龙丝背心的上身扫了一扫，意思是："让人家看见很不雅观。"

她一笑，心里想："怕看的哪是我这四十来岁的半世老婆子？还不是那堆条子！"但她还是把那暗绿色刺花窗帘拉上。

赵琦才腾地站起来，伸手去拢那堆条子，他老婆却一把抓起，握在手中。

赵琦才一怔，老婆却笑了："你慢点儿伸手，得先回答我个问题。"

赵琦才又坐在沙发里，看着把两只胳膊交叠在高高前胸上的老婆，心里想："你家里七大姑八大姨烂眼睛他二舅母这套事还有没有个完了？光办你这套乱事，我正经的还办不办了？"他有一点儿发烦，但并没表现出来。

"哎呀，婷柳，你别卖关子了！"

他老婆章婷柳哼了一哼说："少废话，我问你，这回你确定个什么原则？是先远后近，还是先近后远？"

"你就直说有什么事要办得了，绕什么弯子！"

章婷柳眼珠转了转，果然单刀直入了。

"他八姨家的姑娘，他六舅家的小子，他三姥爷那个表孙子。不多，就这三个！"

"天神爷，三个还不多，一共有几个指标？女人的目光只能看到鼻子尖，她哪里明白搞好这次选派学生的工作，对巩固现有地位、疏通更多门路，对身家前途有什么意义吗？"他心里这样想，嘴上却说："咳，你拿来吧！老丈人家的事我哪回忘了？"

章婷柳扑哧笑了，软中带硬，娇嗔中带着威胁地说："你得了吧，上回招固定工，我说的才弄上一个，八竿子扒拉不着的都腾腾地走了。我告诉你，这回呀，你再搞那个先远后近，咱们就有好瞧的！"说着，她把手中的已经攥成纸蛋的条子，啪地摔在桌子上。

赵琦才把纸蛋展开，有十几张条子。真是不谋而合，那些条子像一个版印出来的，不但内容一致，连话儿也差不多。都说是七四

157

届推荐学生，烦请照顾某某。下边的话是你那件事我正办着，困难不小，不过还大有希望；或者你要的东西已弄到，只待送去……还有一些没有后边这类话，那都是亲戚们的条子。

看了这些条子，赵琦才有一点儿失望，里面没有他所希望的那些。他问道："就这些?"

章婷柳说："还少！有多大能水谁还不知道，你一共能安排几个?"

"我是问还有没有别的?"

章婷柳把一只抽屉嚓地拉开，里面还有一堆："我给你过了两遍筛子，光筛漏子就这么些。"

赵副主任在筛漏子里又选了一遍，这回筛到的才是他需要的真金。

初步选出来的条子，有二十来张。可是他早就仔细计算过，在上级给的十个名额中，他仗起胆子来，满打满算也只能安排五六个。其他的怎么也得用来盖个"花搭面"呀。所以，还得过第三遍筛子。费了两个小时，抽了半包前门烟，擦了第五次汗，也还是没有搞出一个头绪。他像是一条鱼，在人事关系的网里兜来兜去。尽管身上滑溜溜的，但也并非没有困难。那些写条子的，有的是和他爬上现在这个位置有关系的；有的是给自己办过事和正在办着一般事情的；有的是亲戚朋友；有的是新搭的钩子，仅仅送一点儿礼来；有的呢，则和他将要通过现在这个阶梯跳到另一个高枝上去有关系。

论说，赵琦才副主任的良心是很公允善良的，他很想一律照顾，但他办不到，狼多肉少呀！赵琦才并不因此而犹豫，他以果断出名，对自己利害关系大小，就是取舍的标准。将来升迁用得着的自然是第一类；正在给自己办重要事情的作为第二类；过去给自己办过事，将来也有用的是第三类；亲戚朋友中有些实力的排到第四类；至于其他，十分对不起，只能不入类。这样，他一共选出五六张来。

林业局某领导的夫人写的，是第一号，往将来的高枝上跳，需要他们夫妇捆一把。

地区某局一位手眼通天的很有活动能量的人物写的，作为第二号，未来之事，需他伸出贵手拉一把。

以下的顺序是：

某林场主任写来的。赵副主任的儿子，在他林场的青年点，今年也在运动着上大学，是一桩于人方便自己方便、公平合理的买卖。

林业局政治部副主任也写了一张来。曾经是采购员的赵琦才，在这位政治部副主任的支持帮助下，从此，就坐在棉花包上，腾的一下子蹿上去了。赵副主任宽宏大量地想，虽然如今这位政治部副主任用处已经不大，可是我赵某人总得够老哥们儿意思。不过，他心里还总有点儿不是味道。细一品味，他明白了，他是不得不这样做的，因为他有好几件见不得人的隐私，掌握在那位老哥们儿手中。

最后一号，是"他六舅的儿子"。

一直在一旁监着工，也帮助男人流汗的章婷柳的脸，早已变成挂着冷霜的冬瓜。

"他六舅家那个你不选我没意见，你姿态高嘛！他八姨家的姑娘，在青年点超过两年，为啥不选？"

她头一歪，两手手背顶在腰间。眼睛呢，又亮又狠地盯着男人。

赵琦才副主任斜瞥一下眼睛，不看老婆，而看着桌子的一角说："两年以上？二三百呢！名额呢，却只有十个。明年看看。"

"明年？你手指头出血也不顾地往上挠扯，明年早就蹿上去了，还顾得了我们娘们儿！"

"我不会写条子？"

"不行！"章婷柳指着选出来的几张条子，"他们的孩子是金枝玉叶，我亲戚的就是王八羔子？今年！"

"明年吧！"

"今年！"

"明……"

"今年、今年、今年！"章婷柳把姐夫那张条子从落选的一堆里拿出来，啪地拍入选出来的那几张里去，带着一阵热风，扑进套间的卧室。她砰地关上门，把赵琦才无可奈何的目光切断在外头。

赵琦才怔了一会儿，收回被切去的目光，摇了摇头："母老虎，目光短浅的母老虎！"他在心里骂道。

他掐着指头算了半天，为了避免"母老虎"的怒吼，下个狠心，把连襟的这一份算到选中的里头来。

其他的筛漏子呢，他一划拉，一团弄，走到灶下，啪地打着打火机，烧了。火光一亮，他看见食品柜里反射出一道五光十色的光来。原来不上一天时间，那里头刚刚要消耗完的东西（那是前不久招工时充实起来的），又补充起来了。烤花瓶子的茅台、装潢漂亮的西凤、汾酒、竹叶青、泸州老窖；外面裹着玻璃纸的过滤嘴香烟；出口转内销的大虾罐头，等等。赵琦才胡子刮得很光、嘴唇很薄的嘴角轻蔑地一笑，心里说："一条蚯蚓就要钓一条大鱼，算盘珠儿真会往里扒拉！"饵留下，鱼钓不去！这样可以教会这些人，以后怎样才能把事情办"明白"。

正事办完了，赵琦才想要翻一翻那沓表格。这时候，他听到砰砰敲大门的声音。赵琦才心里一惊，像一个木雕像一样停在那里不动。他想："进门时我还回头看了看，莫非处里那几个对立面真盯了梢，看见筛条子的情形了？"又一想："不会。自己早就留这份神了。"

外面又传来砰砰的响声，赵琦才侧转身要去开门了。

"干什么去？"章婷柳在套间里仍无好声气地问道。

"你没听到敲门吗？"

"给人家办事半夜也接待，自个儿的呢？哼！"

赵琦才心里想："你不就是怕把你的顶了吗？真见鬼！"他本来也不大想去开，但是又怕耽误重要事儿。一旦林业局或地区的头头写来个条子，而且真是对自己未来有利的，偏偏就因没去开门而失去了这大好机会，岂不可惜！

摸黑进院的，是一个高大魁实的人，听口音挺熟悉，但究竟是谁，却一时想不起来。但赵琦才好像认识得十分清楚一般说道："哎哟，是你，快进屋，快进屋！"

赵琦才请客人在前边走，他闻到客人身上散发出一股浓烈的松树油子味，这使他后悔出来开门了。

把客人让进屋里以后，赵琦才这才想起来，来人是离这儿百十里地某林场的一个采伐工人，这人对自己有过许多好处。赵琦才一九五八年盲目流入林区的时候，跟这个工人老张在一块儿打过山中道。赵琦才没有行李，老张把自己的行李匀出一半给他，说："东山里不比你们关里家，下晚凉着呢，坐下病可是一辈子事。"赵琦才不会干活，老张把着手教他。赵琦才手上磨出了水泡，老张在油灯下给他用头发丝穿开。当时赵琦才感激得止不住流眼泪，说："张哥，你真比我亲哥还亲！"如今他回想起这些，感情没有那么浓烈了，只

161

是恍恍惚惚地感到，似乎有过这样的事，就如夜里做了个梦。

"老张哥，什么时候下来的?"

"这不，刚坐去咱们场子运木材的车赶下来……"

"哦，啊，啊! 家里都好啊?"

"都好。我这回来有点儿事呢……"这个五十来岁的大汉有些不好意思，脸也涨红了，"孩子的事，在你们青年点都六年了，自己个儿很用功，文化上还行……"

"噢，是吗? 叫什么名字的?"

"刘继良。"老张说着，递过来一张早写好的条子。

"哦，他……怎么，你们是亲戚吗?"

"不，你还记得大老刘吗?"

"哪个大老刘?"

"就是你那年受伤，他给你输血的那个!"

他想起来了，大老刘算是救过他的命的。他说道:"哎哟，这一节我以前可能是不知道。老刘那年扑打山火因公牺牲我是知道……"

"后来，老婆也死了。就这么一根苗，我养过去。他家里祖祖辈辈没念过书，就……若能上个大学……"老张擦擦汗，忽然语速快起来，"琦才兄弟，你知道我这个人的脾性，不愿整这些'捅猫蛋'的事儿。可是如今时兴这玩意儿，不找找人，屁大的事儿也办不成。我这是头一遭走后门，看到死的脸上，这事儿你给办办得了!"

赵琦才表现得十分同情地唉了一声，说:"张哥，你把他看成自个儿的，我也把他看成自个儿的! 能使上劲的，我还能不使? 这个你放心就是了。"

赵琦才送走了老张，推开窗户，出一出松油子味儿。他刚要去翻那沓表格，章婷柳一脸怒气出来了。刚才的谈话她听得一清二楚，

162

她走过去看看放在桌上的这张新条子，嘴角耷拉着，眼皮"抹搭"着说："看样子，他八姨的那个又得'后候'了？"

赵琦才讨好地向老婆笑笑，拿起那张写着大老刘的后代、老张的养子名字的纸条，轻轻地、态度潇洒地撕了，纸屑像被摧残的花瓣儿一般飘落一地。

章婷柳扑哧笑了，脸又成了满月，顿时兴奋起来。

赵琦才有一点儿困倦了。他举起两只胳膊，伸了个懒腰，打了个哈欠，伸手去拿那表格。

"那还有什么看头了？我给你启一瓶酒。特殊样的，便宜你，让你尝尝鲜！"

章婷柳的一阵热风，从厨房中拿来一瓶蛤蚧酒、一盒核桃仁罐头。

几个小时以前，处里头头会议上，水到渠成，指定他负责这项工作，并把这些表送到他面前。没有拿到手之前，他像饿虎扑食一般争夺它；拿到手上之后，他喜爱它们；现在呢，他觉得走这个形式很麻烦，虽然为此，他还是一边喝着酒，一边翻弄。

这一沓子表格的确太厚了。也难怪它厚，局里的子弟多，地区来的也不少。赵琦才对这些青年，特别是重点人物的名字都熟悉，这个在处里虽然不是一把手，但比一把手还一把手的赵琦才，对农场种多少亩地、木材加工有多大生产能力、家具厂生产什么家具、食堂办得怎么样，是一概不知道。但是，哪个青年的父亲、母亲或近亲好友是掌什么权的，哪个青年是上级什么委什么局什么人介绍来的，他们是什么关系，有什么过码，他心中有一本详详细细的账。所以，表格翻得很快，只要眼睛一扫名字，便一想了然。不一会儿，他便翻完了。

看情形，今年选送，靠手头这几宗事，儿子上大学，自己巩固现有的位置，是不成问题了。但是更大的想头，他总感到靠着自己筛选出来的那一、二、三号，把握不大。他心头有一点儿怅怅的。

赵琦才一仰脖搁进一杯蛤蚧酒，抓了几颗核桃仁，准确无误地一颗一颗扔进嘴里，以比常人快得多的速度咀嚼着。忽然，他大眼珠子盯到墙上某个地方，停止了咀嚼。他回想方才看过的那些表格，恍惚感到有一个重要的名字被忽略了。

他连忙放下酒杯，站起身来重翻表格。哎呀呀，果然，在中间一张的社会关系栏里，明明写着：

　舅舅，张林成，本地地委书记。

赵琦才好像在万丈深渊的边缘上滑了一跤。当时胃里的酒就变成冷汗，从脊梁上冒出来。他连忙看看填表人，写的是知青农场李小培。

这个名字他感到陌生。他痴呆呆地望着这三个字，努力回忆是不是在什么地方听到或看到过。他把他那挺不错的记忆仓库翻了个底朝天，却仍然翻不到这三个字，他根本没有什么印象。

赵副主任连忙放下酒杯，放下表格，拉开写字台的抽屉，拿出一个保管得很好的本子来。这本子像流水账一般，记录着他认为重要青年的详细情况，重点记的就是社会关系。但是，他仍然没有找到这三个字。他又拿出原来青年登记的表格寻找，也没有这李小培。又找最近的表，这才弄明白他是前几个月从别的青年点转来的，但社会关系他干脆没有填写。为什么填表时不写，现在要推荐上大学时才写呢？原因可能很多，一种是大领导干部本身谦逊，不让子弟写亲属。另一种呢，青年本身自立精神强，想要不靠父母亲友在社会上闯一闯。还有……他不往下想了，他突然意识到，自己这是福从天降，他愿意相信这是真的，希望这是真的。如果真要这样，就是在原来的棉花包上又架上了弹簧呢！

他真的像被弹簧弹起来一样，冲到高低柜前，抓起一只电筒，跑到灶下去。他希望方才的条子没有完全烧光，可以从中找出张书记亲自写来，至少是他爱人或孩子写来的条子。但他失望了，只剩一堆灰在那里。

怎么办？只有在表格上，认真研究一番了。

老天不负有心人，他突然在迷茫之中找到一条路径。他发现了李小培的原籍和张书记的原籍相同，这可真是一条有力的根据。不过，这个根据，开始使他兴奋，过一会儿，就觉得不足了。

汗从头上披淋披淋往下淌，问题还没弄出头绪。这时候，登记表上那张照片在对他发出讥讽一般的微笑。那一头浓密的头发，调皮地卷曲着。这使他心中一动，噢，对了，他见过这个李小培。

他突然感到自己这般被动了，过去还一贯以精通人事关系自得呢，纯粹是个窝囊废。现在，他肠子都悔青了。在他看来，不管他条子上一、二、三号怎么有本事，也不顶李小培轻轻吹一口气。

赵琦才毕竟是个奇才，太阳穴上的血管蹦了几蹦，主意就拿定了。他啪地拍了一下桌子，弄得桌上的酒杯一跳高，又吓了章婷柳一大跳。她弹着溅在尼龙背心上的酒，说："哎哟，抽什么邪风！"

章婷柳见自己男人翻完了表格，愣了半天神，她知道他在那堆表里遇到什么难题了。又看他这一拍，知道这是下了一个狠心。她深恐姐姐的孩子挨了挤，便又问了一句："怎么回事，你倒说呀！"

赵琦才听到老婆说话，这才看见，老婆原来也在一起喝酒。他马上感到另一个难题又来了，把这一份放上吧，名额有限，可供走后门的当然也有限，他八姨的孩子就要靠后。这样一来，老婆又要吵闹起来。不过，他很欣赏很久以前听到的一句话"量小非君子，无毒不丈夫"，再说这也算不得什么毒嘛！把所有亲属的青年，不，连青年点也算上，所有的人都送上大学，也不赶送一个李小培去。谁还管他八姨不他八姨呢？在他心中，李小培入学，已经排在特号上了。而且雷打不动！但是，他必得先安定他老婆。于是，他又自己倒了一杯，给老婆倒了一杯，喝下去之后，说道："我说他妈……"

"你说呗，谁塞着你的嘴来？"

"他八姨那个孩子……"

"咋的？"

"我本来已经排上了，这回，得往后排一排了。"

"你说什么？"章婷柳往前一探身子，瞪起眼睛问道。

"我说得往后排！"赵琦才也有点儿不耐烦了。

章婷柳劈手把赵琦才手中的杯子夺过来，掷到地上。接着，又以十分敏捷的动作抄起桌上那瓶蛤蚧酒和那盒核桃仁，一手把窗帘一挑，就扔到外边去了。恰好扔在了水泥板甬路上，酒瓶子啪地摔碎了，罐头盒子咣咣唧唧滚出好远。这声音搅碎了静悄悄的夜，吓得关在窗下笼里的几只母鸡咯嗒咯嗒惊慌失措地乱叫。

"人家的酒你还没'灌搡'完，嘴还没等抹一下，就'反了逛子'了！"她一面说着，一面呼哧呼哧喘着粗气，在另一只沙发上一坐。她见男人似乎无动于衷，上去把一至五号那些条子一把抓过来，撕得粉碎："我这个不办，别的，谁也别他妈想办！"

赵琦才知道老婆脾气，她要发起火来，你越说话她就越凶。你不吱声，用不上一支烟的工夫，她气就消了。所以他点了一支烟，把两脚蹬在沙发上，两手抱着瘦腿，一口接一口使劲儿地抽。

赵琦才哪里知道，天有不测风云。这回暴风雨不但不过去，而且加起劲儿来。章婷柳看男人光抽烟不吱声，知道他主意没变，不由气满胸膛，歇斯底里一般尖着嗓子高叫一声"狼心狗肺！"使劲儿一捶写字台，弄得桌上东西都翻了。接着又一连串骂了几个"狼心狗肺，没亲没故，石子砬蹦的！"便号啕大哭起来。

赵琦才怕她哭背气，连忙倒了一碗水递过去。

不一会儿，章婷柳气消了一点儿，赵琦才这才说道："你不用发火，我就问你，我这知青管理处的副主任，你还让不让我当了吧？"

章婷柳用鼻子哼了他一下。

"不用说我了，就说你这个管房产的，实权还想不想掌了吧？你总眼气人家在上边工作的干部，眼气人家城市的生活，我问问你，掌柜的，你还想去不想去了吧？"

这几个撩拨心窝子的问号一画，"掌柜的"一叫，章婷柳气也就没了，但还是脑袋削个尖往上钻。

"咋的？只为我一个外甥女上学，就碍着你这些好事了？"

赵琦才连忙说："你不知道，我把一个重要人物的亲属给落下了，刚刚发现。"

"你拿个棒槌就当个真了？骗子有的是，你小心上了当。咱们早咋不知道？"

这一说倒使赵琦才心里咦了一声，但他把这个名字说出来，章婷柳的脸一下子变成满月，忽地兴奋得红起来。原来，她和知道李小培是张书记外甥的人闲谈过有人给李小培介绍对象的事。她深深知道这可要比他八姨的事重要得多……

夜已经深了，章婷柳去睡了。可是赵琦才还在伏案辛勤地工作，他在认真琢磨，怎样才能不让这件事办到背灯影里去。他用交换律公公正正衡量一番，斟酌好自己所要的价码，便动笔给张书记写信了。

哦，这夜是多么寂静啊……

第 二 辑

阿 满 太

一

一八五八年春天的一个早晨，在瑷珲当兵几十年的拨什库（军士）阿满太，睡梦中隐隐听到轰轰隆隆的声音，忙着爬起来，穿上衣服就往黑龙江边跑。

黑龙江解冰，是个很壮观的景象。房盖大的、碾盘大的，甚至比帆船还要大的冰块，相互撞击，发出震心的炸响，向下游奔泻。偶然有一块受阻，转瞬间就拥塞起来。那浅蓝的、乳白的冰块，光洁透亮，十分好看。过一会儿，它们拼命往前挤，终于轰隆一声又往下流了。

"哦，哦，开了，总算开了！"阿满太心里的一块石头落地了，他摘下有一条灰鼠尾巴的军帽，用粗布手帕擦着额上的汗。

"拨什库，你也是奉命看开江的吗？"一个陌生的声音来自背后。

阿满太回头一看，说话的人是个透明顶珠、两条貂尾的哲尔吉章京（五品官）。他从未见过此人。

阿满太忙上前行了个礼，说道："回大人，不是奉命。"

171

脸孔白净、身材匀称的哲尔吉章京说："你看得真出神。没有看见过开江？"

"哪有！从我眼睛会看东西起，已经看过五十多回了。我就是这江边上的人，家在松花江入口对面不远的地方。"

"想家了？"

阿满太有点儿像孩子似的不好意思了："嗯，是呀。一到跑冰排的时候，心里就发慌。好像这江里能走船，能过人儿，我这心就通到家里了。"

阿满太的话，引起哲尔吉章京会心的微笑："家里都有什么人？"

"有老妈妈，七十多了……我从小没了父亲。妈妈拣人家吃剩下的鱼头、骨头，把我养大的……"老阿满太眼睛有一点儿湿润，又觉得不大好意思，便补充道："每年开江以后，我的儿子都要来看我一次。"

哲尔吉章京显然受了感动。后来脸又流露出一丝悲凉或是同情的感情，说道："为什么不把老人接来，让家也来呢？"

"我也这样想。老人不愿意，故土难离。大人，你好像不是本地的吧？"

"我是从省城齐齐哈尔来的呀。"

"这个时候，江风软中带硬，你不像我们皮粗脸糙，能抗冷抗热。你站在这儿……"

"老拨什库，我是奉命看开江。已经开了，要赶快去禀报呢。"哲尔吉章京和气地点点头，似乎还想说什么，迟疑一下，终于走了。

往年开不开江没人问，他奉命看开江是什么原因呢？这想法在阿满太的头脑中只一闪而过，因为，激荡人心的开江音乐，已经把他吸引住了。

二

开江后的第十天,阿满太的儿子突然来到军营。

阿满太很激动,跑过去抓住儿子的手仔细地端详着。他看出儿子比去年来时瘦了许多,嘴角上虽然挂着笑,可那笑容后面总像藏着点儿什么。阿满太担心地问:"奶奶怎么样?"

"她好……老是想你呢!"小伙子说着,放下了背袋。

这时候,家住在江北的一些阿勒巴图(兵),都围住小伙子,打听家乡情况。

阿满太笑着说:"小伙子们,来,来,都来尝尝家乡味儿!"

儿子从口袋中,一样一样往出拿家乡的土产。阿满太拿过来一把烟叶闻了闻,一边分给大家一边说:"我的老妈最会种烟,你们抽口尝尝,能把人香个跟头!"接着,儿子又拿出一些鱼子,还有狍肉干、大马哈鱼干、野果干……一会儿摆了半铺炕。每拿出一样来,阿满太就带着一点儿骄傲的神气分给大家,嘴里说着"给,给"。

儿子住手了。阿满太把那口袋拿过来一看,空了,问道:"年糕呢?你奶奶做的年糕,全部落都有名,她年年都给捎来的!"

"今年……没有。"小伙子埋下头说。

阿满太感到不大对劲,慌忙问道:"小子,你奶奶还活着吗?"

"她活着,爸爸,我怎么能跟你说谎?那烟不就是她在窝棚前后种的吗?"

一提到烟,阿满太又感到自己担心有些多余,可是又一想,他就追问道:"若不,就是有什么岔头!你怎么知道?你爷爷死了以后,家里什么吃的都没有。可是我一看到人家吃年糕,就哭着朝她要。她含着泪哄我，说等我长大了，开些地种上糜子，就年年给我吃年糕。她怎么今年没有捎来？"

大家像预感到了什么，都把眼光盯在小伙子脸上。

他低着头，可是终于说："爸爸，你开的那块小地没有了。"

"怎么会没有？"

"去年，江口那边来了一些罗刹（俄国兵），硬给占去了，还在旁边盖起了房子。"

阿满太喊道："来了罗刹，占地？我们的，他们怎么敢强占？"

"奶奶这么说，大家也这么说。就因这，奶奶被罗刹拖到军营里，当着众人的面，抽了一顿鞭子，说她撺掇达斡尔人反对他们。来时，奶奶不叫我说这些，怕你心里难受呢！"

营房里顿时一片沉默，突然，压在人们心头的积愤爆发了："闯到我们的地方来，凭什么？"

"找当官的去，揍这些罗刹！"

大伙正在吵嚷、怒骂，阿满太的儿子却见阿满太脸上冒出汗来，手捂着胸口，两眼直瞪瞪的。他惊讶地喊："爸爸！"

大家这才发觉阿满太得了急病，于是，七手八脚把他放倒在炕上，有的给他揉胸口，有的端水给他喝，有的去请军医。

傍晚，阿满太好了些，可是大家还让他躺着。

有一个大家很熟的哈番（准军官），走进来说道："阿满太，这几天有件要差，得你辛苦一些了。"

"禀大人，拨什库病了。"

哈番关切地打听什么病，嘱咐养一养，就要另去派人。

阿满太问道："什么差事呢？"

"给黑龙江将军奕山大人做临时护卫。"

174

"将军要来？"

"嗯。"

"做什么呢？"

"听说要跟俄罗斯使臣会谈，目下江已开了，大约很快俄使就能来。"

"谈边界上的事吗？"

"听说是。"

"那么，我去！"

老阿满太一跃身站起来，招呼几个手下人，跟哈番走了。

三

四月十一日（农历），俄帝国沙皇使臣东西伯利亚总督穆拉维约夫，带了一二百名俄兵，乘着两艘铁甲炮轮，在瑷珲拢岸就登上奕山将军派去的马拉轿车，赴副督统衙门开始会谈。这之后，军营里也开始窃窃私议，对会谈结局都很担心。

这一天，阿满太回到营房，正遇上阿龙阿和其他几个阿勒巴图争论此事。

阿龙阿说："英、法等国，正在关内打中国，中国武器不行，总是吃亏。俄国人乘此机会来会谈，江北非让人家割去不可。"

另外几个人说不会如此。

阿龙阿心情沉重地说："你们看那个穆……妖夫，就像一只捉弄老鼠的猫，满脸假笑，可那爪子，却准备随时扑出去呢！"

"阿龙阿，"阿满太忍不住插进来，教训说，"你说他是猫，奕山大人难道成老鼠了？别这么说话！"

阿龙阿话在心里总想往外说，没大在意："这个妖夫，这几年带着大兵在这大江里横着膀子闯了两三次，江北不少地方他都驻了兵，他安的什么心还看不出来，那才叫傻瓜！"

有个人说："有约在先，硬拿总不行吧？"

阿龙阿激动地说："他管你那个！咱们家净等着遭殃了……"

阿满太越听气越大："让你说，天下就没公理了？"

阿龙阿口气缓和一点儿说："老拨什库，你当了这些年差，总该比我明白。啥叫公理？他们有兵、有火器，枪就对准你胸口，问你应不应？"

阿满太说："你倒先怕了，奕山将军不会受他的！"

阿龙阿走过去把门关严一点儿，看屋内都是自己人，这才说："老拨什库，你真是个老小孩儿！那个奕山是个有名的熊包！"

阿满太真担心阿龙阿说得对。可是他站起来却说："不许这样讲，再讲……"

"拨什库，我说得不对，你说呀？"

"不许再讲了！"阿满太气得心头发抖，厉声说。

"不准讲理？"

阿满太无名火起，走过去打了阿龙阿一记耳光，喝道："滚！扫茅厕去！"

大家怔住了，连阿满太本人也怔住了。阿龙阿"喳"了一声，转身走了……

四

阿满太烦闷、恐慌、犹疑、心神不安。一会儿，他感到阿龙阿

176

说得合乎这些年的事情，也许是对的；一会儿，他又想，公理昭昭，俄国人奈何他不得，大可不必担心。这两种想法，在头脑中轮来转去，老是拿不准，他想去探听一下会谈情形。

这天，阿满太在奕山驻地日巡，很凑巧，又碰上了年轻的哲尔吉章京。阿满太走过去行礼问候。

"啊，是你，老拨什库，儿子来了？"

"来了，来了，谢大人关照！大人，你奉命看开江，我猜准是和会谈的事相关吧？那你一定多少知道些内情。我家乡去了俄国兵，还修了哨所营房。光天化日之下霸占咱们地方，这总是不行的吧？"

"那自然。他们开始就提出以江划界，被奕山将军拒绝了！"

"好！这么说，他们终究得从咱们的地方撤走，对不对呢？"

"那自然！"

心中疑团，一扫而空，就像清风吹散乌云一样。他为老母高兴，为自己那块流过汗的糜子地高兴，也为奕山将军可以抖掉那块肉上的蛆虫而高兴。

当阿满太回到兵营，看见阿龙阿还在奉他之命淘粪，心里不觉为自己方才那鲁莽得不近人情的举动后悔起来。他左右看看没有旁人，便趋上前去，叫道："阿龙阿！"

"有什么吩咐，拨什库？"

"算了，算了，干到这儿就行了！"

阿龙阿长叹了一口气，用衣袖拂拂身上的灰尘，转身要回屋。

阿满太说："阿龙阿，别生我的气，我是一时来了邪火！你不是像我的亲儿子一样吗？"

阿龙阿感动了，方才那一肚子气泄了，说道："我不生气，可是……"

"可是什么？你呀，才真是个孩子呢，是个雏儿，料事差得远呢！"

"有好信息?"

"那自然!"

五

阿满太的儿子，在瑷珲待了几天，如今要回家了。往次来，住个三五天也就走了。这一次，他自己和阿满太都希望能听到会谈的准信再走。现在，阿满太认为好消息已经十拿九稳，也就叫儿子准备走了。阿满太笑容不离脸，准备领儿子逛逛市街，买买东西。

爷儿俩走出胡同，拐了几个弯，就来到了正大街的一间布匹绸缎商号。阿满太让店伙计挑了一块适合老太太穿的绸料，阿满太自己兴致勃勃地仔细包好，交给儿子说："这是给你奶奶的。"

走出绸缎店，迎面碰到了那位年轻的哲尔吉章京。

"噢，这是给家里买东西吧?"

"是呀，儿子要回去了。原想让他等个准信再走，你告诉我那消息以后，我看已经是十有八九了，这才让他走的!"

哲尔吉章京迟疑一下，可是随即说道："是呀，是呀。"他看附近没有什么人注意，便道，"俄国人用英、法来吓人，在关内，英、法跟咱打过仗。说英国人要从海上来攻黑龙江，江北的地给了俄国，英国人就不敢来。你猜将军怎么说？将军说：'他们要来，我们就把他们扔进大洋!'"

178

"好，说得真好！"这使阿满太高兴极了，平时有些灰蒙蒙的眼睛，也闪出光彩来了。

哲尔吉章京又说："可是俄国使臣要起蛮来了，竟然抓住将军的手，威胁说，限定一天，不按条件办，就不谈了！"

"将军一准不会按他们的办，对吧？"

"那自然！"

哲尔吉章京走了之后，阿满太对原来还不大放心的儿子说："怎么样，小子？"

儿子憨厚地笑了。

六

儿子返乡的这天晚上，停泊在大江斜对岸俄使的两艘铁甲炮轮，灯火彻夜不熄，间或还有枪炮声传来。大家都说，这是俄国人在显示他们武力，想恫吓奕山将军。看来，会谈没有谈成。

第二天，岗哨增多，护卫加严。有命令说，十二点钟要举行最后会谈。但是，十二点钟已过，俄国人还没有来。阿满太心想："咬到了人家的肉，是真不愿意松口。不愿松，你也得松，总有公理的。"

一直等到下午六点钟，俄使穆拉维约夫带着一帮随从来了。阿满太以为，一定要谈得很久，不料不到半点钟，穆拉维约夫带着他的一伙人，呼呼啦啦走了。在他后面，奕山将军也出来了。他的随从更多，有副都统、翻译、各佐领，甚至还有捧烟袋的。最后，那位年轻的哲尔吉章京，也垂着头走过来。

阿满太趋上前去，问道："谈成了，大人？"

179

这一问，使哲尔吉章京吃了一惊。他见问他的是阿满太，便答道："嗯，成了。"

"签署了？"

"那自然。"

看样子，哲尔吉章京好像还要说什么。可是，他只向阿满太投过极同情的目光，点了点头，匆匆离开。

阿满太心中一块石头落了地。散班后，他没回军营，径自到酒肆打了两斤烧酒，称上几斤牛肉，请店家细细切好，揣在怀里。他盘算着，请大家喝顿酒，庆贺庆贺，也算给阿龙阿赔个不是。

阿满太高高兴兴进了军营，迈步跨进住室，喊了句："巴图鲁（英雄）们，来喝一……""盅"字还没出口，他看出情形不对。大家情绪悲愤，有人还满脸泪痕。这是怎么一回事？他疑疑惑惑挨个儿看大家的脸，人人都把脸掉开，连阿龙阿也把头埋了下去。

"出了什么事？"

谁也没回答。

"为啥都不说话？"

一个阿勒巴图呜咽着说："以江划界了……"

"不对，瞎扯！这怎么可能？"

"不信，你问问哈番。"

哈番在哪儿？他在哪儿？他终于看见哈番了，扑过去抓住哈番的肩头问："他们糊弄我，是不是，哈番？"

"不。以江划界了，老阿满太呀！"哈番自持不住，抱住阿满太痛哭起来。

阿满太的脸腾地通红，随即变得苍白，冒出豆大汗珠，惨叫一声"老——妈妈！"便扑通摔倒在地。碎肉撒了一地。在他直挺挺的

180

身旁，酒顺着瓶口，咕嘟咕嘟往外流。

　　第二天，老阿满太的尸体，在阿龙阿和阿勒巴图们的痛哭声中，埋在江右一个可以眺望他家乡的山丘上。

1979 年

愤怒的石碑

一

浮子微微向下煞了几煞。平静的江面上，立刻漾起细细的圆圈儿，扩散开去。

"快拉!"

甲板上有一个人这样喊道。

钓鱼的哥萨克，有一点儿慌了手脚。他急急忙忙往上一挑钓竿，一条三四十公分长的鱼，被挑出水面。但它猛一挣扎，银光一闪，便脱了钩，啪的一声掉进江里。

甲板上几乎是同时，发出一个短促的口哨、几声惋惜的"啧啧"。

小汽艇上的全权负责人，拨开众人，走到前边来。此人是皇家地理学会会员，由于秃头常往后仰，腰板故意拔直，眼睛只会看天不会看地，他的临时部下们都叫他"总督"。

"总督"十分有板眼地说："很可惜，溜掉了一条鲫鱼。"

"不，先生，这是一条鲤鱼。"刚从彼得堡一所大学毕业的斯杰

182

潘，善意地更正道。

"鲫鱼！"

"鲤鱼！"

"你没看到它的嘴有多圆吗？"

"圆嘴的不一定都是鲫鱼。难道您没看见它的尾部吗？一本专著上讲，这个地方根本就不产你说的鱼，先生。"

"总督"扫了一眼周围十来个他雇来的哥萨克和农民。他看出大家对他的地理知识流露出一点儿讪笑的神情，就明白斯杰潘说得对。但是他很会随机应变，便哈哈大笑起来，并且以教训的口吻说："是的，年轻人，这一点我要比你清楚得多。可是，特殊情况，懂吗？特殊情况是常常发生的。有一年，我看见人家从淡水中钓到一条带鱼。"

他等了一会儿，满以为斯杰潘会马上改口（如果是他，他立刻就会这样做）。但是斯杰潘却吃惊似的望着他，一句话也没有。

"总督"扬着秃头，向江上看了一眼，说道："好像有人来了，大家都回到舱里去吧！"

天气特别热，光着上身或者用帽子扇着风的苦力们，很不情愿地听从了他的指令。

斯杰潘走进舱里，坐在自己的铺位上，舱里更闷热。"总督"又不允许把挂着窗帘的窗子打开，这是他上了这条船就吩咐了的，而且两天来一直如此。他很不明白，既然上司是派他们来考古的，为什么还要搞得这么神秘。再加上方才"总督"那样颠倒黑白，使他心里更加烦闷。

和"总督"的对答，使他想起在大学读书时的一场小小的争论。在讨论到《瑷珲条约》，特别是《北京条约》时，绝大多数同

183

学都赞不绝口。特别称赞的，是穆拉维约夫这位英雄，他为俄罗斯帝国夺得了三倍于法国本土的一块土地。而且是多么肥沃的土地呀！插上一根棍子，就会开花结实。但斯杰潘感到这种乘人之危来打家劫舍，并不怎么值得称赞。他刚刚说出一点儿自己的想法，便立即遭到不少白眼与冷淡，他只好沉默。这种拿着不是当理说的做法，却给他胸口塞上了一团什么东西，使他不能畅快。方才的争论，也使他产生同样的感觉。但是，一想到自己到职不久，就有机会参加这一次考古，心情又轻松一些。他是号称"北方帕尔米拉"的彼得堡人，从小看够了那些壮丽的宫殿、涅瓦河雄伟的劲流和那河岸的花岗石。他希望能到广阔的黑龙江流域来看看。在学校历史系那次争论之后，这种想法更强烈。两天来在黑龙江上的航行，引起了不少思古幽情。学过的一些历史知识，特别是他自己找到的那些从汉语翻译过来的读物，都一页一页跑到脑海里来。他一闭上眼睛，就能幻想出古代肃慎（后来称挹娄、勿吉、靺鞨）在大江上打鱼的情景，幻想出中国历代王朝同这里往来的情景，以及熟悉了的地理边境上的印象。所以，他盼着这次考古快一点儿进行。

这时候，"总督"喊他。

他上了甲板，看见"总督"正和两个不认识的人在汽艇旁一条小船上谈话。一个是乡村警官，另一个是有一部很密的红胡子的人。

"先生，咱们同警官与村长走吧，去看一看我们将要考察的地方。""总督"对斯杰潘说。

斯杰潘说："请等一下，我去拿个笔记本。要叫工人们吗?"

"不用，不用。"

二

小船拐过一个江湾，斯杰潘的心立刻狂跳起来，他面前出现了神话般的境界。

大江东岸，在金沙般的沙滩尽头，崛起一座三四十米达高的悬崖，像辽阔的海洋上一座峻峭的孤岛。岸顶，立着两通深黄色的石碑，在灿灿阳光与蓝天的背景下，巍然矗立。

斯杰潘惊喜地叫道："这是特林地方的永宁寺碑！"

"总督"惊奇了："怎么，你来过？"

"不，我看过《皇家科学通报》上瓦西里耶夫的著作。"

小船刚一拢岸，斯杰潘便一步跳下去。他脚步溅起飞沙，踩出一溜脚窝儿。他没用向导，就找到一条通到崖顶的崎岖的小路。小路直陡，有几个地方，他好像踩在紧跟在后边的村长的头顶上。

啊，岸顶原来是一块平地。几十棵高大的杨树和白桦树洁白的树身和黑绿的叶子反射着阳光。小径两旁，碧草如茵。各种小野花，把崖顶打扮得花团锦簇。一阵微风吹来，香气扑人脸面。这香气，在斯杰潘心中引起一种庄严肃穆的感觉。他收住总要奔跑的脚步，抑制着心中的喜悦，一步步向悬崖西部的石碑走去。

石碑上，披挂着用刨花和木片做成的花环。虽然经过风吹、日晒、雨淋，那花环仍然可见制作人的匠心工巧。他往草地上一看，在芳草之中也插了不少木片制的花儿。两通石碑之间，有两棵经过修饰的高大的树木，上面也装饰着木刻的花儿，并且用藤条串在一起。地上的花儿、碑上的花儿、空中的花儿，石碑就坐落在花朵之间。

斯杰潘问村长："哪儿来的这么些花儿?"

"土人年年祭奠这个地方。"

"嗯,真正无知,恐怕这石碑是成吉思汗部下立的这一点事实他们也不清楚,所以才当神来礼拜!""总督"说着,不断环视四周,好像他要在这儿搞一个什么建筑,目测一下基地。

斯杰潘没有注意"总督"这句话,所以也并未引起争论。他连忙拿出尺来,并且在数碑上的汉字。他在笔记本上记道:

高一米六十七公分,宽七十五公分。汉字三十行,每行六十四字。额题"永宁寺记",正书"敕修奴儿干永宁寺碑记"……

"算了,年轻的学者,以后你有的是时间来抄碑文,何必这么急呢?""总督"说。

"总督"围着石碑转,就像猎狗围着猎物转。他眼睛里流露出贪婪的神情,嘴角也似乎在流着涎水。

转着、转着,他大步走上前来,用一只长着黑毛的手,去撼动那石碑。

"先生,这样做,对这神圣的地方,是很不敬的。"忽然传来这句很生硬的俄语。

在场的几个人回头一看,是一个土人老头儿。他身穿鱼皮做的染成褐色的衣服,头顶拖着一条白辫子。脸上线条像石刻一样,这使他显得粗犷、倔强。

他又说:"再说,你怎么能推得动它呢?"

"总督"像被浇了一瓢开水,一下子把手抽开。

几个俄国人相互望了一眼。

警官走过去问老人："你来这儿干什么？"

"来送花环，先生，你看。"他指指身后。

有五六个年轻力壮的赫哲人，正在把木花插在草地上。他们对这里投过来怀疑、憎恨的目光。

这目光，使"总督"脊背凉了一阵。他往江面上一望，额上便沁出汗珠。原来，有一个桦皮船靠在岸边。那里的土人，正在向崖顶张望。他煞有介事地走过去看了看刚放上的木花。

"啊！做得真漂亮。这样洁白，恰好象征着你们的虔诚。啊？我们，同你们一样，是从这里路过，特意前来瞻仰瞻仰的。"

斯杰潘恍惚听到"总督"后一句，心里纳闷。我们不是来这里考古，怎么又成了路过呢？不过，他的心在石碑上。他运用了非常浅薄的汉文知识，在一字一字地往下抄写，直到"总督"拽了一下他的肩膀。

几个俄国人走了。

在离开赫哲人之后，"总督"责怪道："怎么让土人知道了？"

"这碑，就像立在他们心上。"村长满脸委屈，"一动，他们就知道。不过，这些人是路过。凡是路过，他们都要来祭奠一下的。"

"总督"看看天气，想了一下说："那么，今晚十点……"

村长迟疑了一下。

"早晨没有雾，现在又闷热，晚上，怕是要下雨呢！"

"就是下刀子，也不能耽误。"

"总督"拳头在村长面前晃了晃。

往下走的时候，斯杰潘的眼睛，简直离不开这美妙的河流、草原、村庄与山巅。黑龙江一望无际，烟波浩渺，形态万千。在平展展广阔碧绿的草原上，水流像银蟒在其中蜿蜒贯穿。北面远处的一条山脉，戴着白雪之冠正好切断了他的目光。

恰有一只苍鹰在空中盘旋，斯杰潘立刻想到，这可能就是很早很早以前，这里人们向中原王朝进贡的那种"海东青"吧？这一切，在阳光照耀下，灿烂耀眼。他情不自禁地说："先生们，我从未见过这么美好的地方，再加上这是个圣地，就给山光水色添上灵光了……"

听他这么说，"总督"很不满意。粗暴地打断他："小伙子，这不过是成吉思汗攻打我们神圣的伊凡四世王朝时留下的两块石头，怎么可以说成圣地？"

斯杰潘惊异得睁大眼睛。

"先生，您在开玩笑吗？"

"为什么是开玩笑？"

"这石碑，是中国明代中官亦失哈，在元朝观音堂旧址上立的。而成吉思汗攻打欧洲，是在伊凡四世加冕、称沙皇的三四百年之前的事。再说，成吉思汗根本未从这里经过呀！"

"不要在这些细节上兜圈子，可爱的年轻人。就算如你所说这样，它又有什么神圣可言？我凭我几十年艰辛的经历和良心告诉你，可以称为神圣的，世界上只有两样东西，这就是沙皇士兵的靴子和刺刀。"

"那么地理和历史呢？"

"尼古拉二世陛下士兵的靴子，踏到哪里，它就是俄国疆界，地理就确定了；至于历史嘛，那恰恰是用刺刀雕成的！"

斯杰潘惊骇了，半晌没有说出话来。

他们走下悬崖之后，他向"总督"喃喃说道："这么说，我们这次考古，您根本没有兴趣了？"

"总督"哈哈大笑，直到笑出眼泪。

他说："我们的任务，是要把这两块石头……弄走！你知道，这是扎在沙皇嗓子眼儿上的……鱼刺！土地是我们的，而这石头却是成吉思汗或者什么明朝中官的，岂不笑话！"

"弄走？"斯杰潘用民族的良心提出疑问。

"对了，年轻人。我是当兵的出身。我到过欧洲，到过中亚，到过很多地方。所以我成为皇家地理学会的会员。但，也避免不了粗鲁一点儿，请恕我直说，你是一个书呆子！"

"总督"头也不回地走了。

三

两块石碑，在黑夜笼罩下，在暴风雨的席卷之中，被偷到汽艇上。汽艇呢，悄悄地溜走了。

"总督"为了庆贺"考古"成功，发给每人一大杯罗木酒。

淋得像落汤鸡一般的斯杰潘，没有喝，唰地倒在江中。

在偷盗石碑时，有一点儿风吹草动，斯杰潘都胆战心惊。恰巧那时打了一个响雷，他的胆子似乎一下子给震碎了，以后就一直心里发抖。

汽艇开走之后，他两眼直呆呆地，坐了半晌，连湿衣服也不去脱，就那么一直坐着。他总感到那个赫哲老人在向他逼近，伸出大手要掐死他……

他实在太疲乏了，便一头躺下去。

……雷和雨，一片黑暗。黑暗逐渐变成弥天大雾，大雾变成浩

189

浩荡荡的黑龙江水。远处有小白点儿，小白点儿顿时成为帆船，帆船有二十五艘，它们行驶得比火轮船还要快。船上旌旗飘摆，刀枪盔甲银光凛冽。每条船上，都是古装的中国士兵。一条大船上，居中坐着一位戴纱帽、着蟒袍的中国官员。斯杰潘好像认识，这就是中官亦失哈。

亦失哈的船队停在了石崖下。土人的桦皮小船像水鸭子一般涌来。亦失哈的士兵给土人分发粮食和衣物，一片欢呼雀跃。

这些人，都随着江中雾气上升，一直升到石崖顶上。丛林中突然出现了一座叫作奴儿干都指挥使司的衙门，也出现了一座金碧交辉的庙宇。突然，像竹笋一样，两通石碑，从地里长了出来。

中官亦失哈举起酒杯，土人端起酒碗，他们把酒倒在地上。酒真多呀，多得汇成河流，从悬崖上像瀑布一般流下来。

土人们跳舞了。鱼皮鼓声震天动地，欢乐的歌声四处飞扬。亦失哈在土人中微笑着缓缓走动，他和大家亲切交谈，但不知说些什么……

忽然，这一切都不见了，只剩下两通石碑。

有一只长着黑毛的手，去撼动石碑。那只手好像是"总督"的。

石碑前后摇动着，逐渐增高、增大，不一会儿，就伸入蓝天上去了，宽得也看不到边，好像一道万里长城。"总督"和他斯杰潘，在石碑下显得像苍蝇一样小……

蓦然，石碑长出两只眼睛，那是赫哲老人的眼睛。石碑也长出了鼻子和嘴，奇大无比的赫哲老人须发皆动，大喝了一声，这一声吓得他肝胆俱裂……

斯杰潘惊醒了，窗外是霹雳和闪电。他害怕极了，内疚极了，胸口像一块石头堵住了，他大喊、惊叫、痛哭……

四

艇上的人都惊醒了。大家惊慌失措，忙找来"总督"。"总督"也很惊慌，弄不明白是怎么回事。后来他说："他可能疯了。"

斯杰潘听了哈哈狂笑，倏地跳下床，一步一步向"总督"逼近。

"总督"畏缩了，一步一步向后退，一直退到墙角，蹲下了。

斯杰潘居高临下，瞪着他，怒吼道："你疯了，你真正疯了！"

1980 年 5 月

"木头"安德烈

一个显得很大的头（生着黄色但没有光泽的发，乱蓬蓬的，夹杂着草棍、树叶），伏在细桦树杆子拼成的小桌子上。

从木刻楞墙上作为窗子留下的方口中，射进来一束晚霞。晚霞投射在年轻、消瘦、高大的安德烈的头上和脸上。他用粗糙的右手食指，点着桦皮信上的每个字母。食指随着厚而大的嘴唇无声开合，慢慢从左至右移动。半天才能移到下一行。他那灰色的眼睛，时而像秋水凄凉的波动，时而像野火在黑暗中闪烁。他读信读得入了神。

大筒子屋的另一端，哥萨克们在相互辱骂，不断地吵闹，敲击什么东西。总之，一团喧嚣。但这喧嚣好像离他很远，连同他正在烧着的水锅咕嘟咕嘟的声音，似乎都是在另一个世界里。

这信，是用桦树皮写的。笔画粗重，字迹歪斜，错字连篇。但安德烈却能准确地体会出它的内容，这是白发苍苍的老父亲写来的。它把安德烈的心，带到远方鄂毕河畔的家乡。

"安德烈。"

从首领单人房间里传来一声呼喊。但是安德烈还没有从家乡走回来。

192

"木头!"一声吼叫。

这次安德烈立刻回来了。他把信揣在怀里。眼中的水干了、火熄了,变得十分呆滞。安德烈急忙走进首领的屋子。

首领满脸冒油、满脸疙瘩。尖尖的下巴,没有胡子。一双小眼睛,目光像锥子一样尖锐。他可能是三十岁,也或者是三十五岁。

当他平静的时候,年龄就显得大一些。

锥子在安德烈木然的脸上锥了一下:"为什么不拿开水来?"

"就拿,少爷。"安德烈退出来,三步并两步跑去加柴。他被首领的锥子刺得有些不安。他跟他出来当杂役农奴已经两年,知道这个服役贵族眼里一闪这样的光,就是要出去掠夺或残害那些抗缴人头税的达斡尔人。去年,沿黑龙江而上,逆松花江而上,一路上他都是这种眼光。后来被清兵打退,逃到这呼玛尔河口的峭壁上,修起这座城堡,二百个哥萨克住在里头,等待冰消雪化,再为沙皇去搜集貂皮,寻找珍宝,探索金银。今天,他又在转什么念头呢?

唉,那些可怜的达斡尔人怕又要遭殃了吧。

安德烈把开水用木勺舀进铜壶,泡上中国茶,提进首领的屋里。

这时,给安德烈捎信回来的五十人长、首领的亲信,也在屋内。

他进去的时候,两个人正头碰头在说什么。安德烈倒上两碗水,捧到他们面前。

首领没有注意安德烈,继续问五十人长:"这么说,送到我家去的,要比送给总督的少三分之一了。他给我什么奖赏?"

"总督接待得很热情,不过他嫌太少了。他要原封不动往圣彼得堡转送。"

"太少?他要留一手吧?"

"也许,不过……"

首领扫了一眼安德烈："去吧。"

安德烈如同得到赦令，跑到烧水房子里，掏出那封信，又从头看起。

> 亲爱的儿子安德留沙，真要感谢上帝。五十人长从少爷身边带回你平安的音信。你可怜的妈妈这个冬天喘病加重，成天缩在壁炉上咳嗽。总是央求我多向老爷讨一点儿柴来。听不到你的信她哭。听到了更是哭。唉，拿女人家真是没有办法。

唉，不能怪母亲哭啊。除了哭之外，她又有什么办法呢？外祖父跟着现在首领的祖父去打仗，死在征服喀山的战场上，两个舅父死在征服毛皮之乡聂尼茨人的塔兹河流域的战争中。安德烈想起临别时母亲咳嗽、哭成一团的样子，想起她那可怜的浑浊的泪眼，和抓着他的哆哆嗦嗦黑瘦的手，他的眼睛湿润了。

"安德烈！"首领在呼唤，安德烈没有听到。

"木头！"安德烈不情愿地收起信，走过去。

"为什么不烧壁炉？"

"烧过了，少爷。"

"哎呀，你这白痴，真是一段木头，这能算是烧过吗？再烧一点儿。先点个亮来！"

安德烈先点起蜡烛，然后又往壁炉里烧木桦。已经是四月的天气，为什么他偏要烧得那么多？真是活见鬼。对的，母亲怎么能不哭呀……

"对的。应该绕过总督，直接送往彼得堡。要让沙皇本人知道效

194

劳的人是我！"首领喝了一口烧酒，吃了一块鲜鱼肉，看着五十人长。

"对呀，这才叫见识。这样，说不定您还会像您祖父那样，直接得到世袭封地呢！可是，征来的貂皮已经送光了！"

首领拍了一下挂在柱子上的刀："还怕没有貂皮？"

"这帮野人，仗着清兵撑腰，刀不按在脖子上不交。有的时候，刀也得按在哥萨克的脖子上。貂皮得来也不那么容易，一张貂皮、一滴血……"

"一个哥萨克可以换十张貂皮，一张貂皮五个卢布。而一个哥萨克，才值一戈比！"首领的锥子，在五十人长的脸上划了一下。

五十人长的脸有一瞬间的惊愕，随后绽开讨人欢喜的笑容。

"首领，您真会做买卖！"

两人狂笑起来。首领的手无意碰了一下壁炉，哎哟一声，转向安德烈："木头，还烧？去去去！"

安德烈心在信上，巴不得挨这一顿训。他跑到烧水房，点上麻糠灯，继续看信：

　　也不怪你妈妈哭，我们这一辈子真够苦了。我给老爷当了一辈子家务农奴，你的三个哥哥都像狗一样长大，像狗一样死在老爷征服土著的火线上。如今庄园有多么大了，可是赏给我们的是什么？是一个月一普特燕麦粗皮。上帝饶恕我抱怨。他是天生的贵人，我是他的牛马。这是应该应分的。可是牛马也得吃饱才能拉套啊。咱们这个破棚子，已经住了三代，房脊像我的脊梁，弓了起来。它像醉汉那样歪歪斜斜，说不上什么时候倒下去。怕是夏天雨水一浸，我们这两个孤苦的人就要没有窝儿了。

在大雪封地、狂风怒号的时候，吃着麸皮，住着这样的屋子……为什么老爷不可怜可怜他的牛马呢！我们多少亲人是为他们卖过命的呀！

　　五十人长带回来貂皮和珍宝，老爷很高兴。他要用这笔钱买进新的土地，不用说，我拉着的这辆车又加载了。上帝不许我埋怨，我只好拉着车往前走……

"安德烈，木头！"
安德烈用拳头敲一下桦木杆的桌子，又走过去。
"这木头！为什么总得人家大喊大叫？快把桌上的东西撤下去！"
信和这好几次干扰，使安德烈心里压满火气。他撤了残汤剩菜，又回去看信：

　　亲爱的安德留沙，千万不要以我们为念。我们家世代用鲜血为沙皇效劳，你要珍惜这荣誉。好好听少爷使唤，要不辞劳苦。我们只有你一个儿了，有一天上帝会怜悯我们，让你回到我们身边来。还有，是你妈妈告诉我写的，叫你不要杀那些土人。当你举起刀的时候，要想到他们也有母亲。他们有什么罪过？难道因为他们的土地肥沃，插上根棍子就长成棵大树，因为他们的森林里有黑貂，就要挨杀吗？

196

这几句话，使安德烈的心一抖。他没有杀过人，可是他亲眼看到首领、哥萨克杀过那么多的人。黑貂在箭下流了血，可怜的黑貂，它们的血一直从乌拉尔山流到阿木尔河畔。猎貂的人呢，也在流血，从乌拉尔山流到黑龙江畔。我们的人呢，也在流血……只有老爷不流血，沙皇不流血。血，都流到什么地方去了？

　　　　亲爱的儿子，千万保重自己。你是我们的命。但愿上帝保佑，在我们活着的时候，能见到你……

"木头，木头！"

安德烈一心想着"活着的时候，能见到你"这句话。但他仍然下意识地走进首领的房间。

"端洗脚水来，洗脚！"

安德烈打来了洗脚水。

他听五十人长说道："明天就出发，几百张皮子，怎么也弄得到！"

又要杀人、流血，然后把这些变成父亲车上载的猎物。我为什么这样浑蛋，我为什么要害自己的父亲呀……

安德烈忽然跪下了，央求道："首领，不，少爷！让我回到庄园里去吧！父母没有我就活不成了！"

首领一惊，锥子刺了一眼五十人长。五十人长因为给安德烈捎信，收了安德烈父亲积攒数年的一个卢布，所以故作茫然。在首领目光转向安德烈的时候，乘机溜出去了。

"你是农奴，不是哥萨克。你不想主人，却想自己！是我父亲花钱供养你的一家，是我抬举你，让你跟我出来的，你却这样说，你心里还有上帝吗？"

"少爷，您可怜我，就放我回去吧！"

首领一听，他竟敢再要求，并用"可怜"这个词顶撞自己，便立刻动怒，一脚踢在安德烈的胸上："滚！"

"谢谢少爷，明天早晨我就起身。"安德烈说着，站起身来。

"什么，你要动身？你这木头、白痴，我让你滚到你的烧水房里去！要动身？好，五十人长！"

五十人长应声进来。首领厉声说："明天就征税，带上这个白痴，让他替那匹骡子背东西！"

"是！"五十人长故意毕恭毕敬地回答。

安德烈站着不动，怒火再也压不住了："让我回去，少爷，我不能去杀人，我不能去挨杀！"

这还是那段木头吗？这还是那匹驯顺的牲畜吗？首领脸色煞白，端起木盆连热水一起向安德烈扔去。

这好像一盆油，浇在安德烈心中的火上。他捡起洗脚盆，用力向首领砸去，高声骂道："吸血鬼！"

安德烈被闻声从外面进来的几个哥萨克和五十人长抓住双手。

盛怒的满脸流血的首领狂叫："把他给我绑在树上，立刻枪毙！"

安德烈挣扎着，被绑到了树上。但在哥萨克求情之下，没有被立刻枪毙。

四月的夜。寒风从呼玛尔河谷袭来，像刀子一般剐人。

安德烈不断哭泣，父亲信上的话，不断浮现在脑际。他大骂："吸血鬼——"

山谷陆续传来回声：

"吸血鬼——"

"鬼、鬼——"

安德烈一直大骂。

突然，从首领的窗口传来一声枪响。

之后，四周一片寂静。

1979 年

燃烧的糜子

一

得都尔一家的家长德兴阿老人，看着十几个儿孙欢欢喜喜扛着桦皮篓，噔噔噔走上跳板，把糜子倒入圆顶仓里，就抑制不住笑容。他轻轻地呼吸，品着那空气中的谷香，就像他鼻子下面有一簇正在开放的玫瑰花。谷香清馨，沁入心肺，老人周身都舒适。

谷仓快要满了。大儿子阿兰保扛起最后一篓糜子，刚要上跳板，德兴阿老人说句"等等"，把银色发辫盘到头顶，扎紧蓝布半长袍的腰带，利利落落走过去接过篓来，扛在肩上，上了跳板。

"看爷爷扛谷喽，看爷爷扛谷喽!"孙子、孙女们有的欢笑，有的欢呼着去喊他的小弟弟、小妹妹，来看老爷爷扛谷。

德兴阿老人个儿不高，却粗壮结实，像一棵老柞树。他在儿孙们的呼喊、欢笑声中，扎扎实实、一步一步上到了仓口。右肩轻轻一耸，糜子便像一道小溪，沙沙淌进谷仓。

老人抓起一把糜子。沉甸甸的，闪着褐色的光，就像一把珍珠。他一张手，那糜子便顺着指缝，又溜回谷仓里去了。

仓檐上落着几只小鸟，瞪着亮晶晶的小黑眼睛往他这儿看。他把手心里剩下的糜子递过去，说道："请吧，小客人，你知道达斡尔人是好客的。"小鸟们想要来啄粮食，又有些担心，显得很迟疑。老人被逗笑了，把糜子轻撒过去。

大儿子阿兰保在下面说："爸爸，山脚下好像有人。"

老人手搭凉棚，目光越过收割过的田野和柳丛，果然看见几个黑点儿。达斡尔人种地养牛，住得分散，这一带只住着他一家。不用说，这是他家的客人。往年秋后，常有不少同族或赫哲族猎人、渔人来交换粮食，就是没带来东西的，老人也从不让他们空手回去。这一大片黑油油的土地，常常是丰收的。大地母亲香甜的乳汁，理应是哺育大家的呀。

老人对儿孙们吩咐说："预备上好的烧酒和黏米饭，迎接客人。"

二

得都尔家很多人站在住房的西山墙前，张望着将要来临的客人。客人们的身影，被一个小土丘遮住了。一个孩子，爬上了房顶。

老人问房顶上的孙子："是熟客吗？"

孙子有些兴奋地说："爷爷，我从前没有见过这几个人。他们还挎着鸟枪，就像年年从宁古塔来收税的人扛的一样。"

老人想，官家收税的人，年年都是开春来，今年开春已经过了。不会是他们。那么，谁又有火枪呢？

妇女们听说是生人，都陆续要回房去。

老人说："不管认识不认识，奔我们来，就是我们的客人，躲什么呢？"

在弧形小丘后边，露出了枪筒。一支、两支、三支、四支。接着露出四个尖尖的帽顶。又一会儿，才露出四张脸来，什么样的脸还看不清。帽子的式样，得都尔家的人却从未见过。那四个人显然看清了这边的情形，一个接着一个登上了小丘。他们试探着往下走了一段，这才放快了脚步。

他们逐渐临近了。房上的孩子"哎呀"一声溜了下来。他拉着爷爷的手说："他们长得真吓人啊！"

其余的人，这时也终于看清来人的脸面，不觉也有些惊讶。这是哪族的人呢，高高的个子，高高的鼻子，深深的眼窝儿，有两个还长着黄色的大胡子。

一个孙子媳妇有点儿慌张，她问老人："还接着准备饭吗？"

老人说："杨树、榆树都是树，个儿高个儿矮都是人嘛。方圆十几里没有人家，他们一定又渴又饿，为什么不准备饭呢！"

三

那四个人确实是到得都尔家来的。

德兴阿老人迎上前去，说道："欢迎你们啊，客人们！"

"谢谢，主人们。你们好啊！可算是找到了。哎呀，这里简直就没有路可走。喏，你看！"说话的这人把张了嘴的皮靴翘了翘。他的脸灰白色，像冰一样冷。灰色的眼睛，藏在高高的眼眶中，左边的一只有一点儿斜，这使人感到一只眼睛在看人，另一只又在瞄着别处，他像是一个石头人。

"你们是头一次来吧？道路对你们这些生客不欢迎，总是啃你们的靴子。"说着，老人哈哈大笑，"熟道十日不远，生道一日不近呀。

请到屋里坐吧。”

生拌细鳞鱼，腌狍子肉，炖山鸡。一道道山珍端上来，大碗醇酒喝下去。客人们的胃口真好，四个人吃了十个人的饭菜，狼吞虎咽。

孩子们看着他们的吃相，十分惊奇，在门旁喊喊喳喳议论。

吞咽的高潮将过，德兴阿老人问道：“真对不起，客人们，你们好像不是我们这里的人吧？”

“石头人”正啃着一只鸡腿，两腮里鼓鼓囊囊的。听到老人说话，也没回答下，直到嚼完，他把骨头啪啦扔在桌子上，舔舔嘴唇，说道：“你说对了，老头儿。俄罗斯，听说过吗？”

德兴阿老人年轻的时候听说过这个名字。那是从一个西伯利亚人那里听到的。

他听说，俄罗斯人住在遥远的西方，与自己的东北邻居西伯利亚人相距很远，相隔着几座高山、几条大河，和一片辽阔的土地。俄罗斯人开始是追猎黑貂，后来便用厉害的火器抢占盛产黑貂的森林与原野，终于打败了西伯利亚人，占了很大很大一块地盘。可是这一带，他们从未来过。

老人说：“我听说过，这个部落离我们这里有几百日的路程吧。那么，你们到我们这里来做什么呢？”

“石头人”用右眼看看老人（左眼似乎在看桌子），答非所问地：“哦哦，可尊敬的主人，你的酒真醇，你的饭真香。上帝赏赐，大君主沙皇陛下的恩泽，真是被于四方啊，哈哈哈哈！老头儿，今年又丰收了吧？”

粮食是汗水滴在自己的土地上生长起来的。说是别的什么人的功劳，老人不高兴，也不能容忍。

他说："是的，客人，粮食是丰收了。客人，你还没有回答我，你们到我们这儿来做什么呢？"

"哦，哦。是这么回事，老头儿。我们嘛，是俄罗斯大君主沙皇陛下的臣仆。到这儿嘛，是来收税的。"

德兴阿老人一时给弄糊涂了。自己身上穿的衣物、妇女们的珍贵饰物，全是用貂皮从满人、汉人那里换来的，或完税得到的赏赐，俄罗斯人来收的哪份税呢？

"客人们，你们是走错地方了吧？我们是大清国的属民，祖祖辈辈是如此的呀！"

"啊！不不不，没有错。以后，这一带，我们都要征收人头税的。"

"凭什么呢？"

"这不，我们已经来到这里了！""石头人"指指他的几个同伴，最后指指自己说道。

德兴阿老人的怒火，忽地燃烧起来。他往下压了压："这么说，猪的嘴伸到人家的菜园里，菜园就只能任它糟害了？"

"老头儿，这样说话，可太不礼貌了！""石头人"的那只斜眼闪了一下蓝火。

德兴阿老人慢条斯理地站起来，指着门口说："客人们，你们该赶路了。"

其他几个俄国兵，见这老人脸涨得通红，手指着门口，知道谈崩了。两个家伙怔了一下，另一个，却像卧在路上的狗忽然遇到奔跑的马，腾的一下跳了起来，并且拿起火枪。

阿兰保领着五六个小伙子呼啦闯进来，大声说："出去！"

"石头人"的灰眼睛，又闪了一下蓝火。他嘴角颤抖几下，随着嘻咧开来，哈哈哈笑了半晌，弄得他的几个同伙都傻愣在那儿。"石头人"站起身来，抻抻大衣衣襟，走到老人跟前，拍着老人的肩头说："啊——老人家，你这样做，未免太不合乎达斡尔人的习惯，对客人不够尊重啊。事情可以慢慢讲，你尽主人之谊，我尽客人之道。收税的事，还不是说免就免吗？哦？哈哈哈！"

德兴阿老人看他把话收回去，算是认了错，便豪爽地挥手，让儿孙们出去，说道："说话是应该像个话样儿。我家很忙，你们吃饱了，喝足了，该办你自己的事去了。"

"石头人"换了一副央求的口气，说道："老人家，我们的人很多，"他指指门外飘进来的几枚枫叶，"快要过冬了，我们要买你一些粮食！"

"我的粮食，是留着自己吃的。"

"看田地就知道，你收获很多。谷仓就在那里嘛。你自家怎么能吃得了啊？"

"我们还有许许多多的猎人和渔人。"

"石头人"哭丧着脸：　"老人家，你总不该让我们饿死在异乡啊！"

老人哈哈大笑："怎么来的，怎么回去。若不，人离开喂养他的土地，就会像孩子离开奶头啊。"

不懂达斡尔语的三个俄国人，相互望望，也跟着笑笑。

"石头人"似乎顿开茅塞，十分感激："老人家，你说得真好啊！遇到你这样的人，叫我得益不浅，但愿你忘记我方才因为多喝了点儿酒所说的蠢话。若不然，我的心灵会一辈子都不安适的。"说完，他拿出几枚硬币，递给老人，老人不接，他就放在桌子上："留个纪念。"

老人纯洁的心灵受了这几句话的打动，为自己方才的态度感到抱歉。

俄罗斯人往外走，老人不好意思不送。他看看环列着的雄赳赳的儿孙们，又挥了挥手。"石头人"见此情形，连忙向老人鞠了一躬，并且拉住了老人的手。

有几只狗，扑过来对客人狂叫，老人一边赶狗，一边送客。

走出去有一箭之地，老人收住脚步，说道："客人们，不远送了。"

谁知，话音还没落，这四个酒足饭饱的客人，便像饿狼一样扑向老人。他们分别抓住老人的四肢，架起来，就拼命往小丘上跑。

四

这一招儿，不但德兴阿老人没有料到，就连他的大儿子和其他子孙也没有料到。在光天化日之下，竟然会出这种事情吗？世界上还会有坏到如此地步的人吗？

男人们立刻怒不可遏，女人们都慌乱地尖叫，哭着，喊着，不知所措。

转瞬时，阿兰保带领着德兴阿的儿孙，拿着弓箭、砍刀和长矛，一阵怒风一般追赶上去。

四个强盗把老人架上小丘，匆匆割下一段葡萄藤，把老人反手绑在一棵松树上。

阿兰保怒吼着，领着亲人冲上小土丘的半腰，往上跑啊，接近了，接近了……

强盗们施放火枪了。四个人轮流着放。

灌木的枝叶，刀削一般，纷纷落在地上。冲在前边的阿兰保脸颊被霰弹打伤，鲜红的血流下来，染红了他的衣裳。有几个人，同时受了轻伤。他们惊慌地后退几步，忽然又像受了伤的猛虎，愤怒地扑了上来。

火枪又响了。

"放箭，不要上来！"老人大喊。

阿兰保的人刚刚拉弓，四个强盗都躲在老人的身后。他们一枪一枪，不慌不忙地放。

有两个年轻人受了重伤。鲜血染红了将要枯黄的野草。

老人哭喊着："快退下去！"

人们停在原地，有人把受伤的人背下去。

阿兰保大声喊道："俄罗斯人，我们没有什么仇恨。你们到了我家，招待你们的是最好的烧酒、最好的腌肉。你们为什么要抢走我们的老人？"

"石头人"平端着枪，在老人身后喊："亲爱的主人，我们是迫不得已。快套上你们辘辘车，装上你们的粮食跟着我们走。不然，这老头我们是不会放他的！"

阿兰保看到老人受罪，心都要碎了。不用说要粮，就是要他的肉、要他的头，只要把老人换回来，他也甘心情愿啊。

他喊道："好，我们就套车……"

他立即吩咐弟弟和子侄们去套车。

几个人刚刚转身要走，德兴阿老人怒愤地喊道："粮食是给猎人吃的，不是给野兽吃的。谁也不要去！"

转身的儿孙们停住了脚，目光投向了阿兰保。阿兰保啊，你有多少为难。救老人的心比火还急，可是老人的话又不能不听。他本身呢，就是一粒谷皮，也不愿喂这些坏蛋。他急得直转圈圈，汗同血一同从脸上往下流。他几乎是哭喊着央求爸爸："爸爸，我五十岁了，没有一次不听你的话。可是这回……"

"我已经落在狼口里了！就让这些东西，把我这个老骨头当粮食吃吧。快回去，保住粮食！"

阿兰保等人，木然站在那里。强盗们等着回音。空中还丝丝缕缕飘荡着硝烟。边陲纯净、清馨的空气，被硝烟味玷污了。

"快回去！"老人又一次怒吼。

阿兰保还迟疑。

"石头人"灰色的斜眼闪了一下蓝火。他捡起一条树枝，劈头盖脸抽打老人。

老人轻蔑地看他一眼，说道："在达斡尔人的土地上，粮食像金山一样。那可不是给你们预备的。客人们，勒紧你的裤带，等待着就要降落的大雪吧！"

啪！啪！每一树条都抽在子孙的心上。

他们又狂喊着冲上来。

强盗们又是两排枪。子孙的血，更多地流到草地上。这是老人心中的血呀。

老人又喊道："不要白送死，快回房子里去！"

这时候，"石头人"狞笑了两声。

"老家伙，你看看，我们的人全来了。快点儿说，是臣服沙皇，交出税物，还是连命带粮一块儿丢？"

老人斜眼一望，果见远处有一群小黑点儿。他猜得出，俄罗斯人是要像对付西伯利亚人那样对付达斡尔人了。可是，达斡尔人不知道什么叫屈服，博格德汗（清朝皇帝）也不会不管。

"石头人"对阿兰保喊道："快去搬粮食，缴人头税，我们立刻就放了他。不然，你看看，"他指了指那些黑点儿，"我们的人就要来了……"

阿兰保扑通给老人跪下，哭喊道："爸爸，这一辈子，我就不听你这一回吧！"

"你的心答应你这样做吗？"老人厉声申斥。

"为了换你回来，有什么办法？"阿兰保叩头到地，哭着说。

"不，把粮食……烧了！"

老人早就趁四个俄国人不留心的时候，磨损了那段葡萄藤，此时老人冷不防挣断了，看准一块巨石，一头撞过去。

子孙们哭喊着，一齐向强盗放箭，并且一拥而上。一刹那，三个强盗被砍倒。阿兰保抡起砍刀，狠狠向还在填装火药的"石头人"砍去。那家伙顿时翻倒在地，像蛇一样扭动几下，那只斜眼像死羊的眼睛，还贪婪地看着这圣洁的土地。

阿兰保痛哭着抱起父亲。

老人用尽最后力气，耳语般地说："不给他们一粒，烧，全烧了，让他们……饿死……"

老人脸变黄，停止了呼吸。

阿兰保抱着老人尸体，站起来，望了望远处那群黑点儿说道："快套轱辘车，全家都进山，把粮仓烧了，烧了，烧了！"

五

阿兰保站在林子边上，远远望着自己的谷仓烈焰飞卷，想到父亲蜡黄的脸和子侄们殷红的血，心如刀绞。

他看到那些嗅着粮食的焦香，大约更加饥肠翻动、哭天喊地的俄国人，说道："蹲进树洞，去舔自己的脚掌吧！"

1981 年

铜　钱　雨

　　一阵雪粒子，借着风势，扫着窗纸。有几片落在夏民一的脸上，其余的，则落在他面前的桌子上。这桌子油漆早已剥落，裂了几条缝。

　　夏民一两肘支着桌子，手紧紧抱着辫子盘着的头，木然坐在那里。

　　桌上的雪多起来，竟然盖住了那木纹。他的指尖、鼻尖都像猫咬一般，身上的热也仿佛全被寒气吸去。胃呢，由以前的绞痛变得麻木了，这样子倒更好一点儿，不那么感到饿得慌。

　　"哇——"背后传来小女儿的哭叫，就像猛然有人掐了他一把。

　　夏民一身子一抖，仍没有回过头去。

　　坐在炕上的女人连忙把孩子抱得更紧一点儿，哆哆嗦嗦掏出一只瘪奶头，塞进那叫着的没有牙的小嘴儿里。孩子狠狠吮吸几口，仍然没有奶水。她又是哭，在为饿，也因为受了骗。

　　"民一，你总是盯着那张桌子干什么？家里什么都没了……破得那模样，当铺里还会要吗？"女人声音怯怯地问道。

　　听得出，她冷得直打牙帮骨。棉袄前天当了，她身上只有两件

211

破单衣。

夏民一站了起来，说不上哪里来了一股力气，几脚把桌子踹碎，拿几片塞进地心铁炉里。他转身到冰冷的炕梢摸来火柴盒，里面总算还有三四根。火点上了。

女人惊愕一下，后来把头低低埋下，眼泪簌簌流下来。

"这些挨千刀的，连一个小小钱庄也抢、也砸，简直不让人活了，真是畜生！"

"他们拿枪弄炮闯到中国来干什么？就是为了占别人的，占别人的嘛，老说这些有什么用？"夏民一生气地把一只桌腿扔进炉门。

门吱呀响了。九岁的儿子，脸冻得发青，用红肿的小手背，擦了一下清鼻涕，进来了。

儿子伸出小手烤火，在父亲的脸上扫了一眼。

等父亲又站在窗前，对着窗子发呆的时候，孩子连忙从怀中掏出两个蒸土豆，递给妈妈。

女人惊异地问："这是……"

懂事的孩子连忙向母亲摆手，不叫她作声。

父亲却回过身来。

夏民一见这情景，厉声问："哪儿来的？"

孩子用吃惊的眼睛，望了望父亲，低下头去。

"穷死不做贼，哪儿来的？"

"怎么是做贼，我朝人家要的。"

夏民一过去一把抓起土豆，扔在地上："要饭？你去要饭了！"

孩子伤心地啜泣。

"别这样了，民一。"女人说，"一天多没一粒米落肚，大人行，孩子怎么挺得了？这孩子够懂事的了。"

这一说，孩子哭得更伤心。

女人连忙下地捡起那两颗土豆，递给孩子说："吃吧，好儿子，你饿了。"

"妈，我不饿，一点儿都不饿。真的呀！我怕小妹妹饿，才去要饭的。快喂她一点儿吧！要不，你吃了它，好有奶。小妹妹快饿死了……"

孩子这一说，女人哭出了声。

夏民一心头一阵酸楚，也涌起一股仇恨。他在破夹袍上紧紧扎了一条腰带，推门要往出走。

"干什么去呀？"女人忙问。

"找点儿零活儿……"

"一秋天活儿都不好找，冬天一来，哪有用短工的？昨天不是白跑一天吗？"

"这样硬挺怎么能行？"

夏民一走出家门，听得女人在屋里嘱咐说："找不到活儿，可快点儿回来！"

他心里一热，知道女人担心自己想不开，会出什么差错呢。女人真没说的，还有孩子，多好的孩子呀……今天，一定得找到一点儿活儿干……

胡同里，偶然有一两个人，抄着手，耸肩弓背，脚步匆忙。大街上，到处是垃圾秽物，人却没有几个。

这条街，是北满这个大城市的主要街道。在夏天"闹毛子"以前，还算热闹。如今，老毛子十七八万军队，借帮助清廷平定"拳匪"（义和团）为名，闯进东北，买卖家被抢的抢，被抽税抽黄的黄了。这街上，挑幌的空杆子，比有幌的多几倍。

夏民一走过自己曾吃过劳金的滨隆小钱庄。看见那捣碎了的玻璃，散了架的柜台，凋敝不堪的破屋子，想起当时惨状，想起当时被打伤而后便死去的老板，不禁心头更加悲愤。他扭过脸，匆匆走过去了。

夏民一沿着大路慢慢往前走，寻着雇零工的人。刚一失业时，修修房屋、打打烟囱、搬搬什物，还有一点儿活儿干。眼下，这些活儿也很难找了。

一个穿着长袍的中年人，扛着一只箱子，满头大汗朝火车站走。

"先生，我替你扛吧？"夏民一凑过去，有一点儿不好意思地问。

"啊，不，不。"走两步，他停下来。他似乎看出夏民一的窘困境地，解释说："除了打火车票，不多一个钱了，夏天遭了抢。"

这时候，一小队俄国兵，荷枪实弹走过。那个当官的十分神气，旁若无人。

扛箱子的人冷冷注视着。

夏民一拐了一个弯，继续朝前走。前边，是个大坡。他知道，这儿有"拉小套儿的"，帮助拉车的人拉上坡，人家给一两枚铜钱。

夏民一在坡下的一条街口等着。许久，没有过来一个拉车的。

可算是来了一个。那拉车人五十多岁，他俯下去，身子几乎与地面平行，一步一步向前拉，背上、头上汗气腾腾。麻绳套勒进肩里，颈子上粗粗的血管蹦起来，眼睛也往出凸。

夏民一没打招呼，便全力帮助往上坡推。他用肩头顶着车上的货物，不顾气短、心跳和时而上来一阵的头晕，毫不留一点儿气力，似乎推上坡去，就完成一生使命。

上了坡，夏民一的汗也不比拉车人的少了。

老头儿大口喘着气，手伸进口袋里，摸出一个小钱，有点儿负疚似的说："太少了，没法子。儿子给俄国人抓去做苦工，几个孙子、孙女红虫似的，老伴儿在家里揎着气呢，唉……"

"老叔，你收起来吧！"夏民一涌起一阵同情之感，连忙说道。

老头儿感激地把那个小钱珍珍重重放在口袋里，说了声"可得谢谢"，把绳套又搭在肩上。

"老叔，你可知道什么地方能找点儿零活儿干？"

老头儿想了想："这年头哪儿找活儿去？……除了老毛子修炮台，哪儿还有干活儿的地方？他们修炮台，抓去的人不干活儿，正在花钱雇人，可那地方……"

"走吧，老叔。"听到这儿，夏民一心中一阵烦恼，不想唠下去了。

"哎，还有一个地方。刚才我从市场旁过，有一个胖子嚷嚷着什么，围着一帮人，好像是招零工的事，我倒没大在意。"

"胖子是中国人？"

"嗯哪，要不我说他干啥？"

"坡下路西的市场吗？"

"嗯哪。"

夏民一道谢一声，加快步子。后来，竟至小跑。

果然，市场里有些衣衫褴褛的人，围着一个胖子。

那胖子的脸横比竖宽，活似一只烧饼。他嚷嚷着："一天才十个钟点，抬抬石头砖块，工价高，卯子工，先给钱。干好了，活儿有的是，这样便宜哪儿找去？"一面说，一面看每一个人，"去不去，谁去？"

"先生，我去。"夏民一在人群后边说。

"烧饼"把围着的人扒拉开，招手让夏民一近前来。似乎夏民一

215

就是他那件破袍子挂在那儿，胖子上下打量。之后，又以行家的眼光，拉过夏民一的手，看看手掌，又翻过来看看手背，往下一甩，又跟别人说话去了。

"先生，我……"

"你不是个干力气活儿的。"

"我年轻，有力气的。"

"烧饼"伸出他那横宽的手，抓住夏民一的肩头，用力捏了一把，摇摇说："充个数吧！"

他从另一只宽手握着的一卷纸片中拿出一张，交给夏民一："明天六点钟，凭此票在此聚齐，过时不候。还谁干？"

"那么，工钱？"

"工没上，钱要得倒紧，明早一来就给！还谁？"

夏民一看那小纸片，上面只印着牛肝色的一个圆名章，是什么名他没看清。但他猜想，那一定是"烧饼"的雅号，因是篆字，胖胖的，像他本人一样。

夏民一把它仔细放在袍子怀里。走出市场，又摸了摸，感到纸片万无一失待在口袋里，心里这才觉得踏实一点儿。

雪仍在稀稀拉拉飘舞，他想起女人、孩子，心里说："亲人，咬紧牙熬一宿，明天就有吃的了。"

难熬的夜总算过去了。

天一放亮，夏民一就爬起来，叫醒儿子。他打算让儿子跟他一块儿去，一领到工钱，让孩子带回来，先买几斤救命的煎饼。

爷俩冒着零零星星的雪花儿来到市场，已经有人等在那里。过一会儿，来了足有五六十人，大家三三两两议论起失业与夏天的事情，声音越说越大。

忽然，议论停止，有人说："来了，来了！"

夏民一顺大家目光望去，只见"烧饼"从一条巷子里滚了出来。

"都把纸片拿出来。""烧饼"命令道。

于是，他按个在纸片上画了码子。

一直等到六点半钟，"烧饼"说："走吧！把纸片拿好，以后愿意干的，这就是饭碗，不愿意干的，交回！"

"不是讲好先给工钱的吗？"一个黑大汉问。

"干一天给一天，也不为晚。钱在我口袋里，只一天还能下个崽呀？""烧饼"仰了仰脖，说道。

"早饭还没钱吃呢！"

"有隔夜粮谁干这个？"

"烧饼"见大家不动地方，这才每人发给十枚铜钱："余下的，收工给。"

雪下得大了一点儿，天阴得很沉。

夏民一一手捏着那铜钱，一手领着儿子，跟大伙往前走。他不敢贸然把钱交给儿子，害怕他弄丢了。他想要买了煎饼，再交他带回去。

"先生，咱们干什么活儿去？"有人问。

"烧饼"自顾往前走，没有回答。

"咱们这是往哪儿去呀？"又有人问。

"这还用问？到干活儿的地方去，不是喝喜酒就得了！"

又走一段路，碰到了一个煎饼铺，刚好，已经开门了。夏民一领着儿子往那边绕了一下，还没等称煎饼，就看"烧饼"领人拐进一条街口。

他心里一沉，煎饼来不及称，就赶过去问道："先生，你是给谁

217

217

招的工啊?"

"问这个干什么? 走吧!"

"我们不能跟着你瞎走, 前边不远, 可就是老毛子修炮台的地方!"

"给谁干活儿, 谁给你钱就是了, 走吧, 走吧!" "烧饼" 向大家挥挥手。

听他这么说, 夏民一心里一惊, 问道: "你不是给俄国人雇的工夫吧?"

夏民一知道, 前些日子, 俄国人骗去一千多人修炮台, 大伙一哄而散, 如今工程停在那里。

"烧饼" 说: "钱不是给你了吗?"

大伙都停下来。

"你得告诉明白, 到底给谁干? 不能骗人啊!"

"告诉我们!"

"烧饼" 故意挺挺腰, 仰仰脸, 说道: "给俄国人修炮台。怎么, 你们拿到的钱不好花呀?"

夏民一感到受了辱没, 说道: "两条腿站在地上, 总得对得起那两撇儿(人字)!" 他把手中铜钱扔在 "烧饼" 脚下, 把那纸片撕得稀碎, 领着孩子, 转身往回就走。

一阵吵闹爆发了, 铜钱哗哗啦啦, 暴雨般向 "烧饼" 扫去, 有人狠声骂道: "毛子狗!"

衣服褴褛的人们骤然散去。

夏民一听到身后有脚步声, 回头一看, 是黑大汉跟上来。

黑大汉和他并排走了一会儿, 说道: "好兄弟, 是个中国人! 不要紧, 总会有个出头之日。"

大雪漫天盖地。

城市和雪分不清楚了。

夏民一、黑大汉和孩子，迎着风雪走去。

1980 年 1 月

我不是强盗

一九○七年夏天某日下午，在中东铁路沿线某镇的沙皇俄国护路队门前，一个俄兵敲起锣来，并用中国话喊道："大家都来看啊，处罚强盗！"

这个武装护路队，设在镇东北几幢高大的洋房里。松柏森森，令人望而生畏。平时老百姓都绕道而行，门前显得空阔冷落。俄兵一再喊，约莫有一顿饭工夫，倒也聚集了二三十个好奇的。

大门里忽然传来吆喝、推搡之声，也夹以俄兵皮靴杂乱的声音。

门忽地打开了。

一个五十多岁、穿着上了补丁的蓝布短衫、发辫已经花白了的中国人，满脸愁苦，五花大绑，被推了出来。他一看见自己同胞，先是想要诉说什么的样子，后来，在俄兵吆喝之下，羞愧地低下了头。

护路队的一个准尉，脑门很窄，亚麻色的头发几乎和眉毛连在一起。他用发硬的舌头说着中国话。

"诸位，今天我们要处罚的这个强盗，叫李老根，他先是盗伐中东铁路局所辖林地中的木材，被我们发现制止。可是该犯……"他嗯嗯两声，寻找中国语汇，终于接着说，"怙恶不悛，不但不悔过，反而强行采伐，违背了俄罗斯帝国刑法，构成强盗罪。本应处以重刑，可本队队长阁下念其初犯，处以当众杖责八十，以示俄国财产不可侵犯，俄国法律不容违背。行刑！"

几个俄兵一齐动手，把李老根按倒在地。一个高大粗壮的俄兵拎着一条棍子走来，在手上吐了口唾沫，抡起来就打。

啪，一棍下去，强盗一抖。啪、啪，又是两棍。

强盗忽然喊道："我没有抢人家的木头！我活这么大岁数，连一根针也没有拿过人家的呀，我怎么……哎哟，冤枉啊！"

这时候，一个胖子把脑袋伸进人群，对准尉说："强盗本应绞死，老爷们仁慈，才从轻处置，他还喊冤，可见他没有一点儿知恩之情。这样的，就该狠打！"

准尉背着手，脚跟弹起又落下，胸部和臀部的肉随着抖动。他微微瞄了一眼胖子。

胖子受宠若惊，又喊了一句："狠狠打！"

一连打了十几下，李老根又喊："冤枉！"

人群中有几个人说："军官先生，让他说说冤枉之处，真是不冤，再打也不迟呀！"

准尉好像没有听见，继续欣赏那棍子落在李老根皮肉上所发出的美妙声音。

"让他说，有冤为啥不让说？"

"让他说！"

"住手！"

一看七八个人同时喊起来，准尉有点儿发毛，怕激起民愤，硬拦住了打人的俄兵。

221

"诸位，我是奉命行刑，无权过问冤不冤。既然大家要求，可以暂停五分钟，让他说。"

李老根流着泪，呼呼喘着气。

"你说呀！"有人催促。

"乡亲们，我从小长这么大，一根针也没……"

"你强伐铁路局的木材，这不是强抢吗？"胖子申斥他。

"那怎么是抢呢？不是抢呀，呜呜！"

"你伐了没有？"有人问。

"伐是伐了，可那不是抢。"

"人家的你伐，还不是抢？"胖子又说。

"不呀，那一片树，是我四十年前栽的，那是在清朝前后栽的。我爷爷、我爹都埋在那儿，地是我祖上留下来的。那树是我汗水浇大的，我伐我的树，怎么叫抢？"

一个老实农民说道："我知道，他说的是实情。"

准尉看看大家，大家愤愤不平；又看看俄国士兵，士兵们多数都低垂着头。

他说："诸位，他说的也许是实话，可是这又能说明什么呢？合同，诸位，合同的事你们还不知道吧？我们跟清政府签订了合同，铁路沿线清国林地已经划给我们路局了。这样，大家明白了吧？"

他把脸转向大个子兵："继续打！"

大个子兵猛地把棍子举起，突然"哎哟"一声，棍子掉在地上。他用手摸着腰说："哎哟，我的腰，我的腰闪了。"

几个俄国兵相互看了一眼，都拥上去扶那个大个子。搀着的，拖着的，架着的，推着的，一时都要走。

"不要都走！"准尉说。

"这个大个子，人少实在弄不动，若不，您来试试?"

士兵一走，准尉心中发慌。他刚要回去喊人，门里传出高声喝问："为什么不打了，嗯?"

发问的是个满脸横肉的家伙，有认识的，知道他是护路队长。

"报告大人，行刑士兵的腰闪了。"

"你接着打!"

"是，大人! 不过，嗯，还剩十棍了……"

"剩一棍，也要打!"

李老根看出又要打，高喊道："我不是强盗!"

队长又喝令打，准尉慌慌张张打了十棍。

横肉队长左一下、右一下捋捋两撇黑胡子，用熟练的中国话说道："对于强盗，就要严惩，今后再有，更不轻饶!"

说完，俄国人进院了。两个哨兵直挺挺站着岗。

众人赶忙扶起李老根。

李老根朝着俄国人背影喊道："我不是强盗!"

李老根挣脱搀扶，大步往前走，并且坚决地对大家说："树是我的，我还要去伐!"

1983 年

223

卡 伦 山 上

  枣红马四蹄翻腾。路上的尘土，在它尾后变成一带烟雾。它竖起尖尖的耳朵，挺起长长的尾巴，伸开身腰去跑，前后腿都伸开时，肚皮几乎擦在地上。骑者传令兵赵福还感到慢。他高高举起马鞭，却没有抽下去，只在坐骑眼前晃了一晃。看到它汗湿的脖子，他心痛起来，替它擦了一擦。

  一颗炮弹在前边土路上炸开。赵福向旁一提缰绳，枣红马敏捷绕开，从硝烟中穿过。赵福回头望了望还在翻滚的硝烟，心里更加爱惜坐骑："枣红马，你真行，再加一把劲儿！"

  前面不远的卡伦山上，鏖战正急，烟云笼罩了山顶。赵福又晃了一下马鞭。

  昨天，沙俄马步兵数千人偷渡黑龙江，攻占大黑河屯。今天又攻打卡伦山，逼近古城瑷珲。瑷珲副都统兼北路全军翼长凤翔，正在调集援军，他命卡伦山领催五品衔委哨官乌勒滚布守住一尺一寸土地，决不后退，等待援军。

  赵福怀揣着这道命令，深感责任重大。他担心一颗炮弹飞来，把他连人带马炸死，那可怎么办呢？

战马加紧奔驰，卡伦山就在前边了。可是阵地上为什么枪炮声这样稀少，硝烟逐渐淡薄下来了呢？他心内焦急，又晃了一下马鞭子。

赵福策马绕过阵地后边一带着了火的树林，顿时大吃一惊：官兵几十人，有仰卧在阵地上的，有垂头伏在壕沿上的，都一动不动。

他连忙跳下马来，俯下身挨个儿去看，全都战死了。哨官乌勒滚布手握大刀，面部血肉模糊，死在一块岩石下。糟了，命令传给谁呢？

他向山下一望，白蚂蚁般的沙俄军还在放枪放炮。看来他们已经被打怕了，不敢贸然往上冲。可是不一会儿，沙俄军们便集拢起来，呐喊着向山上冲来。

赵福没有见过阵仗，顿时急出一身汗来。他平时就羡慕哨官乌勒滚布那样的勇士，自愧是个懦弱的人。甚至因为这个缺欠，常常感到在行伍中不会有什么出息。他面临渐渐爬上来的敌人，竟然不知怎样才好。

这时候，阵地左侧突然响起炮声，炮弹在敌群中炸开。赵福一看是炮师单俊在发炮，他便连忙跑过去帮助他。单俊腹部受了伤，用一条衣襟紧紧束住，这条衣襟上浸满了血，有一段肠子，还露在外头。他被敌人的呐喊声从昏迷中唤醒了。单俊跪在那里，用尽全身气力，又放了两炮。敌人以为中了计，连忙退了下去。单俊软绵绵地倒下。

赵福连忙抱起他来，悲痛地喊道："单炮师，单炮师！"

单俊吃力地慢慢睁开眼睛，嘴唇翕动着，微弱地问："援军来了？"

"还没有，就要……"

"老爷们……真……误事！还有，咱们的枪炮也不赶人家的，吃亏……就在这上头！"

赵福连忙去掏命令，可是伸向怀中的手停下来了。单炮师已经殉国！

赵福垂着头，捡起地上的帽子，盖在死者的脸上。"命令传给谁呢？"他望了一眼战死的弟兄们，心中酸楚、焦急地自问。

听到一阵喊叫。往下一看，敌人白拉拉一片又冲了上来。他不自觉地后退一步。想到命令中说的"一寸土"，便毅然往前迈一步，高声说："传给谁？就传给我自己！"

阵地上有几杆抬枪。赵福连忙装好火药、弹丸，一一扣好"炮子"。头一枪，他被坐力蹬了一个跟头。第二枪，他想起给枪带上"笼头"。嗵，嗵，嗵，一连放了七八枪。敌人丢下一些尸体，又退了下去。

不一会儿，敌人放炮了。炮弹呼啸，弹皮横飞，阵地几处火起。赵福感到左胸被什么猛击一下，他连忙用手去捂。血顺着手指缝淌下来。

他想起十几天前，对面海兰泡成千中国人被杀死在江中的血，想起那件事的第二天，江东六十四屯遮天蔽日的烟火，他似乎又听见逃难同胞震天的哭号。他顾不上包一下伤口，又急忙去装枪药。

枣红马在他身后嘶鸣起来。他心里咯噔一下："它会被打死的！"赵福捡起一根细树枝，抽它一下，打算把它赶开。但它后退几步，站住了。赵福赶过去又抽它。枣红马一怔，扬了扬脖，后退一步又站住了。赵福照着马头使劲抽了一下，并且说："快跑，快跑回瑷珲去！"枣红马甩了一下长尾，跑了。

敌人还没有停止放炮，就又开始冲锋。这回人更多，指挥官的刀在敌群中挥舞。赵福心里明白，这群践踏我们祖宗坟墓、蹂躏我们同胞的东西，这回是决心要攻上来了。他顿时怒满胸膛，心想："等着吧，没那么容易！"

等敌人进入射程，又是一抬枪。可是这回敌人被指挥官督赶，只就地卧倒，没有退回去。赵福忙去装药，可是药囊已经空了。

"咴咴咴"，几声悲怆的马嘶，赵福心中一惊。回头一看，全副鞍具的枣红马，站立在他的阵地的坡下，对着他叫，用前蹄刨地，挑起尾巴，雄姿勃勃。战马在生死存亡之际没有丢开他，使他心头一酸。他跑过去抱着马头，嘴里喊道："好伙计，我的好伙计！"

山下打来一排枪，敌人就要冲上来了。这么好的战马，不能让敌人得去。他们血腥的身子，骑在中国的战马上，这是耻辱！可是马呢？只要自己在这儿，它又不肯离去。他紧抱马头，想起它平日的可爱之处。

他猛地跳开，捡起一支凡尔登步枪，推上子弹，举起来，对准马头。枣红马亲切地"咴咴"轻叫一声，用它那粉红的厚唇，去夹那乌黑的枪口。赵福的手发抖了。他泪水模糊。枪，无力地垂下来。

敌人呐喊声更近了……赵福咬紧牙，回过脸去，放了一枪！只听"扑通"一声，枣红马倒下去了。赵福连忙扑过去，泪水顺脸淌下来。他脱下带着几处弹洞、被鲜血染红的衣服，蒙在了自己的战马头上。

赵福不慌不忙，拾起步枪，来到阵地最前沿的小坡，瞄准几十丈远的敌人军官。一枪，两枪，三枪……

俄军飞蝗一样的子弹在他耳边鸣叫。他像被人当胸推了把，倒下去，并且摔到了坡下。他有一点儿昏迷，断断续续地想："一寸土……不该下来，要上去……"往上爬！手指抠着石缝，使尽力气往前沿爬。爬过的石头上，染着他鲜红鲜红的血。血顺着石缝流进去，滋润了那亲爱的土地。

他两只手抓住阵地前沿的一块石头，用尽最后的力气，站了起来……

1979 年

白 骏 马

去年去"五花山"的时候，我去采访闻名兴安林区的模范护林员，鄂伦春族老人莫大爷。

我随他在浩瀚的林莽中巡逻十数日，他给我讲了许多故事，其中有一则是关于一匹白骏马的，给我留下的印象最深。

那天我们巡逻来到一个山间，在篝火旁宿营。篝火尖削而灵活的长舌向天空舔舐一阵，渐渐疲乏，光团也随之缩小。莫大爷加了几截木头，准备睡觉，忽然在附近什么地方，传来"咴恢"的马叫。我知道这是他那匹小白马，全鬃全尾，身矮而长，很能爬山。

莫大爷眼睛一亮，侧耳细听，然后抓起他那只"七六二"半自动步枪，钻进林子，静了一会儿，便响起了枪声。

"明天早晨烤野猪肉！"莫大爷回来的时候英气勃勃，捋一下白胡子，坐在篝火旁，这样说道。

"您怎么知道有野兽过来？"

"马叫了，它有灵性，通人气呢！"

"马？"

"嗳——"，他把这个音降而又提，用以扫除我的怀疑。显然，

229

他的困意全消，兴致上来了，我知道一段故事就要开始，下意识向前移移身子。果然，他说："反正睡不着，我给你讲一段。"

莫大爷捋捋白胡子，眼睛眯起来看着远处，故事便像山上的清泉，破石而出，淙淙汩汩，开始它的行程。

三百年前，我们这一族人，住在萨哈连乌拉的两岸，过着渔猎生活。

族里有一个青年，名叫莫冬森。这小伙子力大无比，一个人杀死过两头失了群的公野猪，他能挽强弓，射硬箭。他的弓，两个小伙子才能拉得动；他射出去的箭，一棵大红松也能穿得透。

莫冬森有一匹骏马，它浑身雪白，白得就像天上的云朵、人间的素缎。这匹马两眼有神，前胸宽阔，叫起来声音洪亮。莫冬森要去打猎，白马就能驮他找到猎物；莫冬森要去捕鱼，白马就能驮着他找到鱼群。莫冬森骑上这匹马，真是人马合一，马就像他的两条腿。

还有，这个年轻人的心，就像最清的泉水那样清澈，就像小鹿那样善良，全族人都喜欢他、信服他，就连每年进关到京城进贡这样的大事，老族长和大家也派他去。

有一年他到京城进贡，博格德汗的一个亲戚看上了他，就把女儿嫁给了他。又过了一些年，老族长死了，大家就拥戴他当了族长。

且说这一天他打猎归来，一进屯落，大白马就嘶叫起来，前蹄刨地，烦躁不安。过了一会儿，外部落的一个头人派人骑马跑来。这是特为来送信的，说是有一伙赤发绿眼的人，不知从何处而来，他们能使一种吐火的武器，百步以外，能打得人鲜血流淌，致人死命。这些人走到哪里，就逼着人归附他们，还要交貂皮作税；不服

230

的，就要治死。送口信的人告诉莫冬森，要早作提防，硬打不行，也可暂避锋芒，到山里躲上一躲。

莫冬森一听，心中按捺不住无名之火，他把族中老人请来，商量对策。大家一致议定，不管是哪里来的强人，也要抵抗他们，不准他们作践我们的家园，胡作非为。

于是，莫冬森把族中能骑善射的青壮年找在一块儿，练习骑射，还在屯落周围的山头修了五座箭楼。这五座箭楼，有如五个手指拱卫着手掌，保卫着部落。箭楼之间，又有沟道可通，约定击鼓为号。这样一来，防守甚牢，大家日夜提防，准备好要打退那伙强人的进犯。

过了一些天，莫冬森得知那伙人果然窜来。于是鼓声传遍各箭楼，勇士们摩拳擦掌，准备迎敌。

刚一过午，一伙儿穿着奇怪衣服、长着高鼻深眼的人，来到莫冬森守卫的箭楼前。他们见这里早有准备，便没敢贸然进攻。有两个人，走出来高喊，让头人搭话。莫冬森带领几个勇士，站在箭楼上。他见下面两个人，一个细长个儿，长着鹰鼻子，另一个又粗又壮，笨手笨脚，莫冬森问道："你们是什么人，到我们这里做什么？"

那个瘦长个儿鹰鼻子说道："我们是俄罗斯大君主沙皇陛下派来的。你们都应该感谢沙皇，是他的福荫，使你们年年富足。你们应感恩归附沙皇，只要每人交一张黑貂皮，便会得到沙皇保护！"

莫冬森头一次听说俄罗斯沙皇，听他这么一说，便知这沙皇是专门欺凌弱小、侵吞别人东西的家伙。

他说："我们自古居住在这里，一向给博格德汗进贡，你们凭什么来要税？劝你们快快回家，安于自己生计，免得后悔！"

那个高个子不答话，却把手里的家伙对准树上，只听"咣"的一声，一只乌鸦应声而落。

那人说："你们不缴税，我们杀进部落，都是这个下场！"

莫冬森岂能被他吓住！这时天空飞过一只小鸟儿，他手疾眼快，一箭射去，鸟被穿个稀碎，羽毛纷纷飘落。

莫冬森说："你们要敢强来，这就是你们的样子。"

那伙人哪里把这劝告放在心上！他们一齐放起火枪，霰弹射过来，就像一阵暴雨扫来，立即有人受伤。

敌人连放几排火枪之后，便在硝烟掩护之下，向箭楼冲击。部落的人沉着放箭，打退了敌人。

敌人看莫冬森守卫的箭楼不好攻打，便暗暗派人攻打其余箭楼，也同样没有攻开。

第二天清早，敌人悄悄从两个箭楼之间摸上来，部落里的人发现了，展开一场近战。部落里的人在火枪下成排倒下，可是他们的弓箭、长矛与拼死保卫部落的勇敢精神，终于又打退了敌人。

当夜，没有月亮。莫冬森领着勇士摸进敌人营帐，弄得敌人连火枪也来不及放，一阵格斗，部落里老幼妇女都点起火把前来助战，敌人心慌，便扔下一些尸体逃跑了。

莫冬森十分悲痛地葬了亲人，派人星夜到宁古塔去报告。不久，去的人带回一些火器，莫冬森把火器分设在各箭楼上。

从此，那些敌人就没敢再来。

莫冬森威名大震，保卫族人他更有信心了。他派人探听，知道敌人沿江流窜下去，已经无影无踪了，心中暗暗高兴。

又过了一些日子，有一天，莫冬森在一块平川地骑马射箭，操演武艺，那白马又"咳咳"乱叫。不一会儿，手下人禀告他，说有一个俄人苦苦哀求，要见他。莫冬森问明来的只是一人，又没带火器，便叫把他带来。

莫冬森一看，这人粗粗壮壮，认出是站在细高个儿鹰鼻子旁边的那个人，顿时涌起仇恨之火，刚待发作，那个俄人却先自痛哭起来。

"你来干什么？"莫冬森压住怒火，厉声问道。

那个人哭得真痛心，一面哭一面说："族长，我是对你的部落犯下大罪的人啊，我叫契尔内舍夫。我们是一伙强盗，那个瘦高个子是首领，叫克列明涅茨基。这个人没有人心，杀人抢劫，无恶不作，我被强逼入了他的伙儿，后来跟他闹翻了，砍了他一刀，跑出来了。沙皇陛下是最仁慈的，我们打着他的旗号干了这么多坏事，他是不容的，俄国我待不下去了，一个人在森林里怎么能活下去？求族长饶恕我的罪恶，收留下我吧！"

莫冬森看他感情真挚，相信他说的是实话，可是他曾来杀人抢掠，对他的愤恨之情尚未消尽。

莫冬森说："看在你悔悟的份上，我不杀你，可是也不能收留你，你赶自己的路去吧！"

一听莫冬森这么说，契尔内舍夫哭得更凄惨，说道："你不收留我，也就是杀我，让我往哪儿去呀？"

莫冬森的心动了一下，可是仍然说："从哪儿来的，回到哪儿去！"

契尔内舍夫说："那我只有死路一条了！"说罢又哭。

莫冬森没有说什么，转过身去骑马要走。

契尔内舍夫也没有再说什么，痛哭着，摇摇晃晃向江边走去，一头栽到滚滚的萨哈连乌拉之中。

莫冬森同情心立刻受了触动，甚至对自己的做法感到内疚，他连忙告诉手下会水的去救人。

就这样，契尔内舍夫留在部落里了，可是大家对他很仇恨。他请求搬到离部落几里地的一片平原地方去种地。莫冬森帮他盖起房子，契尔内舍夫就下死劲开荒种地，收得的东西除留自己吃的，都送给部落里的老弱残疾。契尔内舍夫待人亲切，那笑容总不离开他的脸。他又会一点儿医道，常给部落里的人治病。

一来二去，大家忘掉了他的罪恶，把他看成自己人了。后来，契尔内舍夫请求莫冬森，要把妻女搬来，说要不搬来，早晚逃不出克列明涅茨基的魔爪。莫冬森自然也就应允了。

这一年冬天，大雪压弯了松枝，埋没了树丛，正是打猎的大好时光。

莫冬森装束停当，要出去行猎。这时候外面已经备好的白马嘶叫起来。

马的叫声还没落，契尔内舍夫进了窝棚。他自家人一样，严严地关好门，又顺手把一根倒了的火棍立在墙边。

他满面笑容地说："族长，我看你已经备好高大骏马，是不是已经知道了？"

莫冬森也和气地让他坐下，但他摸不着头脑，问道："你说我知道了什么？"

"你备马要干什么去？"

"眼下这时节，你还不知道要干什么？"

契尔内舍夫醒悟了："哎哟，打猎要开始了？"

"是呀，你说的是什么事呢？"

"今天我不能让你进山，说什么也不让。"

莫冬森看契尔内舍夫眉梢上都是亲昵，心中很舒畅。

"我看你好像有什么喜事，嘴都闭不上。"

"你真聪明，我的恩人，我的女儿今天结婚！"

"哦?"莫冬森从未听说此事，心中有些纳闷。

"在家乡的时候，就定下了亲。女婿家知道了我在你这里过得像在天堂一样，又有你的庇护，就让女婿来了。唉，一走就是两个多月哟，来得真不容易！今天，我全家都高兴。两个新人说，没有你的恩典，他们不会这么美满！"

莫冬森扫除疑团，很高兴地说道："恭贺你，恭贺你！等我从山里回来，一定去你家，看看你的女婿。"

"不是我夸口，族长，这可是个好小伙子。他知道我的遭遇，对你十分感激。他也准备习箭骑马，效死保卫你的部落，不过这是后话。今天，说什么你也得出席婚宴。"

"鄂家打猎的时候，不举行婚礼……"

契尔内舍夫吃了一惊，睁大眼睛："哎哟，我怎么不知道，真该死！可是你不去，我全家一辈子心都不安宁。要不，我让他们推迟婚期，另选你有空的日子。"

莫冬森感到过意不去，参加婚宴，也不算违背鄂家的风俗，何况人家一片诚心，就爽快地说："走！"

两个人穿过森林，翻过山头，还没到契尔内舍夫家，契尔内舍夫的妻子和一个小伙子，就在那里翘首张望，见他一来，慌忙上前行礼。一家人像众星捧月一般，往屋里让莫冬森。

在院子里，莫冬森把马缰结在马脖子上。鄂家的马，就是在山上也是这样松开的，吹一声口哨它们就找草吃去了，再吹另一种口哨，它们立即回来。所以，莫冬森吹了一声让白马走开的口哨。可是那白马不听，还是跟着他往前走，快进屋门了，马还跟着。莫冬森打了它一下，它退走几步，站在那儿咳咳地叫。

主人契尔内舍夫，把莫冬森引进一间较大的屋子。

屋里，盛宴餐桌已经摆好。各种美味，十分丰富。

莫冬森一入座，酒便端上来。他说了几句祝贺的话，便在主人一再请让之下，喝上了酒。

三杯下肚，契尔内舍夫更加热情。莫冬森从未见他有这些话。他把沙皇如何庇荫弱小、如何仁慈说了一遍，接着说："说实在的，族长，我年龄比你大得多，可是不论在哪儿，我都没见过比你更勇敢、更有智慧的人了。"

"契尔内舍夫，你不是喝多了吧?"

"我说的可是真话，族长，凭你这样的人，在各部落又有这么大名声，要是在沙皇那里，就能当个大官，也许还能得到封地呢！田庄、农奴、牛马、金银，要什么没有啊，那真是，子子孙孙都有福享了！"

莫冬森听他这么说，觉得很不对味儿，便说道："你说沙皇，他好不好我不知道，可是你不该把我比成贪利忘义的那种小人。你再这么说，我就不来你家做客了！"

契尔内舍夫脸上还是笑容可掬，他说道："族长，你眼光是不是有一点儿短浅，人活着就要干一番轰轰烈烈的事，归附沙皇……"

还没等契尔内舍夫说完，莫冬森霍地站起来，喝问："契尔内舍夫，你是什么人?"

契尔内舍夫不但没有震动，反而还是那样笑着说："族长，咱们有深厚的感情，我才肯为你谋划。"

莫冬森气得满脸红涨，他指着契尔内舍夫的鼻子："你原来是一只狼！你立刻从这里给我滚出去，不然……"莫冬森去摸腰刀，才想起他是来做客的，没有带来。

契尔内舍夫站起来说："不然怎么样？"

"不然我就要你脑袋！"

莫冬森说完，转身往外就走。

门口忽然发出猫头鹰叫一般的笑声。莫冬森一看，这人原来就是攻打部落败下阵去的克列明涅茨基。莫冬森怀着满腔仇恨，猛扑过去。但他被人从身后抱住。莫冬森用力一甩，抱他的契尔内舍夫咚咚咚退了几步摔在餐桌上，酒菜撒了一地。

这时又从屋里蹿出两个人米，原来是契尔内舍夫的"女婿"，和化装成女人的"女儿"。几个人合力，把莫冬森抓住，上了绑。

克列明涅茨基狞笑着，坐在一张凳子前边，用两个指头，慢慢敲着桌子说："莫冬森，我很佩服你。可是这一仗，你打败了。"

"你也打败过！"

"你只有一条路，归附沙皇，还要带着你的部落。我和你的朋友契尔内舍夫，会保你得到好处。"

"哈哈哈……"莫冬森忽然大笑，他嘲笑敌人以自己之心揣度别人。

他说道："我不是像你们那样的狼，也不是摇尾巴的狗！"

克列明涅茨基恼羞成怒。

"我叫你归附！"

"萨哈连乌拉不会向西流！"

莫冬森顽强镇定，使克列明茨基不安起来。他转了几个圈儿，站在莫冬森面前。

"告诉你，莫冬森！这屋子已经架上了劈柴，我要马上点火把你烧死。我们是沙皇的军队，讲重义气，我看你是一条汉子，我要把门敞着，你随时可以走出来。但是过了这个门槛，就说明你归附沙皇。"

克列明涅茨基往门口走了几步，回过头来说："我知道，你会走出来的！"

这条狼的嚎叫声刚刚停止，木屋的周围，同时几处点了火。

火焰从窗下慢慢往上爬。

莫冬森不是恐惧，也不是悲伤，更不是将要失去生命的那种惊慌，可是眼泪流下来了，这是愧悔的眼泪。一个猎人，打了多少恶狼，竟然让狼披着羊皮钻进窝棚，害了亲人和自己，真是瞎了眼啊！

他看见火已经爬到房檐，便紧紧闭上眼睛。

契尔内舍夫在外边喊道："族长，你是我的朋友，我怎能忍心看着你这样活活被烧死！"

莫冬森清清楚楚听见了，他仍然闭着眼，咬着牙心里痛骂道："你这坏蛋，我恨不能用刀把你剁成肉泥！"

克列明涅茨基气急败坏，他像垂死挣扎一般地喊："走出来，莫冬森！"

莫冬森仍然紧紧闭着眼睛，心里说："让这条狼为自己的枉费心机去抓心挠肝吧！"

火上了房顶，呼呼作响，木梁也在格格坍下，满房子烟，呛得莫冬森阵阵昏迷。

"咴、咴咴——"

莫冬森忽然听见自己的大白马在外面嘶叫，真是犹如万箭钻心。他忽然想到，应该让部落里父老兄弟有个提防，也该救大白马逃出虎口。

莫冬森急忙来到门口。

他看见大白马在不远的地方竖耳扬蹄向这里张望，便悲痛大喊："快跑吧，大白马！快去告诉人们不要上豺狼笑脸的当！"接着，他大声打了一个让马离开的口哨。

大白马迟疑一下，长嘶一声，便放开四蹄跑了。

莫冬森望着大白马，心随着它飞了。他想，我要是还能活一百年，还能活一百次，我只做一件事，像大白马那样狂呼、奔跑，去告诉人们不要上当……

两条脚的豺狼们，看见莫冬森出现在门口，以为自己终于战胜了这个中国人。

可是，他们吃了一惊，惊出一头冷汗。莫冬森朝他们投过嘲笑的一瞥，自己走进烈火浓烟里去了。

讲到这里，莫大爷停下了。

我从故事中醒过来，看见他还像刚讲故事时那样端坐着，两眼沉思地凝视着远处。不过，那眼睛湿润润的。

"那么，大白马呢？"

"它跑进部落，大家又见俄国人房子起火，知道事情不好，鼓声传遍部落，大家都来防御敌人。我们人的血洒遍了那片土地，可是那一次终于把敌人打跑了。事后，大家却找不到大白马了。

"后来，有人说，它从很多部落跑过，嘶叫着，为大家报警。流传的东西里，还有更神奇的，说此后的三百年，这马还在萨哈连乌拉岸上嘶鸣呢！"

我和莫大爷在篝火旁躺下睡了。

在朦胧之中，我看见那匹大白马，在广阔的森林中和起伏壮丽的山岭上奔跑，像一道白光。它鬃飘尾竖，引颈嘶鸣。我猛然醒来，倾耳静听，森林中一派令人惬意的静谧。秋天草木的馨凛之气，沁人心肺。仰头一望，月朗星稀，叫人心旷神怡。

　　我向篝火中加了一块木柴，沉思起来……

流　火

一

一八八四年春天一个和煦的日子，乌苏里某镇的新任镇长先生，经过长途跋涉，乘坐着四轮马车驶近自己的未来管辖的地方。他叫马车夫停下了车子，为的是换一套洁净、体面的衣服，梳理一下乱蓬蓬的须发。顺便，喝一杯茶，俄国式的煮茶，而不是中国式的泡茶。这样，来提一提精神，恢复到他旅行以前本来是保养得很好的红润的面色。而现在，每条皱纹都说明他十分疲惫。这一切，都渗透着深谋远略：在即将离任的前任，特别是治下百姓面前，显示出他开拓阿穆尔疆土的英雄哈巴罗夫的后代，是满怀信心担负起把这里尽快俄罗斯化的使命的。

哈巴罗夫镇长先生指示他的跟班，到车道旁的小村落里去打听，可有什么人家可以作为暂时停顿的适合处所。跟班的小伙子不久便领来一个黄头发齐脖剪成一圈儿、腰带以上的衣服松松下垂、有一点儿罗圈腿的俄罗斯农民。

这农民吃惊似的打量眼前这位镇长，好像要从他的血液中与面貌上，考察出英雄老哈巴罗夫的样子来。但他觉得，除了眼窝深、鼻子尖之外，这位五十多岁、粗壮的老爷，也并无更多异于常人之处。农民脱帽、鞠躬、问候。

"你姓什么，我的老乡？"

哈巴罗夫镇长先生胸音很重。他说话时嘴唇不大动，语音像是从胸膛中发出来的。

"波雅尔科夫，老爷。"

哈巴罗夫有点儿惊奇，不自觉地往前探着身子，怀着对方的答复最好是否定的期望问道："怎么？你是二百多年前，带领英雄的哥萨克，闯荡阿木尔河，为沙皇征收毛皮税的波雅尔科夫的后代吗？"

"是……"

"啊？那么……"

"是与不是，我弄不大清楚。关于这方面的传说，是我的祖母当故事讲给我听的。如果是，也是远支了。"

"噢。"哈巴罗夫松了一口气。这时候农民客气地请他到家里做客，哈巴罗夫下了车，同农民步行前往。

"那么，你的村子叫什么名呢？"

"观音屯，老爷。"

哈巴罗夫一听这名字，皱了一下眉头。显然，这是沿用的中国名字。

哈巴罗夫自认血统高贵，又以新任镇长的身份出现在这里，他预料这里的俄罗斯移民们，会用俄罗斯古老的迎接贵客的形式——面包和盐来欢迎他。可是这东西他没有等到。村子里也没有什么举动，只是波雅尔科夫的高大丰满的老婆，毕恭毕敬地低着头，双手捧上一只满族人敬贵客的烟袋。

镇长先生迟疑一下，接了过来，没有吸。他心中不太快活。

不一会儿，茶上来了，但不是煮茶，而是泡茶，也没有砂糖。这使哈巴罗夫心中冒火，声音又从胸中发出来："老乡，茶这样喝，有味儿吗？"

"有，有！这样才能喝出茶味儿来。此地的汉人、鄂伦春人，都是这么喝的。二十五年前我们被政府迁过来时，还是按照老法子喝。可是后来，我从土著那里喝出味儿来，就改了。如今已经成为习惯，您可以尝尝，老爷。"

哈巴罗夫虽然没忘自己要使这里俄罗斯化的使命，并且也想到这些小事对完成他的使命有何等重要意义，但毕竟口渴得很，加上抗不住茶香的诱惑，便端起杯喝上了。清淡馨香，浸润脾胃，果然较煮茶好喝得多。但他总觉得很别扭。

哈巴罗夫一面喝茶，一面以研究的目光打量主人的家当。院子里有一个马厩、几匹鄂伦春人的矮马，还有一个圆顶谷仓。屋里呢，俄式的壁炉旁有一个挂着印花的帘子的食具架和擦得发亮的铜洗脸器具，靠墙根放着两条长凳。墙角有一张蒙着白布的方桌，桌上一座神龛，圣像的各肢体画得毫无比例。他打听到，这家农民在乌苏里垦殖二十几年，有几十俄亩土地和十几头牛、十来匹马，很为富足。因此，哈巴罗夫猜测，主人会拿出松软的白面包和汁水最多的牛肉招待他，也许还能有一杯罗木酒。

但是，当他和主人谈起饮食这方面的问题时，主人却盛赞中国水饺和烧酒。还谈到汉人何柱的酒造得多么好，这个人是多么聪明慷慨。并且以明显的得意神情暗示，客人马上就可欣赏到这种美味。尽管哈巴罗夫此时肚里咕咕叫，一口能吃下一条烤猪腿，但他也不想吃了。他换换衣服，梳洗一下，立刻告辞。这弄得农民和他的妻

243

莫名其妙，并且终究不明白他们有什么地方得罪了他。

如果说镇长先生哈巴罗夫，一接近他的治地就生了一肚子气的话，那么，越深入，这气就越大。特别使他生气的，发生在和他前任交接的时候。

这个前任，满腹牢骚。埋怨上司要求俄罗斯化太急、太苛，而且没有正确地对待他这个十几年来一直克己奉公、全力推行这一政策的人。

他说："我像一头犍牛，用力拉，弓着腰拉套。可耕的呢，尽是石头地，结果呢，鞭子还是抽在我身上。"

哈巴罗夫说了一句俄谚，来讽刺前任。

"不用鞭子赶，全凭良心催呀！"

对于这种往鞭伤上揉一把胡椒的做法，前任没有直接回敬，却说道："什么力量我没尽到，什么招儿我没使到？什么让他们改信东正教呀，什么散发俄文书报呀，学校不教汉语呀……可是那些蛮子身上像有磁石一样，吸引着那些土著。名义上他们承认俄国政府，可是在心里呢，不幸得很，恰恰照您方才说的谚语办了，他们觉得他们还是中国人。而且，就像被占了巢的鹰一样，敌视我们……说这些有什么用呢？但愿您不会遭到我这样的下场。"

哈巴罗夫从窗子目送因推行俄罗斯化政策不力而被革职的前任。那瘦而黑的脖子，脖子上很大的褶皱，削瘦的肩，弓曲的背，使哈巴罗夫又怜悯又轻蔑。他想，你听听他说的话，他好像不是俄罗斯人，好像一个寄人篱下的房客。不，我们是这里的主人！只有草包才束手无策。既然是草包，那么，他倒霉又怨谁呢？至于下场嘛，哈巴罗夫还真没有想到这，因为他觉得这不是个问题。

这种对前任生气、轻蔑的心情，更加强了他使这个镇（管辖很

244

多汉人、赫哲人、鄂伦春人的屯落和大片山河土地）在尽短时间内实现俄罗斯化的决心。不过，从这次谈话，他也得到了一点儿要领。从《瑷珲条约》到现在这二十几年，这里土著从心理到社会风情、建筑文化，与中国本土区别不大的主要原因，是与汉人对土著的影响有关的。其中前任镇长提到最多的，要算何柱了。前任说，这个人很会笼络人，一切按照中国的办法行事。哈巴罗夫听得出来，他的前任和其他俄国职员如电报站的站长等等，都是与何柱妥协的。他们是想借助他的力量，在这里住一间适合的客房。

哈巴罗夫在房间里蹲在椅子上，思谋他的办法。他想，俄罗斯精神之树的根子，必须深扎到乌苏里的土地里，而不能假植在乌苏里江中。否则，就要永远当房客，而且房客还会照着房主学呢。

打雁先打头雁。哈巴罗夫镇长先生，决定向这个姓何的开刀。要教训他一下，让他知道，谁是这里的主人！那么抓一个什么问题呢？他想来想去，是个名字问题。这里连移民屯都沿用中国名字，山呀、河呀，那就更不用说了。这简直是一部活历史书，它就是鼓动人们不服从当局的一股无形力量。是的，就要从何柱屯这个屯名开刀……

二

屯名一改，在全体居民中引起震动，起到一石下水、波纹层生的作用，会为将来全面改名铺平道路。哈巴罗夫蹲在椅子上，抱着头，一直思索三天，这办法终于让他发明了。各村要先选村长，经镇长批准，然后召集村长来镇上开会，"顺便"宣布改名。于是各村屯都派人去了。

去何柱屯的，是哈巴罗夫本人。

哈巴罗夫故意骑着高头大马，比平时多带几个随从，像将军检阅军队一般，多绕几个村屯。开始兴致很高，后来却渐渐不快起来。不少俄国移民，对他的经过都关门闭户，好些妇女、儿童都从窗户偷着看他，好像他会带来瘟疫。经过戈尔地人的居民点时，人们该干什么，还干什么，就如根本没有他这个大人物路过一般。最使他不快的，是人们都说汉语。不仅土人汉语说得流畅自然，就连不少俄国移民也是这样。这使他想到，自己的计划是何等重要。

正是达紫香盛开的时候，何柱屯的后山上，达紫香在如茵的春草之中，开得像一朵朵深红色、淡紫色的彩云，远远看去，还好像在轻轻浮动。屯前是一条波光闪耀的小溪，屯内有几座汉人的房子，是个四合院，在绿树掩映之间。院子周围是些菜地，良田一直延伸到远处山谷。房盖没有俄国木屋的坡度大，是用一些有着光泽的草苫成的。院旁有几条小径，有一条是通到一座小庙里去的。离这院子不远，还有另外几幢中国式样的房子和一些戈尔地人的窝棚。

哈巴罗夫镇长先生，挺了挺腰，策马直奔四合院。一个六十多岁的汉人，下大菜地里干活儿。他穿着蓝布半大的褂子，花白的发辫，用一根簪子簪在头顶上。听到马蹄声，他抬起骨节惹眼的手，遮住阳光，往这边打量一眼。他看清了，便用手捶腰，继续去劳动。

一个随从奉命催马从小径驰向老人，用生硬的中国话问："喂，老头儿，这是什么地方？"

老人直起腰，不慌不忙从腰间抽出一条手帕，擦了擦脸，答道："江右何柱屯。"

"你姓什么？"

"姓何。"

246

"新任镇长哈巴罗夫老爷来了。"

老头儿用手帕擦擦手，呜呜两声，说道："那么，请到屋里说话吧！"

何家的院子很大。他们一进院，就扑过来一群狗。狗被喝退后，鹅又叫起来。

门两侧的房子是马棚、牛圈、碾坊。右厢是粮仓，左厢是杂品库。院里有几个人，正在用三块石头架起锅来，炮制鹿茸。哈巴罗夫不由把这个汉人的财产和波雅尔科夫的相比，心中又是一阵不快。

何老头儿把哈巴罗夫让到一间大屋子里。地踩得平整，收拾得干净。黄色发亮的炕席，炕梢摆着两个描金箱子。墙上仍贴着过年时贴的春条。对着门的那面墙前，是神龛，桌子上有蜡烛和香炉。但供奉的是菩萨，而不是上帝。另一面墙上挂着古装画。这房子坚实、牢固。好像他们已经住了一百年，还要世代住下去。这些，都使哈巴罗夫心情不好。特别是外面十几个汉人、鄂伦春人和戈尔地人，一起协力卸一车木材，彼此叔伯兄弟相称，使哈巴罗夫更加不舒服。

他问道："请问，你就是何柱老头儿了？"

"不，不。那是家祖父。早已过世了。"

这使哈巴罗夫一怔，暗自埋怨前任没说明白。但他装作不大在意地问："那么你……"

"何文进。"

"啊，啊，你家的人口不少啊！"

"是啊！我祖父被我朝先皇一个地方官员发配到这儿，开垦土地，修建房屋，如今已经一百多年，家中人口自然多些。"

"怎么还有些鞑子和你家的人称兄道弟呢？"

247

"你不知道，先生。那些年龄大的，是我的叩头弟兄，小一些的，是子侄辈叩头弟兄。不全是我家人，可是和家里人一样亲。"

"很好，很好。"

哈巴罗夫眼窝子显得更深了，鼻子显得更尖了，而且沁出一点儿汗来。他嘴里这样说，心里却想：糟糕糟糕，这些"公乌鸡"（俄国人对汉人蔑称）和鞑子们如此抱团，不怪他们的影响不好排除。一看这个情景，实现他的计划的心情更迫切了。

他说："何老头儿，我们这次来，是要你们这个屯子公推出一个村长来，便于下达上通，有效地为君临四方的沙皇陛下办事。"

何文进老头儿看了看哈巴罗夫黄眼珠的圆眼睛，感到那里头隐藏着什么东西。

他说道："何必选举呢，镇长派人下来说话，老百姓哪一个敢不秉公办理呢？"

"不不，选还是要选的。请你这就派人周知所有成年男人，来这里聚齐。"

不大工夫，来了五六十个各族成年男人。镇长哈巴罗夫用俄语讲一番话，随从用汉语翻译过来，大意是，沙皇如何仁慈，俄罗斯如何伟大，做沙皇臣民是如何荣幸。要选村长，必须选办事公正、熟悉法律与民情的人。

他还在滔滔不绝接着讲的时候，有几个人打断他的话："我们选何文进老人！"

不料这一提，几十个人异口同声："对，我们公推何文进。"

选何文进不出哈巴罗夫意料，但这种选法却使他感到突然。在这些人眼里，恐怕还同二十多年前，这里没有从中国土地上被割下来一样呢，咱们走着瞧吧！

248

哈巴罗夫没有因怒气上升而失去平静，说道："至于选什么人，那是你们自己的事。"

院子里的人相互议论起来。哈巴罗夫拍了一下手指苍白而尖削的手，让大家稍稍肃静一点儿，但人们仍在议论。

他不得不提高声音："村长选出来，还要经上峰批准。如果不能批准，还得另选一位。你们到底选谁，要报告我。"说完，哈巴罗夫立刻带领随从，打马而去。

哈巴罗夫刚到镇公所，何柱屯的一个年轻鄂伦春猎人便骑马赶上来，报告说："大家执意选何文进当村长。"

哈巴罗夫说："知道了，你回去叫大家等消息吧！"

猎人一走，哈巴罗夫用马鞭敲了几下沾灰的皮靴，平平淡淡地对一个随从说："明天，你得再跑一趟何柱屯。"

"怎么，镇长丢下东西了？"

"不，不，你去，当众宣布，他们公选的村长，上司没有批准。要重选一个，要选……戈尔地人。"

年轻的随从外表漂亮，内心并不聪明，他惊异得张大了嘴巴。

哈巴罗夫看他那样子，也由于现在心境好了一些，忽然哈哈大笑。其余的随从一怔，随后也跟着大笑。

那个年轻漂亮的随从不明白大家为什么笑，上下看自己的打扮，以为出了什么漏洞。

这样一来，方才那些只是有意助笑的，才真的笑了起来。

三

在各村村长"选"出——除何文进之外，均由哈巴罗夫批准之后，镇长先生认为，已经对何文进的威望打击了一下。土著们虽选他上台，而帝国的镇政权只要哼一声，就能把他摔下去。如今，哈巴罗夫要实行第二步，所以，他通知各村长来开会，居民愿意的，也可来旁听。

这是新镇长到任以来首次重要会议。他穿上了礼服，而且在胸前挂满勋章、绶带奖章。这些勋章和奖章，是哈巴罗夫的战功史。第一枚，乔治军功章，是一八四五年，俄国西伯利亚总督用武力攻占伊犁河下游北岸一带射杀五个敌兵得的；第二枚，四级符拉基米尔勋章，一八四七年在喀尔巴什湖以东，建立要塞有功获得的；第三枚，三级安娜勋章，一八五三年，占领伊犁河南岸伊赛克湖地区得的。以后的一些，有的是把哈萨克的大帐并入俄国版图时得的，有的是在浩罕、布哈拉并入俄国版图时得的，有的是在沙皇亚利山大二世向考夫曼下的那个"去把希瓦拿来吧"命令后得的……俄国谚语说"若是上帝不发慈悲，猪也不得食"。哈巴罗夫在历次血与火的侵吞战争中没有丧命，战斗中往往惊慌得汗流浃背，竟然得到如许奖赏，只有用这谚语来解释了。

哈巴罗夫挺着胸脯，像当地萨满（神汉）扭动挂满"腰铃"的腰让腰铃作响一般，弄得勋章叮当响。他迈着阔步，目光平视着走进会场。他满以为村长们会过来鞠躬问候，至少也会目瞪口呆地望着他，从而，给他们心上打上一个烙印。

但大家并没有注意他，他的一个机灵的部下连忙喊了一声"哈巴罗夫镇长到来了!"可是那些"公乌鸡"和鞑子，仍然该吸烟的吸烟，该说话的说话。他正旁若无人地往前走，一条支得很远的腿，竟然绊了他一个前失，几乎双手着地。这腿的主人——一个戈尔地人，竟然连看他一眼也没看，照旧和他的邻座唠嗑。这使他顿时气满胸膛，他对面前这些人生气、愤恨，也对他的前任生气、愤恨。后来，他把这种情绪都集中到何文进身上去了，所以此刻他几乎是怀着一种报复心理，准备宣布改屯名的决定。

哈巴罗夫的部下，几次大声宣布镇长来了，大家才静了一些。

哈巴罗夫走在一张大桌子前，慢慢坐在那里。他向众人扫了一眼，清了清嗓子，嘴唇微微一动，语音便从胸中发出来了（当然是说俄语）。

"诸位，今天劳驾各位村长，是为了一件重要的事情。什么重要事情呢？就是……"

讲到这里，停住了，他见下面相互疑问地对望，甚至有人咕噜几句什么。

一个部下有礼貌地俯身告诉他："大人，他们听不懂俄语。"

"翻译。"

"用汉语还是用满语？"

"不，用戈尔地语！"

于是会议接着开下去。但是，还有一部分人听不懂，又增加鄂伦春语翻译。就这样，一个人讲，两个人翻，如同演文明戏（话剧）一般。

"……全俄罗斯大仁大德国君、皇帝，专制君主陛下治下的臣民，在语言上要逐渐统一起来，以俄语为国语。因此，山名、河名、地名，也要更改。这一项，我镇要逐步实行。兹决定，从即日起，改何柱屯为哈巴罗夫卡。以后，要把旧的屯名一律改成俄语。"

他做了个砍杀的手势，正要接着说，一个村长发了问："为什么要改呢？镇长先生！"

"这里是俄国地方，为什么要叫中国名字？"

另一个村长说："镇长先生，我活到如今，佛爷顶子山，已经白了五十回了，我父亲活得也不比这少，都是这么叫的。何柱屯就是何柱屯，谁不知道呢？你要改成……你要改成'萝卜萝卜坑'谁能记得住呢？"

"怕是大家记不住，才先改一个，而后再逐步改嘛！还有，以后我们要学俄语，满语、汉语没有什么用处了。学会俄语，有奖赏；该说俄语，说了满语、汉语，要处罚！"

"这么办太不方便，你们收税是正经，连这事也管？"

哈巴罗夫不大耐烦了。

又有一人说道："处罚也记不住，镇长先生。你说话我们听着，就像萨满念咒，用刀子往心上刻也记不住。"

哈巴罗夫急躁地说："你们是沙皇政府信得过的人，务必要先把哈巴罗夫卡这个名字记住，给民众做出榜样。不然，要受处罚。你们也得和大家一样，就是我，也一样。"

大家还是说记不住。

有一个人用汉语说道："就这么办很好，一石二鸟。"

大家把目光向发出声音的门口投去。

又听他说："沙皇陛下满意。还有，镇长先生大约俸禄不高，这可是个生财之道。"

原来这里有个不成文的规定，人被抓起来，可以用钱通融，不受罚便放出来。

屋子里的人哄的一下子笑了。

哈巴罗夫忙说："不，不。我考虑个办法，谁听别人说错了，当时就记下一次，被记下五次的，要抓起来不能通融，定要严惩。"

这话还没等说完，就见有不少村长往门口奔。

252

哈巴罗夫一看，是何文进进来了。他估计，方才在门外说刻薄话的一定是他了。

不少村长过去问候何文进，年轻的还给他行叩头礼。何文进慌忙回问、答礼。立刻，何文进成了这儿的中心人物，他像一块磁石那样吸引大家。

这使哈巴罗夫感到十分丢脸，十分恼火。他让翻译大声说道："今后，在哈巴罗夫卡，还要在树上挂起村名牌子，用俄文书写。牌子归何文进看管，如有损坏，等于说错五次，还得何文进重新给挂起来。"

随即，哈巴罗夫宣布散会。

这时候，何文进慢条斯理地走过去，说道："何柱屯是我祖上开垦的，就叫了这个名字。你的祖上，听说只在黑龙江上走了一趟，杀了些达斡尔人、赫哲人，并没有到过这里，为什么要用这个名字呢？我老汉一向直来直去，我实在不能奉命。我们既然在你先生治下，又定了责规，我认罚。我先把这些钱留给你，请镇长先生通融一下。"说着，他拿出五十卢布纸币，放在桌子上。

接着，有一些村长也纷纷说："实在记不住，我们认罚。"便都交了一些纸币。

交完了，大家都拥向门口，有的还相互捅咕几下，朝这边挤挤眼，并哈哈大笑。

笑声远去了。

哈巴罗夫气得脸色铁青，一脚踢倒那张桌子。

四

哈巴罗夫吃了一次败仗，就好像有人对他心窝猛击一拳，使他

253

长久心情沉重。但是，也增加了他要把这一谋划搞到底的狠劲儿。他打算在牌子上找碴儿，搞垮何文进。并且，派人把牌子挂到何柱屯的一棵树上。

哈巴罗夫为此事特地收买一个汉人当探子，这个探子接受的任务是，何文进一损坏或是摘去牌子，马上就来报告他。

这一天，抽大烟的汉人探子气喘吁吁跑到哈巴罗夫的镇公所，报告说，那个牌子被摘了下去。

哈巴罗夫立刻派人，吩咐说："到那里悄悄看看，真是这样，把何文进叫来，并叫他带五百卢布来见我！"

第二天，被派往何柱屯的人回来了。他报告说，那牌子原封不动挂在那儿。

为什么会出现这种情况呢？哈巴罗夫蹲在椅子上，想了两天，终于想明白了：他派去的探子被何文进知道了。何文进派人监视这探子，平时牌子不挂，探子一去就挂上。接着，哈巴罗夫又蹲在椅子上想了三天，想出直接把字写在树上这样一个妙法儿。

这一招儿，使哈巴罗夫得意好几天。他以为，这个回合，是注定可以斗败何文进了，所以，总盼着探子送来好消息。

这一天，哈巴罗夫正在得意扬扬地喝着煮茶泡砂糖的时候，探子磕磕绊绊地跑来了。他神秘地报告说，何文进在写着哈巴罗夫卡的大树上，挂了一块写着何柱屯的牌子，把原来的字给挡住了。

这一气可非同小可。哈巴罗夫的脸由红变白，由白变青，尖鼻子立刻冒出汗来。他像一头受了愚弄的熊，一会儿蹲在椅子上，一会儿又站起来转一圈儿。

还是探子聪明，他跟着哈巴罗夫低低说了几句什么话。哈巴罗夫想了想，觉得可行，便点头赞赏。

哈巴罗夫吩咐，准备两套俄国移民的衣服和一些食物。他接受了探子的建议，打算亲自秘密从山路去何柱屯，突然出现在何文进面前，抓住把柄，把他抓起来，杀一儆百，然后就改别的屯名。

中午，他带一个随从，由探子带路，悄悄钻进了森林。他指望天黑前赶到离何柱屯不远的地方宿营，明天太阳一出就能到达何柱屯。但是，他们走了一下午，宿营地方离得还很远。

傍晚，是乌苏里森林最美的时刻。这增加了哈巴罗夫将要达到目的时产生的那种愉快，他们在林子中走得很快。

在夜幕降临之后，哈巴罗夫路径不熟，就全靠探子了。探子在前边仍然走得很快，哈巴罗夫渐渐赶不上他了。不久，只听见探子在森林中呼喊他们，他们奔着那声音跑过去，但碰不上，找不到那探子。

这样奔波一两个小时，最后连探子的声音也听不见了。与向导走散了，哈巴罗夫和他的随从，在森林中有如被揪掉一只膀子的苍蝇，在原地打着圈儿挣扎。

还算上帝慈悲，他们看见前边不甚远的地方有篝火，便急忙奔过去。

迷了路的人们，犹如在沙漠中遇到绿洲，走进篝火的光亮之中。一个鄂伦春老人在篝火旁，他正向篝火中加柴，旁边放着一支火枪，显然，是个打猎的。老人只顾忙他自己的事，并没有望他们一眼。

"喂，老头儿，你好！"哈巴罗夫先搭话。

可惜，老头儿不是聋，就是不懂俄语。

幸亏哈巴罗夫的随从会鄂伦春语。随从高声用鄂伦春话把哈巴罗夫的话重复一遍。老头儿才用手指指旁边的倒树，让他们坐下。哈巴罗夫成功心切，想要在早晨突然出现在何柱屯，便通过翻译问老头儿，到哈巴罗夫卡该怎么走。

老头儿说："没有听说过这个卡伦（满语哨岗、据点的意思）。"

哈巴罗夫镇长先生估计这个老头儿还没有听说过这个新屯名，就用汉语话说："不是卡伦，是何柱屯。"

老头儿没听清。

哈巴罗夫一声比一声高，重复了好几次，老人这才点点头说听清了。他起身用汉语指点他们应该如何走法。

两个俄国人对老头儿的指引表示了一番感谢，寻着路径要往前走的时候，老人好像忽然想起什么，把他们叫住，说道："先生们，你们违背了这里的法令了。"

"什么法令?"哈巴罗夫惊异地问。

"你们方才说的村名，新来的什么夫镇长是不叫说的，谁说过五次，就要被抓起来。据说，听到的人不报，一同治罪。"

哈巴罗夫真是哭笑不得，他只好请求老人宽恕。

老人说："这么办吧，我不告发你们。可是你们得给我写个字据，以后镇长问到此事，我把字据一交，也免了连累我。"

哈巴罗夫的随从一听就发了火，想要明说。可是哈巴罗夫制止了他，拿出铅笔就写。老人要求用汉字，哈巴罗夫急着走，就用汉字写了递过去。

老头儿接过来，细看了半晌，揣起来，自去生他的篝火。

五

哈巴罗夫历尽辛苦，直到第二天下午，才算摸进何柱屯。他是从屯后那些已经开放了的达紫香花的地方走出森林的。居高临下，他看见何文进院子里有不少人。虽然没人注意这里，哈巴罗夫还是运用了他全部军事知识。他急忙派随从去村头看那牌子，命令他，如果真的挂了何柱屯的牌子，就要看守住，并且鸣枪为号。

估计随从要到村头的时候，哈巴罗夫从山上走下来。他打算先溜进去看看何文进家在干什么。

在大门口，围了一帮人。一个汉人垂着头立在中间。何文进坐在一张长凳上，像是在审问他。哈巴罗夫细看那中国人，心中不觉一惊。又一看，波雅尔科夫也坐在何文进旁边，这使哈巴罗夫猜出一点儿这里究竟发生什么事来了。

不久以前，波雅尔科夫曾向哈巴罗夫控告他的汉人雇工（站着的汉人）偷他的东西。哈巴罗夫立即把这人传去。这个人弓着腰，抬着下巴颏，像狗一样抿着耳朵，眼睛谄媚地眯成一条线，说尽了好话。哈巴罗夫从未见过这样讨人喜欢的汉人，所以仅表面给他一顿申斥，暗里却用他当探子，刺探俄国移民、汉人、土著的隐秘。他想，莫不是这家伙又偷了吗？

这时，只听何文进对那垂手站立的人说："你出卖祖宗、同胞，偷盗成性，丢尽了中国人的脸！"何文进指着流经村前的河（它流经全镇的辖地）继续说，"从今而后，不许你喝这条河的水，如要不听，满、汉、鄂（伦春）、赫兄弟，不会饶你，去吧！"

被审问的人满脸土色，额上挂着豆大汗珠，叩了一个头，起身退着往外走。

"等等！"哈巴罗夫突然像从地里冒出来一样，走出来说道。

那个受制裁的人迟疑一下，站住了。

"这是怎么回事？"哈巴罗夫问何文进。

何文进含着笑，看了一眼波雅尔科夫。

"镇长先生，"波雅尔科夫说，"您的申斥不顶用，他还是照样

257

干坏事。我只好照您前任准许的那样，照历来的办法，来请何老头儿评理，秉公处罚他。"

这件事，对他的俄罗斯化的谋算，是当头一棒，使他如临深渊一样害怕起来。但他表面上还装着镇静，厉声说："何文进，你没这个权力，我不准许这样做！"

被审问的人顿时腰直起一些，但他看到周围的人对他怒目而视，便颤颤抖抖地对哈巴罗夫说："镇长先生，我一定得照何大爷说的办，他们容不下我了……"他慌慌张张地走了。

波雅尔科夫对哈巴罗夫摘下帽子鞠个躬，又转向何文进鞠个躬，说声谢谢，也走了。

正在哈巴罗夫腹背受敌、一筹莫展的时候，村头传来一声枪响。

哈巴罗夫重新振作起来，说："这事先放在这儿。何文进，你为什么私自把村名牌子换了？"

"怎么叫'私自'？我是当着大家的面，在太阳底下换的。"

"那好，你，跟我走吧！"

"干什么？"

"你违犯了村长会议的公议，犯了法，走吧！"

"慢着。"

"你有什么说的？"

何文进从从容容从怀里掏出一个布包，里面是一张纸。他递给哈巴罗夫说："那么，这个你看怎么办？"

哈巴罗夫接过来一看，顿时胸口又感到挨了何文进一拳。原来这正是昨晚他给鄂伦春老猎人写的字据。

"好啊，姓何的，以后，咱们能会得着！"

"我随时等着，先生。不过先奉告一声，我已经搬出这个屯子了，恕不款待，请多包涵！"

何文进指指通往镇上的路。

哈巴罗夫凶相毕露，又无可奈何。他狠狠盯了何文进一眼，转身走了。

哈巴罗夫镇长先生找到了随从，两个人谁也不说话，沿着山路，向镇里走。

这时候，天渐渐阴了，也晚了。哈巴罗夫偶然回头一看，何文进的房子变成一片火海。他把牙咬得咯咯发响，转身又走。不过，眼前总像闪着那片火。

走了很远一段路，他不自觉地又回头去看。何文进的房子变成了一个小火点儿。他看了一会儿，仿佛感到那个火点儿向他飞来。他慌忙揉揉眼睛，真切地看到那火点儿扑着他来了。而且多了起来，一个、两个、一百、五百……成千上万，像火的河流，朝着他——哈巴罗夫，奔腾而来。他吓得噢了一声（当然是用胸音），掏出手枪，便朝那流火开了一枪。这怎么能制止得住？那火越来越近，吓得他撒腿就跑。随从喊他，他也听不见。

后来，他跑不动了，随从才追上了他。并且，告诉他，那是萤火虫。为了免得镇长先生感到尴尬，随从还解释说，二十几年前，俄国第一批移民来到这里时，也是吓跑过的，也是开过枪的。接着又提起什么中国古时囊萤的故事。

哈巴罗夫没心思去听他的了，他想到他的前任关于下场的话，不觉一股寒气顺着脊梁流进心房。

这时候，大雨劈头盖脸砸下来。他打了个寒战。

1978 年 8 月 20 日至 21 日夜

乡　　土

春末在瑷珲城订立条约，混同江畔一个赫哲人的屯落，秋初才听到消息。

这一天，种地的老头儿伯信从玉米地里掰了几十穗鲜苞米，搭在肩上，哼着渔歌，往屯落里走。他看见远处的草原里飞起一群鸿雁和野鸭。不大工夫，又有一群飞起来。老头儿知道，草原里不是来了人，便是来了野兽。

伯信老头儿停住脚，眯起有一点儿浑浊的眼睛，向那里张望。在又飞起一群野禽之后，老头儿好像预感到危险，躲在了一棵大青杨的后边，警惕地盯着草原。

待他确实感到看清楚之后，就连忙扔下肩上的苞米，踉踉跄跄往屯落里跑去。

屯子里有三栋草房和十几架窝棚。家家门前的架子上，晒着一些鱼。有三个年轻人提着刚捕到的大鱼，从桦皮船上下来，往家里走。老伯信喊住了他们，那喊声中含着惊恐和不安，就跟报火警差不多。

"大叔，什么事情？"

老伯信面色发白，腮上的肉有一点儿发抖，没头没脑地说道："不好，可不好了！"

"失山火了吗？"一个青年慌忙看看屯旁的小山。

"不是，没有，怎么是失火了呢？是这么回事……"老伯信咽了口唾沫，刚要往下说，有一个小伙子耐不住，高声问道："到底出了什么事呀？"

年龄大一点儿的青年，知道老伯信是全屯男女老少中最胆小的人。他一定是给什么吓着了，就安慰说："大叔，跟我们在一块儿，你不用害怕，慢慢说。"

老伯信长长喘了口气，平静一下狂跳的心，回头指着草原说："来了……俄国人！"

草原上的草差不多和人一般高，青年们没有看见人影。但老伯信指点他们，他们看见几把刺刀，闪着点点白光。

"准是吗？"

"准，尖尖的帽子，灰大袍……"

"快去告诉族长呀！"

"我……真老了，腿软呢，你们快去告诉他，快！"

十个哥萨克兵，保护着一个又矮又粗、几乎没有脖子的镇长。

镇长眼睛朝天，脑勺朝地，迈着尽可能显得有气魄的步子，走进屯落。

在他们走进族长的房子不到三袋烟的工夫，各种猜测和传说，也许是准确的消息，就像这里小指粗的牛虻一样，在人们中飞来飞去。

伯信的眼睛，一直带有惊慌的神色。那张脸，一直都很苍白，只是腮上的肉停止了抖动。他看到人们三三五五聚在晒鱼架前，或

261

是向阳的高棚根下，便也凑过去。

一看见他来，各伙儿都必定先问一番俄国人来的情形，随后，也就像没有这个人在场似的，只顾谈下去。老伯信有时忍不住，趁着大家不言语的空，怯怯地问上一句："俄国人要干什么呢？"也没有人回答。

并不是人们对伯信有什么恶意，因为伯信是个胆小的人。而胆小的人，在大家心目中就如一枚羽毛那样，轻飘飘的。同时，大家也知道他拿不出什么好主意，他是跟着大群走惯了的。

伯信从小就胆小。他爱江畔的草原，这是各种鸟儿的家，它们歌唱、啄食、嬉戏，全不离开这可爱的天地。小朋友们用一条绳子，两人各执一端伏在草中，另几个呢，则去驱鸟儿。惊慌的鸟儿来不及选择安全的航线，误入埋伏，两个埋伏的孩子便同时向鸟群甩动绳子。于是羽毛零乱地飘落，于是十几、二十几只可怜的小东西便被揣在怀中。伯信连这个差事也不敢去做，他害怕草原里的蛇，只好站在远处看，或是帮人家拿绳索。稍大以后，同伴们都下江捕鱼了，但他不敢去，他怕水。他怕水中凶猛的鱼，也怕巨大的浪涛。人家捕鱼的时候，他跟着船，在岸上跑着看。看到那满舱银鳞，他高兴得心花儿都开放了。

父亲曾经有几年为他犯愁过一阵子。渔猎家的孩子，这样怯懦，将来可怎么生活呢？父亲的担心多余了，伯信跟住在附近的汉人学会了种田。虽然他只起早不贪晚（他怕黑），庄稼活儿仍然做得好。他舍得花力气，他种的地松软得像汉人的馒头。他像个巧手女人在鱼皮上绣花一般，在土地上描绘图画。因此，远近的人们都知道他。从宁古塔来的征收贡物、发放粮布的官员，还夸奖过他呢。

虽然如此，在一个具有勇敢精神的民族中，在一定场合下，他仍然得不到应有的敬重。今天便是如此。

伯信听了几伙人的谈话，便有不少"牛虻"叮在他心上了，使他的心十分不安。江北这一大块山水土地，都割给沙皇了，来的人是收税的，每个人要准备好三张黑貂皮。往后，谁要是和博格德汗的人再有来往，就要抓起来……

伯信听了这些消息，感到从未有过的沉重和难受。似乎要被压碎了。他弄不明白，博格德汗怎么能把这样大好的河山土地，像割一块黄鱼肉一样，一刀割下来，捧给沙皇？为什么舍得把这里的臣民推到哥萨克的鞭子下边？

想到哥萨克，他的思想就离不开小时候老祖母讲的那些恐怖的故事，就想到祖父因为反抗哥萨克的抢掠而被拦腰斩的事……这样，心中更加沉重，他担心屯落里孩子们的命运。但是，又有什么办法呢？

天黑以前，西山顶上升起阵阵乌云，天很快就黑了。伯信坐在窝棚前边，抽着烟。他向左邻右舍望去，几处点点红火，邻人们也在抽烟。在屯子中最受敬重的柳尔老人的房子外边，小红火渐渐聚拢起来，伯信也趋过去。在烟火明灭之中，他看见人们黑黑的脸，像铁一样。大家悄悄说话。

"貂皮有吗？"

"怎么没有？"

"交吗？"

"凭什么，嗯？"

从对话和脸色中，从点点烟火中，使伯信想到了种地烧荒时在地下串着的火。这种火在地皮下憋足了劲儿，一遇出口，马上便会轰然烧起来，变成燎原大火。他感到兴奋也有一点儿担心。族人们

263

有的只是弓箭，而哥萨克带的却是火枪。早年赫哲人、达斡尔人和满人吃哥萨克的亏，就在家伙不行上。火枪可不是玩的，单是那响声……

"柳尔大爷去了吗?"

"去了。"

"族长他俩?"

"还用太多的人吗?"

"博格德汗太狠心。"

"瞎埋怨，他让人拿枪口抵在胸口上……"

"族长他俩能有什么办法呢?"

"反正得想出办法，我们不能做萨满石①上的人。"

伯信想："他们行，一定会有办法。"

夜里，天晴了。第二天早晨，大雾吞没了江面、岸边与草原。雾一散，立刻出现了一个令人惊奇的场面：几十艘大小船只，如同从水中钻出来一样，齐刷刷聚集在江边的柳荫下。几十户人家，男女老少二百多口人，都已上了船。全屯的神偶、家畜、皮张、鱼干、杂物，除了房子和窝棚之外，都装在了船上。

平时，早晨没有风，今天雾一散，风就来了。

族长站在船头，高举酒碗，向岸上撒了三碗酒，叩了三个头。

这是在向祖先告别。他站起身来，眼里含着两包泪，转过头去，低声下令："起船!"

几十张风帆升起，船离了岸边。伯信家的船帆挺大，不一会儿

---

① 萨满教惩罚罪人的一种办法，就是把罪人放在河流中一块石头上，直到死去。此石叫萨满石。

264

就驶进中流。

一知道决定全屯出走的消息，伯信的心立刻轻松起来。到松花江去，到亲人们中间去，但他担心走不脱。可是一宿的行动，轻得像一阵清风。正在酣睡的老毛子，恐怕连想也不会想到，等他们醒过来的时候，全屯已经空了。

船一开，儿时看朋友们捕鸟的地方，从船边闪过，他的心如同落下了什么宝贵的东西。而那宝贵的东西，通过一条无形的线，紧紧拉着他的心不放，抻得怪难受的。究竟落下了什么呢？他一时也说不清楚。

后边忽然传来几声枪声，哥萨克追来了。

风大了，船快起来。照这样速度，拉了很大距离的哥萨克，还有那个胖镇长，肯定是追不上的。虽然如此，大家也还是操起了篙，摇起了桨，男女老少一齐划。

伯信全然没有听到枪声，没有想到哥萨克追来。也许枪声他听到了，哥萨克的身影也看到了，只是他没有留心。他的心仍然被抻得难受，他仍然在想落下了什么东西。

当他看见前边不远就是那棵大青杨时，他顿时明白他落下了什么。

他对儿子高喊："靠岸，快靠北岸！"

伯信的儿子一怔："干什么，爸爸？"

"快靠岸，我要去看看地！"

"这怎么行，哥萨克追来了。"

伯信一生中从没有这样发急："快靠岸，不然，我就跳下去了！"

伯信的儿子吃了一惊，他知道爸爸不会水，连忙说："别跳，爸爸，这就靠！"

别的船上的人一看，连问为什么。伯信的儿子都要哭出声来了，说道："他要去看看地！"

"不要去，会打死你！"有人向伯信喊。

几只轻便的船上的弓箭手，奉族长指令，也靠过来，准备在哥萨克追上来时，好救护伯信。

伯信的船刚一拢岸，他就以从未有过的敏捷，跳到岸上，但还是闹了一个前失。他爬起来，奔自己的土地跑去。这块长着茁壮玉米的田，离岸只有一箭之地。

哥萨克看见有几只船奔岸边来，以为要与他们交战，便找好有利地形，卧倒在那里，反而不放枪了。

伯信跑到自己的土地上。油黑的土地，松软的土地，散发着芳香的土地呀！他颤抖着跪了下去。他的心不感到那么抻得慌了，这是因为他的心和乡土连在一起了。

哥萨克向伯信开枪了。但伯信似乎没有听见。

"快回来！"

"老伯信！"

"爸爸！"

伯信也没有听见。他从从容容，捧起一捧土放在帽子里，又一捧，又是一捧。他站起身，扫了往这边奔跑的哥萨克一眼，捧着帽子往船上走去。

哥萨克发出了呐喊。他没有一点儿平时的怯懦，步伐从容坚定。

哥萨克向他胡乱放枪，枪弹擦破面颊，血滴到帽中的土上，他没有丝毫慌张，一步步向江边走去。

埋伏在草丛中的弓箭手，向忘乎所以的哥萨克放了一排箭。哥萨克中有一个中箭倒下，其余的便刹住了脚步。

266

老伯信上了船，弓箭手们也急忙跳上船。

船队远远甩开哥萨克之后，族长和柳尔大爷的船，靠近了伯信的船。

族长问道："伯信兄弟，你干什么去了？"

老伯信高举起帽子，说："土，咱们土地上的土！"

族长和柳尔大爷再没有问什么。他们看着伯信低着的头、高举着的帽子，心里想道：这是埋葬祖先的土、喂养自己长大的土、儿时嬉戏的土，也是饱含着先辈与自己血、汗、泪水的土啊……

他们的眼，被泪水模糊了。

各条船上的男、女、老、少，都向这边望。大风呼号中，夹着一片恸哭。

船队，渐渐远去了……

1979 年 7 月

母　　亲

一只桦皮小船在黑黢黢的激流中前进着，就像一只白天鹅拍着翅子向前游。

划船的是一位达斡尔族的年轻母亲。她穿着天蓝色布袍子，袍子的下摆缀着银片和本朝的铜钱顺治通宝。船一划动，银片与铜钱就闪烁发亮。她黑中透红的面孔，由于颧骨微高，而显得宽一点儿。清澈的眼睛，流露着泼辣与智慧的光彩。

嘎，嘎，嘎！空中传来几声雁叫。

母亲背上的儿子，看见了雁群，他咿咿呀呀，告诉母亲这个新鲜事儿，并且高兴得蹬腿儿动手。

母亲在做小姑娘的时候，就喜欢看蓝天上的人字雁阵。这给她带来许多美丽的想象，使她的思想也长上了金色的翅膀，随着雁阵飞。秋天，雁群由北往南飞，她羡慕它们可以飞过壮丽的山河大地，可以轻易地看见京城里金碧辉煌的宫殿。春天，雁群回来了，她躺在芳香的、像貂皮一样柔软的草地上，幻想着大雁会从内地给她捎来一件漂亮的银饰。现在，她抬起头来，和儿子一起看雁阵，用笑眯眯的黑眼睛在天空中搜索。在她看见雁群的时候，她的笑容逐渐

268

收拢了，并且显出一点儿担心的神色。

雁群越过北岸，几乎是垂直降下来。它们阵容凌乱，就像被猎人袭击之后，惊慌飞起一样，它们掠着江面，惊叫着飞过去。江面上掠过一阵北风，她感到背上的孩子打了一个寒噤。要来风暴吗？九月梢，黑龙江上的风暴可不是好玩的，往往伴随而来的，是一场大雪；何况，前几天在娘家时，已经连续下了几次夹着雪的冷雨呢。离家还有小半日的路程，要快些划呀。

又刮来一阵风。小桦皮船在浪里穿行。

水流缓慢下来，江面更加宽阔，似乎连边际也看不到。两个小岛，和右岸连在一起，岛与岸，都长着绿树，黄的、绿的叶子，融入烟水之中，茫茫一片。母亲熟悉这儿，她做姑娘的时候，随同父母到这里捕鳇鱼；结婚后，几乎年年都同丈夫来这里。

这是一个很大的江湾，河汊纵横，一涨起水来，湖泊河汊相连，间以柳林、苇丛，真是一个江上迷宫。但是，也有一个好处，熟悉这里情形的人，径穿过去，可以减少一半路程。

如果有其他船只多好，好结伴从近路走。她望了一眼江面，心中有些诧异，为什么一只船也没有呢？也许知道风暴就要来了，所以没有下江捕鱼吧？她决定抄近路走。

小船尖尖的船头，灵敏地指向右岸。不久，便离开正流，钻进柳林之中。

从水在船下暗暗涌动中，母亲知道，水在继续涨，风暴就要来。她加快了划桨的速度。

一片密密的柳林，横亘在前面。她知道，过了这片方圆很大的柳林，是一个大湖，进入对面正中一条河汊，再往前走，用不大工夫，就要到家了。

269

在将要穿过柳林的时候，传来一阵金属薄片在空中飞掠的声音。这是野鸭在降落时翅膀和风摩擦发出的声音。但是，野鸭并没有降落，而且惊叫着飞了。渔猎家的女人，意识到湖里有什么动物，想要隐蔽一下，可是小船已经出了柳林。几乎是同时，传来一声嘶喊，母亲不禁吃了一惊。

等她看清情形，心里更惊奇了。前边不远一个小岛上，有两个半裸的鬈发乱须的人，正在用力推着一只搁浅的舢板船。

母亲惊呆了一会儿，不知是怎么回事。她从未见过长得这样的人。一个念头像闪电一样，在头脑中闪过：这是罗刹！八九年前，她曾经随同部落里的大人们跑到深山里躲过他们的杀掠。后来，听跟罗刹打过仗的人讲他们的长相，讲过他们如何把男人劈成两半，把女人和孩子像牲畜般掠走……

她的动作，也像闪电一样快，一下子就拨转了船头。

没有料到，船头前面的水中，却钻出一个胸口长满黄毛的钩鼻子罗刹。在母亲一怔之间，钩鼻子伸出毛茸茸的大手，牢牢地抓住了船头。钩鼻子像一只凶狠的猫头鹰，直勾勾地望着母亲。

那两个搁船的，做着奇怪的手势，嘀里嘟噜，喊了两句。

钩鼻子两只闪着鬼火似的小眼睛，漾出了狡诈的笑意，毛烘烘的大嘴也嘻咧开。用生硬的当地话向她问候："哦，漂亮的人儿，勉都！"

母亲心里一沉："这家伙上一次来过这里吧，他还会我们的话。倒霉，落在他们手里了，他们到底几个人？三个？三个人在这迷宫里干什么？"

桦皮小船上的母子俩，被推到舢板前边。搁船的那两个，长相都很特别：一个是矮胖子，圆脑袋、圆脸、圆眼睛，连嘴也是圆的；

另一个是个长条子，长脑袋、长脸、长脖子、长胳膊、长腿。这三个罗刹，身上、脸上都被树枝划得道道血痕，狼狈不堪。"他们大约是误入了这个迷宫出不去了吧！对，是这么回事。"母亲心头掠过一丝快意。

胖子和瘦子爬上舢板，满脸堆笑，迎接母亲。就像要陷进泥潭的人，突然抓到了一条粗壮的树枝，又惊又喜。母亲的心有些跳，恐惧感一阵阵地袭来。但是想到这些闯进过自己家园、杀害与侮辱自己族人的人，心中涌起越来越强烈的仇恨。

母亲像坐在家里的窝棚中一样安静，她轮流审视着面前的三只落汤鸡，也许是三条狼。

三个罗刹咕噜一阵，钩鼻子也爬上了舢板，并且坐在那儿，脸上挂着笑，殷勤地问她吓着没有。

母亲看着他，并不答话。

钩鼻子并不尴尬，他夸她的孩子："哎哟，长得多么漂亮的孩子哟！瞧，狍子皮的帽子，两只狍耳竖着。多美丽的上衣，哎呀呀，完全是用野鸡翎毛缀起来的，这是五光十色的小猎人哟！"说着，他伸过手去，要摸孩子的脸。

母亲躲了一下："那么，你很喜欢他了？"

"当然，当然，嘿嘿！"

"那就不该让他在这受恐吓，谢谢你，我要送他回家去了。"

母亲说着，就要去划船。

钩鼻子又一次抓住船头，并且仍然笑着说："哦，自然，我们会让你回家的。不过，先要请你帮帮忙。"

"我？帮不了你们！"

"不不，很容易，请你把我们带出这个湖去。"

"你们的家，很远很远吧？"

钩鼻子向天边一指，并比画了一下。

"到我们这儿来，干什么？"

钩鼻子脸上的笑容收起来了。他向胖子咕哝一句，胖子看了一眼母亲，回答一句。

钩鼻子说："你们这里，像天国一样富饶，我们是来做买卖的。你是上帝的使者，在我们找不到路时，降临了。"说完，他从舢板上的一个口袋里掏出一把金币，捧到母亲面前。

对于眼前那些闪光的金币，母亲连看也不看，她沉静地说："你们要送我出这个湖，我送一袋子貂皮。我也是迷了路的呀！"

钩鼻子失望了，耸耸肩膀。

三个说了几句什么，都垂下了头。

此刻，一阵冷风吹过，湖面涌起波浪。母亲知道，风暴更近了。

钩鼻子哆嗦了一下子，望望天空，天空灰蒙蒙的，偏西的太阳被铅一样的乌云遮住了。远山近水，颜色逐渐暗淡下来。

钩鼻子注意到母亲的举动，便说道："漂亮的人儿，男人在家也在为你担心呢！快送我们出去，你也好回家呀！"

钩鼻子这句话，确实撩动了母亲的心弦。她是去下游的娘家探望生病的老爹爹的，爹爹病好了，心自然又回到男人身上。又听说男人这一阵捕了很多鱼，这个从小在鱼堆里滚大的女人，一想到捕鱼，心就痒起来。结冰前，还能大捕一场呢！她回去以后，可以代替公公，坐在三根木头支起来的架子上，瞭望鱼群……她想着，丈夫乘着小桦皮船，鱼叉在空中银光一闪，一场激烈的进攻战便开始了。波浪骤兴，小船像片叶子，让大鱼拖着前进。但是，丈夫能制服任何一条被叉着的鱼。当他抹着额上的汗水，满脸喜气把鱼抛上岸的时候，她的心里是何等喜悦。她向往劳动，向往幸福，向往着家……可是，她不愿带这三个罗刹出去。

她的目光从天边收回，说道："是呀，可是我也迷了路。"

看来像个小头目的胖子，由于失望，而变得更焦急。他眯起眼睛，仔细地观看母亲的神色。他从那平静的脸上和那深沉的目光中，发现了仇恨与轻蔑的意味，因此，他虽怀疑她说的是真话，但也相信，大量的金钱可以收买任何一个灵魂。连他自己都可以被收买，难道别人就不动心吗？

胖子连忙爬起来，跌跌绊绊，走到舢板中间，发疯似的，从大口袋里掏出貂皮、鹿茸，甚至还有好几个达斡尔族普遍供奉的神偶……

母亲的眼光忽然凝住了。胖子手中一件东西，闪了一下光，咚地掉在船板上。母亲心弦一震，不觉地"啊"了一声。

"带我们出去，这些都是你的！"钩鼻子眨着贪婪的鱼眼喊着。

母亲不顾一切地抓起那些貂皮细看。她的手颤抖了，她扔掉貂皮，伸手去摸船板上方才胖子手中掉下的东西。她摸到了，身子陡然僵住，呆在那儿，不敢收回手来。

她终于下了决心收回手来，看了一眼，便伏身在船舷上。

母亲慢慢抬起头来，脸煞白，两眼向三个罗刹喷射着怒火。三个罗刹吃了一惊。

谁也不说话，风浪好似顿时移到另外一个世界里去了，湖上死一般的静。她紧紧攥着那个小物件，转过身去，解开衣襟，奶孩子。孩子又白又胖的脸，那吃奶时香甜的咂咂声，刺得母亲的心更痛了。她抚摸了一下那张光滑细腻的小脸儿，他长得真像他的爸爸，可是，他的爸爸，还有吗？

这是一只拉弓用的金指环，金灿灿、沉甸甸的，又粗又大。这指环引起她多少美好的回忆呀！这是做姑娘时，在银匠铺锻造的。结婚那天，她怀着甜蜜的情意，羞答答地塞到他的手里。丈夫当即把它戴在右拇指上，此后，一直也没有摘下来过。这东西怎么落在罗刹手里了，是怎么回事呀？家里闯进豺狼了，他是宁折不弯的人呀，一定是……她真后悔呀，早知如此，压根就不该回娘家去的！要死，也要死在一块儿。何况，那时就听到传说，说是从上水又来了不少罗刹，逼着族人归附沙皇、缴人头税，可是她不大相信会来得这样快。她深深低下头，悔恨交集。

"别磨蹭，天就要黑了！"钩鼻子催促着。

母亲不动，紧紧抱了一下孩子，把他贴在胸膛上。随后，挺直了身，把孩子背好，说道："走！"

三个罗刹像得到大赦一般，立刻欢喜起来。可是胖子并没有忘记用绳子把桦皮小船拴到舢板上。

桦皮小船在前边划，舢板紧紧跟在后边。

母亲划着船，在湖里绕来绕去，心里想着脱身之计。前面来到一片最密的柳丛，桦皮船能进去，舢板进不去。说时迟，那时快，母亲嗖地拔出腰间小刀，一挥手，割断绳子，同时桨在左边一划，桦皮小船刺溜钻进了柳丛，枝叶摇晃几下，桦皮小船就被柳丛吞没了。

舢板上一阵惊慌的叫喊。钩鼻子扑通跳下水去，一个猛子也不见了。

可恶，偏偏钩鼻子水性这样好，在柳丛中他追上了桦皮船，并且又一次抓住了它。母亲怒不可遏，一桨向钩鼻子打去。桨打在粗柳枝上，钩鼻子怔了一下，便伸手夺了过去。

274

桦皮小船被拖到舢板前。胖子怒气冲冲，却当胸给了还在水中的钩鼻子一脚。钩鼻子一下子倒在水里，浮起以后，睁圆了死鱼似的小眼睛，喊了一声，举桨就要打胖子。胖子厉声喝住了他，钩鼻子像棵霜打的草，垂首撂下了桨。

　　谁知，这时候，那个瘦子，拿起了一支枪，凶狠狠对准母亲的胸口就要放。

　　母亲闭上了眼睛。

　　咣！一声枪响。周围栖息的野禽惊叫着，扑啦啦飞走。母亲睁开眼睛，原来胖子把那支枪架开了，霰弹飞上了天空。胖子顺手一搡，瘦子闹了个趔趄。

　　胖子收起凶煞般的样子，向母亲赔了个笑脸，并对钩鼻子说了句什么。

　　"滚！"钩鼻子对母亲吼道，并且把桨扔给了她，"十人长可怜你的孩子，放你走！"

　　母亲简直不相信自己的耳朵了，她拨转船头就奔柳丛划去。

　　划着，划着，她感到不对。胖子为什么踢了钩鼻子一脚呢？她又划了几下，想明白了。胖子的计谋很清楚，是让她在慌忙逃走之中，给他们带路。是真的放走吗？狼什么时候可怜过猎物呢？母亲毅然停住不动了。

　　果然，不一会儿，钩鼻子从不远的水中冒出来："为什么不走？"

　　"你为什么跟着我？"

　　阴云和暮色笼罩了湖面。风，夹着雪片呼啸着。

　　见母亲识破了他们的诡计，三个罗刹急得像屁股着了火的猴子。

　　胖子在舢板上转了几个抹，突然唰地抽出一把马刀，猛地举在母亲的头上。

钩鼻子绝望地喊道："快带我们出去！"

母亲像座雕像，端庄地坐着，也不说话。

胖子像自己被刀捅在心窝上，拼命哼了一声，但没有砍下来。命令两个同伙，从母亲怀里把孩子抢过去。

孩子惊慌的哭喊声，在湖面上扩散。

钩鼻子把手抓脚蹬的孩子举起来，又喊道："快带我们出去！"

"给我孩子，给我！"母亲从桦皮船上站起，跳上舢板，就去抢孩子。

钩鼻子把孩子放下来，问道："带吗？"

母亲慢慢收回双手，猛一转身，又坐回桦皮船里去了。

罗刹们等待母亲划船，但她像雕像一样端坐着，一动不动。

罗刹把孩子放在貂皮中间。

雪渐渐下大了，也更冷了。罗刹话音中带着哭声，把舢板划向湖中间的小岛，准备过夜。看来，他们还准备明天威逼母亲给他们以活路呢。

生不着火。罗刹抢着把能遮风雪的东西盖在身上。

孩子大概是哭累了，却安然在罗刹身旁睡了。

母亲被捆绑着，拴在船头。

黑夜降临了，只能听见暴风雪的吼叫。一个罗刹暗暗抽泣，两个罗刹在叹息。

母亲的心，像刀扎似的，咬紧牙等待罗刹睡熟。

罗刹在湖里已经挣扎两天，真的朦朦胧胧睡过去。

母亲用尽力气，终于悄悄解开绑绳。她慢慢走过去，想把孩子抱回来。这时候，她碰断了一棵枯枝。一个罗刹动了一下，并且，把孩子揣进了衣襟。

276

显然，罗刹把走出这个迷宫的希望，都寄托在这个小小人质身上了。

　　怎么办？扑过去，拼了！怒火一下燃烧起来，去抓自己的桨。可是举起的手又停下了。她想到娘家的部落还不知道罗刹来犯的消息。三个罗刹的同伙很快就会顺流而下……

　　两行泪，掺着血，流在母亲的脸颊上。

　　走！母亲毅然划起了桦皮船。

　　母亲划到柳丛中，小岛上传来罗刹绝望的呼喊。在风雪声中，她听到了儿子的哭叫声，这好像罗刹把插在她心上的刀搅动似的。罗刹在打他，在用弯刀挖他的肉啊！他们又把他举起来了，就要扔进水里去了。她仿佛看见了自己精心缝制的野鸡翎羽的五光十彩的小上衣，看见了儿子在罗刹手里哭叫着，挣蹬着小腿儿……她连忙掉转船头。快，快划，不然他们会把他扔进水里去的呀！

　　可是，走了不远，母亲又急转船头划回柳丛。她要把罗刹来的消息告诉父母，告诉每一座窝棚里的人，让妇女们带着孩子躲开。她要告诉烟波浩渺、奔腾澎湃的黑龙江，不给罗刹一条鱼。她要告诉广阔无垠、肥沃富饶的田野，不给他们一粒粮！

　　母亲把桦皮船划进正流。她坐得笔直，小船箭一般顺流而下。

　　夜色异常浓重，暴风雪铺天盖地倾泻下来。

1981 年 7 月

执手礼之前

一

森林里真幽静啊。没有一丝儿风，连最活泼的白桦叶子，此刻也一动不动。从枝叶间筛下来的细细的光束，就像从地上长起来的。只有暗香，伴随着温暖宜人的气息，一阵阵流过来。啄木鸟偶尔的啄木声，百灵鸟一两声短促的鸣啭，使森林显得更静。

在灌木丛墨绿的叶子间，露着一双大眼睛。这双眼睛焦急地望着山坡下的达斡尔屯落。屯落中十几座白桦皮尖顶窝棚，像镶在黑龙江这条墨玉带子上的珍珠，耀人眼目。这双大眼睛，特别不能离开屯西的那架窝棚，离不开那熟悉的晒鱼架和院落中高高的、顶端雕刻着一只木鸟的杆子。窝棚中每出来一次人，那眼睛都燃烧起希望的火。可是，随即那火就减弱了，因为那不是他所盼望的身影。

是望得疲倦了，还是索性不去望了呢？舒通额走出灌木丛，坐在了那棵在记忆中永远不会消逝的大松树下。

他嘱咐自己，不望了，也不听。可是他禁止不住自己的目光，约束不住自己的耳朵。因为他相信，不论如何，她一定会来。就像

278

一年前那个明朗的月夜，她终于第一次到这棵树下来和他幽会一样。

　　舒通额倚在树上，闭上眼睛。他盼望一睁开眼，夫琳就会带着妩媚的微笑站在他的面前，并且还会告诉他，她带来的是好消息。

　　舒通额，是个二十一岁的达斡尔青年。从微黑的脸、高鼻子和稍稍下垂的嘴角上，可以看出他善良中蕴含着无限的勇敢。他头戴着狍耳帽，穿着长过膝盖的圆领绛紫色布袍子，用蓝色腰带紧紧束住。腰带上挂着小猎刀、拴着胡桃的烟荷包，还有本朝和前朝顺治年间铜币编制的饰物。裤子和短靴，都是狍皮鞣制成的。他并不高大，但粗壮、结实。他坐在那里，似乎是睡了。

　　他忽然睁开眼睛，随即站起来。他听到不远的地方有响声。他用目光在小径上搜索，没有看见夫琳。又传来一阵扑扑通通的声响，他判断，这响声是从他用过的一个兽窖传来的。像豹子一样敏捷，舒通额眨眼之间就穿过了一片灌木。

　　在废弃的兽窖旁，有一头刚生下不久的小鹿。浅黄的身躯，缀着白点，尾巴下洁白得像雪。四条高高的、手指粗的细腿，走起路来还有些蹒跚呢。小鹿水汪汪的大眼睛向兽窖里张望，对着窖呦呦地鸣叫，声音十分凄凉。

　　舒通额走过去，向小鹿挥挥手。小鹿跑开一点儿，站在那儿看着他。他向窖内一看，是一只母鹿。看来，这只鹿掉进去已经有一两天了，它挣扎得精疲力竭。母鹿见了人，顿时更加惊慌，加紧挣扎。这时候，小鹿又跑回来，向母鹿哀鸣，母鹿也叫着回答。这使舒通额心里不好受，他要把母鹿救上来。

　　他知道，如果他也下窖去，母鹿会撞死。他用腰带结了个套子，套在母鹿的脖子上。这身强力大的小伙子，站在一个适当的地点，一拉，母鹿往后一挣。他看准母鹿要往前蹿的时机，用力一拉，把母鹿拉了上来。由于勒着脖子，母鹿躺在地上。舒通额连忙松开带子，母鹿这才慢慢睁开眼睛。它听到小鹿叫，立刻跳了起来，要不是舒通额扶一把，它准会摔倒的。

舒通额看母鹿和小鹿走进树林，脸上荡漾着愉快的微笑。

等他想到自己的事情，朝大树那边望了一眼，脸上的笑容消逝了。他垂下头想："一定是没有好消息，她不来了。"

于是，他转身往回走。

"舒通额！"

森林中传来一声充满喜悦、激动而温柔的呼唤。

年轻猎人的心，顿时嘣嘣地要从嗓子眼儿往出跳。他往森林中一看，立刻发现在一棵大白桦的后边，露出了那天蓝色袍子的一角。他急急地奔过去。随着一阵清脆的笑声，夫琳像一只燕子向他飞来。

"你……咋才来？"舒通额兴奋得脸直放光。

"还算是猎人呢！这回，你可夸不了口了。我待在这儿几袋烟工夫，你还眼睁睁往屯里望……"她笑得直流眼泪，"捕住鹿，又放了，还算个猎人呢！"

"我可怜它们……"

夫琳挨近舒通额，拉拉他的袖子，抱住他的胳膊，轻声地说："你的心，是金子的。"

"事情，怎么样？"

夫琳的睫毛很长的眼睛闪了一下，说明她心里充满喜悦。可是，她却说："就像入冬的百合花，要看它开放，还得等待。"

"为什么，为什么？"舒通额抓住她的胳膊。

"你知道我爸爸。他嫌你家拿不出牛马做彩礼。"

舒通额转身要下山。夫琳叫住了他，深情地看他一眼，又羞答答低下头。舒通额见她头上簪着两枝红色的百合，心里一下明白了。他们去年相爱时，他给她簪过一枝这样的花。她说，她只要一枝，等着那一天，她才插两枝。

"这个事，还开得玩笑？"舒通额嗔怪她。

夫琳扑哧笑了："你要走，干什么去？不成，就拉倒，是吗？"

"我？才不呢！我去找你那爱财的爸爸。告诉他：萨哈连乌拉（黑龙江）不会向西流，我和你女儿的爱情永远不会凋谢。你不同意，是害了我们两个。"

"还用你说！你家巴扬阿大伯，直接就去说了：'好弓要有好箭，好马要有好鞍，我儿子是全部落出名的猎手，你女儿是全部落出名的姑娘，这是神配的一对儿。我们现在虽然没有你所希望的那么多彩礼，可早晚会有的。老弟，让孩子们先行噶拉扎发密（执手）礼①吧！'"

"你爸爸怎么说的？"

"我猜，在这件事上，他爱脸面更甚于爱财物。再说，他更爱的是你这个猎手的心啊！"

林子里还是那么幽静。两只小鸟发现了这对儿情人，便隐在一棵树后，探出头来好奇地看他们。他们相对深情地望了一眼，笑了。

舒通额激动得有点儿颤抖。

"噶拉扎发密，哪一天？"

"后天。"

"我马上到我一位朋友那儿，借一些他从京城换得的绸缎。总得

---

① 执手礼：达斡尔族一种古老的结婚形式。男家拿不起彩礼不能举行婚礼，但可先到女家去住，往往有先生了孩子才正式结婚的。

281

叫老人们面子过得去。至于将来结婚的彩礼，有双手，彩礼还会没有吗？"

夫琳紧紧依偎在他的胸脯上。

二

借礼回来，登上山岗，舒通额望见了自己的屯落。他立马岗顶，让温和的风吹拂发热的身体。晚霞映衬下的骑手显得更英俊。他加了一鞭，菊花青放开步子，嘚嘚地跑下山来。

舒通额走上屯子的街道，看见一个矮个子、腰有些弯的老太婆正在捉一只鸡。他像往常出门回来一样，大声向老人招呼。老太婆耳聋，半天才转过身来，她用手遮起眼睛，仔细看了看骑马人的脸。舒通额把借来的东西往上举了举，意思是以为老人一定会关怀他的执手礼。事实上，大家确实是关怀着这神配的一对儿，而且还都约好去做客呢。

老太婆看清了骑马的是舒通额，迟疑一下，招手让他过去，问："孩子，路上你遇到了什么？"

"大娘，您怎么知道？"

老太婆脸上立刻出现了惊慌的、愠怒的神色。她用鼻子轻蔑地哼了一声，就急急忙忙走进了自己的窝棚。

舒通额莫名其妙。他怔了一怔，想道："哦，是了，我心里高兴，急着回家筹办明天的执手礼，竟然连马也没下，这是对老年人的不敬。"他急忙跳下马来，牵着马往家走。

这时，他听到猪叫。他转脸望去，见一位老头拽着一头猪，匆匆往自己窝棚走。舒通额连忙上前问好。平时，这老头很喜爱舒通额。没有想到，这一次竟然对舒通额怒目而视。他说道："恶魔的朋友，也是恶魔！"说完，使劲一拽，弄得那猪尖叫一声，老头儿头也不回地走了。

为什么这么对待我？这句没头没脑的话是什么意思？舒通额越想越不明白。他急急忙忙往自家的窝棚赶。

路上，他遇到了一个同辈朋友。这个青年朋友背着弓，挎着腰刀，正牵牛套车。他看见了舒通额，急忙奔过去，质问道："路上你果真遇到罗刹了？"

"是呀，那又怎么样？"青年顿时脸气红了，想要走开。平日的友情，在猎场上生死与共的友情，此时一点儿不见了。

舒通额难过地说："朋友，你为什么要躲开我，好像我得了瘟疫似的？"

那个青年人很果断地说："说真的，你别叫我朋友了。全屯的老年人都在骂你。听了你的事，叫我们这些一起长大的人，脸也发烧。"

"到底为什么？"

"还是先问自己吧！"青年人指指自己的胸口说道。

"为什么骂我，为什么不理我，我做错了什么事呀？"他愤怒、委屈。

这时，他才注意到，不少人家都套起了辘辘车。看来部落要搬家？他知道，眼下正是夏季，还不到搬往冬季住所的时候，屯子里或者家里出了什么事？

他慌忙来到自家门前，跑进用一些横桦木杆围起来的院子。

父亲巴扬阿愁眉苦脸，正在西墙根收拾神偶，看样子确实要搬家。

舒通额手托着借来的礼物，走到父亲面前，父亲急切切问他。

"你，路上没……没有遇到罗刹吧！他们说的，我……不大信。"

"是遇到了。爸爸，借到礼物了。"

早晨在舒通额出发时，还担心借不到礼物的巴扬阿，现在却气愤地说："用不着了！"

"他们不想收礼物了？"

"那样花儿一样的姑娘，我不能让她嫁给你这样的……"

"昨天，不是你亲自去求的亲吗？"

"那是昨天，要是今天，你杀了我，我也不去！"

"这到底是为什么呢？"

"以你……"

"怎么？"

"救了罗刹没有？"

舒通额不以为然地说："救了，在上午。"

爸爸一听，更加愤怒，用锐利的目光盯着他问："真的？"

"是真的！"

爸爸好像挨了重重一击，浑身抖了一下。然后他接着去干活：

"你没有被杀死，还救了他们，那就是说你答应给他们进贡了？"

"你没有弄明白，爸爸。我遇见的，不是在我小时候你给我讲的那样吃人恶魔。他们是商人。他们找不到吃的东西，误吃了有毒的野菜，全都病倒在船中了。看他们全都要死在途中，我可怜他们，给他们采了一些草药，救了他们。就这样，也要明后天才能走路呢，这些可怜的人。"

父亲猛地回过身来。

"做买卖的？老骗术！几十年前那一次，那一年也说是做买卖的。他们长袍里面就是战袍。那一年，他们靠着能喷烟喷火的武器，杀死我们多少人啊！你小时候，听到罗刹两个字就会吓得哭起来。今天你看见他们，就应该回来送信，告诉族人，抵抗或搬走。可是你呢……叫我老巴扬阿怎么见人？还要行执手礼？哼！快快收拾东西，等着头人的命令吧！"

舒通额木然地站在那里。

父亲厉声说："还站着干什么？"

舒通额没吱声，慢慢走进窝棚。他想："我有什么错？几十年前上了当，如今也见死不救吗？再说，他们确实是买卖人。我救活了五条人命，他们也是有父母的，也许是有未婚妻的。看他们那可怜样子，怎么会像父亲说的那样？根本用不着准备搬家！"

他把借来的东西往铺位上一扔，没精打采地坐在那儿发呆。

三

夫琳在窝棚的一角伤心地涕泣。父亲疯狂地撕扯着她新做的被褥。夫琳哽咽着说："爸爸，你要等他回来，问明白了，他真是那样，你再这样做也不晚啊！"

"刺"的一声，又撕碎了什么东西。这简直像撕夫琳的心。父亲一面撕，一面恨恨地说："我不能让一个背叛族人、背叛土地、背叛博格德汗的人，到我家来行执手礼！"

夫琳忙抱住爸爸的胳膊，说道："一个过路人的话，你就信了？在你手底下长大的人，你反而不信了。何况，过路人只说他和罗刹待在一起，并没有说他臣服了罗刹，或者帮他们干了坏事呀！"

老人有些缓和了。他拿出烟袋，装上烟。夫琳忙用火绳给他点着烟。

老人说："孩子，这里三十多年没来过罗刹了。你怎么能知道，和他们待在一起的，除了被抓去的人质，就是忘记祖宗的坏蛋……舒通额和他们待在一起是懦弱、怕死，还是变了心呢？"

"不，不会的，爸爸。他的心像金子一样，你不是也这样说过吗？"夫琳急急忙忙地说，好像忙着用身体去遮挡一把刺向舒通额的剑。

爸爸长叹了一声，说道："头人已经派人去查访，收拾好东西，等着命令吧。"

夫琳看爸爸消气了，便试探着说："爸爸，我要不要到巴扬阿大伯家去看看？"

"看什么？不要去！"老人的火气又上来了。

夫琳委屈地坐在自己的铺位上，心却早就飞出窝棚了。她盼着过路的人看错了人。和罗刹在一块儿的，根本就不是她的舒通额。如果真的是他呢？那么，那些罗刹就一定是些来做买卖的。最坏的是，那些罗刹不是买卖人……不。他绝不是那种出卖祖宗和土地的人。就是博格德汗亲口对她说舒通额是坏人，她也不会相信。而且，她会认为，这是对舒通额和她自己的侮辱呢。

可是，他会不会在罗刹的厉害的枪炮面前害怕了？想到这里，她可是有些迟疑了。因为，他没有打过仗啊。

但是，他是勇敢的呀。对，他是个勇敢的人。她清晰地记得，他那一次围猎野猪时的动人心魄的勇敢作为。

秋天里，成片的庄稼等待收割。可是来了几只很大的离群野猪，祸害了庄稼，用獠牙挑死了一个看地的老人。一直到初冬，它们还时常到屯子边上游荡。

286

舒通额决心除掉这些祸害。

深冬，雪很大，舒通额和一些年轻猎人去围猎。他们同意夫琳的请求，并且替她磨快了一杆矛枪。

猎人们穿着滑雪板，索迹追赶害兽。夫琳开始还跟得上，可是渐渐落在了后面。猎人们根据野猪新留下的足迹判明它们就在这一带。舒通额发出命令，让大家组成包围圈。并且叫夫琳在原地等待。

没有料到，两只大野猪，竟然从离夫琳很近的树丛中蹿了出来，并且直奔夫琳跑过去。忽然它们又站下了，吧嗒着嘴，磨得獠牙咯吱咯吱地响，眼睛血红。其中一只，狂暴地用獠牙挑开一棵站杆的树皮。小伙子们担心野兽扑住姑娘，舒通额和另一个人连忙迂回过去。

当他们渐渐收缩包围圈的时候，野猪还挺身扬头地站在那儿。在包围圈越收越紧的时候，它们向一旁蹿去。舒通额看准时机，身子像箭一般射过去。只见矛头寒光一闪，一只野猪肋巴被刺中。野猪嚎叫一声，回头用獠牙一挑，枪杆便折断了。另一只野猪朝舒通额扑来。舒通额嗖地拔出猎刀。第一个照面，野猪挨了一刀，舒通额的腿挨了一獠牙。人血、猪血，渗进雪地，殷红殷红。当时夫琳吓呆了。可是舒通额却十分勇猛、矫健。小伙子们围上来，四五条矛枪刺进猪身。插着舒通额矛枪的那一只还在挣扎，舒通额跳过去，一刀刺死了它……

想到这些，夫琳的心安定下来了。这样勇敢的人，怎么会在罗刹面前怯懦起来呢？不会的。

她忽然想到，他昨天放掉牝鹿和小鹿的事，她心里一跳。她知道，他像大孩子一样纯洁、善良和单纯。他轻信，也或许要上当的。想到这里，她的心冷不丁翻了个个儿。

离窝棚不远的小树林里，传来夜莺的啼啭。

夫琳仔细倾听，心里一阵兴奋：是舒通额在叫她出去。

她没有多想，悄悄溜出窝棚。

四

太阳已经落山了。晚霞在遥远的西天那边喷射着，逐渐没有了力量，终于变成淡蓝色。

夫琳来到林边，从身影上立刻认出，等待在林子里的正是舒通额。她忽然燃烧起一阵期望，和罗刹在一起的不是舒通额，或者那些人根本就不是罗刹。

夫琳捺着心跳，匆匆走近舒通额。她仔细地端详他的脸，她感到这脸上很严肃，也有一丝不安，也许是因为天黑看不太清的缘故吧。

她小声、急切地说："他们说，白天你和罗刹在一块儿。我想，这不是真的。是吧，过路的看错了人，是不是？"

舒通额站在那儿一动不动，说道："不，夫琳，是真的。我和他们在一块儿，有好几袋烟的工夫呢。"

"你不知道他们是罗刹吧？"她匆匆问道。

"他们穿着、长相跟咱们不一样，怎么会不知道？"

她声音有些颤抖地低声问道："那么，一定是他们骗了你，一定的，是吧！"

"没有，夫琳。他们没有骗我，他们是做买卖的呀，我救活了他们。救活了母鹿，你还那么高兴，这次，我是救活五个人啊，夫琳！"

"你怎么能判明他们是买卖人呢？他们买了些什么，卖的又是什么呢？"

舒通额答不上来，他心里也有些怀疑了。

"确实没看见有什么货物呀！"他如实说了。

夫琳像被蜂子蜇了一样，蓦地后退几步，怔了一会儿，便愤怒了："这不是母鹿，而是那些野猪，是狼！你知道我的祖父、祖母，就是在这些'买卖人'的弯刀下死的吗？你，你还算个猎人呢！"

舒通额怔住了。他万万没有想到，自己的爱人也是这样误解他，他不由得心里一阵酸楚。

夫琳捂着脸，转身跑了，哭着跑了。

舒通额的心，一直往下沉，像一块石头往大江里沉一样，抻得连嗓子都疼。

或许，自己真的受了骗，错了？

五

天已经很黑了。

可是家家都没有睡，也没点灯。大家都提着心，等待着探听消息的人回来。

忽然，街上响起了一阵马蹄声。马，停在舒通额家的门前了。一个苍老的声音，喊着父亲巴扬阿的名字。

巴扬阿老人侧耳听了听，惊异地自语："怎么，他怎么来了？"

巴扬阿连忙走出窝棚。不一会儿，他领进一个人来，看身影，是个老人。

父亲吩咐舒通额："快把门挡好，点上糠灯。"

糠灯点上了。舒通额十分惊讶：这老人浑身是伤和血，脸上还有鞭痕，肿得吓人。但舒通额还是认出，这是住在上游的一位父亲的老朋友。

父亲也惊讶，但很冷静。

"大哥，你怎么……"

"别说了，兄弟，罗刹……又来了!"

"侄儿、侄媳和孩子们呢?"

老人眼里一下子涌出浑浊的泪水，瘦削的双肩拱起，白发的头微微晃动。

"孩子被当着父母的面，在炙架上活活烤死了，为的是让我们归顺沙皇。你侄儿和媳妇被杀了。他们把我打个半死……我在山上抓了匹马，跑出来给你们送信儿。"

舒通额声音变了，急忙问道："他们不是做买卖的那些人吧?"

"哼，正是这五个坏蛋，听说后头还有大队呢。"

"领头的什么样?"

"红头发的麻子。"

像千钧霹雳轰击头顶，舒通额的脸，唰一下变得死一样苍白。他摇晃了一下，几乎摔倒，急忙扶住了一根柱子。突然又像疯了一样喊道："我错了，我错了! 我长的是眼睛吗? 你们骂我吧，打我吧!"他伏在柱子上撕肝裂肺一般痛哭。

窝棚里谁也不说话。糠灯轻微的哔剥声，也显得震人心魄。

舒通额猛然摘下挂在柱子上的腰刀和弓箭，对早已怒火填胸的年轻人喊道："弟兄们，还怔着干什么?"

顿时，窝棚里爆发了炸雷般的吼声。

"杀死这帮恶魔!"

"走啊，去打罗刹！"

悲壮的吼声冲破黑夜，在兴安山麓、黑水之滨翻卷激荡。

顿时，屯落里点起了数不清的火把。

舒通额拉过自己的菊花青，飞身上马。他庄严地接过父亲递过来的火把，两腿用力一夹，菊花青便威风凛凛地长嘶一声，向西山岗飞奔而去。

这些，夫琳全都看在眼里。她的长睫毛的大眼睛，在火把光焰下闪着晶莹的泪花儿。看到舒通额策马而去，才醒悟似的跟着往前跑几步，高声喊道："舒通额，你的心是金子的，我等着你……"

她看见队伍前的第一个火把向上举了举，划了一个火圈儿，她知道他听见了，便赶忙擦去泪水。

无数火把，像带火的箭，呼啸着射过山岗。

1981 年 10 月

图书在版编目（CIP）数据

白骏马／屈兴岐著. — 北京：中国文史出版社，

2021.3

（中国专业作家作品典藏文库·屈兴岐卷）

ISBN 978 - 7 - 5205 - 2529 - 9

Ⅰ. ①白… Ⅱ. ①屈… Ⅲ. ①中篇小说 - 小说集 - 中

国 - 当代②短篇小说 - 小说集 - 中国 - 当代 Ⅳ.

①I247.7

中国版本图书馆 CIP 数据核字（2020）第 221247 号

责任编辑：牟国煜　薛未未

出版发行：**中国文史出版社**
社　　址：北京市海淀区西八里庄 69 号院　邮编：100142
电　　话：010 - 81136606　81136602　81136603　81136605（发行部）
传　　真：010 - 81136655
印　　装：北京新华印刷有限公司
经　　销：全国新华书店
开　　本：720 × 1020　1/16
印　　张：18.75　　字数：226 千字
版　　次：2021 年 3 月第 1 版
印　　次：2021 年 3 月第 1 次印刷
定　　价：63.00 元